光文社文庫

雨に消えて

夏樹静子ミステリー短編傑作集

夏樹静子

光　文　社

目次

雨に消えて　7
陰膳《かげぜん》　47
水子《みずこ》地蔵の樹影《こかげ》　81
火の供養　141
砂の殺意　203
ガラスの絆《きずな》　255
解説　山前《やままえ》　譲《ゆずる》　358

雨に消えて

夏樹静子ミステリー短編傑作集

雨に消えて

1

夫の堺伸正が朝食の箸を置いたのは、いつもの通り八時十分すぎで、ＮＨＫのニュース番組が終わりかけている時だった。保江は夫の茶碗に熱いお茶を注ぎ、そこまででひとまず当面の妻の務めは終わったという感じで立ちあがった。早くルリ子を起こしてやらなければ。

市内のデパートの主任をしている伸正が八時二十五分ごろ家を出るまでは、朝食の仕度に加えて弁当を詰めたり、保江の朝はいたって忙しい。それで伸正が食事を終わるまで、ルリ子は起こさないことにしていた。いつも、ほの暗い寝室のベビーベッドの中で、ぐずることもなく待っているルリ子を保江が抱いてくると、その間に背広の上衣を着た伸正が玄関へ出てきて、保江はルリ子といっしょにパパを送り出す――それがもう長年続いている習慣だった。

そこで今朝も、保江は「ルリ子ちゃん、お早よう」と優しい声をかけながら、四畳半の襖を開けた。まだカーテンの閉っている部屋は、雨降りのせいでいっそう暗い。保江はまず、小さな庭に面したカーテンを開け放ち、それからベビーベッドを覗きこんだ。数秒ののち——不穏な動悸の波が一つ、保江の胸をよぎった。手を入れる。ベビー毛布と軽い羽根蒲団の下は、カラだった。シーツがひんやりと冷たい。あわてて毛布をはぐり、つぎには室内へ視線を走らせた。縫いぐるみや積み木を盛りあげた大きなダンボールが隅に置かれているだけ。保江は夢中でダンボールを傾け、玩具を出してみたが、どこにもルリ子の姿はなかった。

保江はまたベッドのそばへ走り寄る。窓ガラスを見ると、鍵が外れている。「あっ」という小さな叫びが保江の口を衝いた。もしかしたらルリ子はこの窓から——?

「おい、出かけるよ」

伸正の顔が覗いた。保江がなかなか玄関へ出てこないのをちょっと不審に感じている表情だ。

「あなた、大変——」

保江の声が掠れた。

「ルリ子がいないの！」

もう一度毛布をはぐってみせた。

「なに……」

伸正も一瞬四畳半の隅々へ視線を配り、大股に歩み寄ってきた。

「窓の鍵が掛ってなかったの。もしかしたら、ゆうべ掛け忘れたのかもしれないわ。ルリ子は窓から誰かに……」

伸正はガラス戸を開け、雨の降りしきる戸外へ首を突き出した。芝生と低い植込みのある庭先を見廻している。

「昨日は七時すぎから寝かしちゃったのよ。ほら、夏夫さんが来て、麻雀することになったもんだから……終わったのは十時ごろで、私も疲れてそのまま寝ちゃったの。寝るまえにもう一度見てやってたら……！」

保江はもう大粒の涙をあふれさせている。

伸正は首をひっこめ、今度はベッドの中やその周囲を検べはじめた。脅迫状でも置かれてないかと考えていることが、保江には察しられた。二、三日前、夫婦でリンドバーグ事件のことを話した憶えがあった。もう半世紀も昔の出来事だけれど、有名なリンドバーグ二世が二階の寝室から誘拐された時、窓の下に脅迫状の封筒と、外には梯子が残されていた。保江がその事件に関連のある小説を読んだことが話題のきっかけだったが、あれこそ虫の知らせというものだったのか……?

「ちょっとした悪戯かもしれないよ。家の囲りを見廻ってごらん」

「ええ、でも、もし見つからなかったら?」

「うむ、その時はまた……しかし……」

伸正の返事が終わる前に、保江は玄関へとび出した。四月なかばとはいえ、ルリ子がこんな冷たい雨の中に放り出されていたらと思うと、胸が潰れそうだ。

保江が玄関脇から庭のほうへ廻った時、伸正はまだ窓際に佇んでいた。どうするのがいいか、思い惑っている顔つきで。

「警察へ届けましょうか」と保江が口走るようにいうと、

「いや、まさか……とにかく家の周囲をよく捜してごらん」

「あなたは?」

「うむ……とにかく店へ出てくる。今朝は大事な販売会議があって、どうしても抜けられないんだ」

「そんな……」

「何か変ったことがあったら電話しなさい」

伸正が背を向けて歩き出した途端、またどっと保江の目から涙が噴き出した。冷たい人！　あの人はやっぱり真からルリ子を愛してはいないんだ。私と調子を合わせて、可愛がっているふりをしているだけで……！

「ルリ子……ルリちゃん……」

保江は震える声で呼び続けながら、雨に濡れるのも忘れて捜し廻った。三部屋にキッチンが付いているだけの小さな家なので、その周辺といっても知れたものだ。そこから見える隣家の庭や道路のどこにも、ピンクのネグリジェを着ていたルリ子の姿は見えなかった。

保江は再びルリ子の寝室へ戻った。何かの奇蹟か思いちがいで、ルリ子が何事もなくベッドの中で毛布にくるまっているかもしれないと、祈るような気持で。が、やっぱりもぬけの殻だった。

「ルリ子、どこにいるの……」

四十二歳の保江は、少女のように声をあげて泣き出した。ふつうなら今ごろ、着替えをすませたルリ子と向かいあって朝ご飯を食べているころなのに。それからテレビ。幼稚園へ行かない代りに、保江はつとめて幼児番組をかけるようにしていた。ルリ子は中でも「おかあさんと一緒」がお気に入りのように見えた……。

夫もあんまりひどい。こんな時に平気で出勤してしまうなんて。ルリ子は誘拐されたのかもしれないというのに。あの不運なリンドバーグの赤ちゃんと同じに、寝室の窓から盗まれたのだ。窓の下に挟んであった脅迫状の代りに、今にも脅迫電話が掛ってくるのではないか。犯人はきっと、保江がどんなにルリ子を愛しているかを見通しだろう。ルリ子のためなら、全財産だって惜しげもなく投げ出すのを知っているにちがいない。第一それは当然の償いだ。私が窓の鍵を掛け忘れたばかりにルリ子が連れ去られたのだから。可哀相なルリ子、ママをゆるして！

玄関の開く音がして、保江はビクリとした。夫が戻ってきたのかもしれないとも思ったが、廊下に姿を見せたのは伸正の甥の夏夫だった。

「どうしたの、叔母さん！」

雨と涙で濡れそぼった保江を見て、夏夫は目をむいた。

「今、この前を通りかかったら、叔母さんが傘もささずにウロウロしてたんで、ちょっと覗いてみたんだけど……」

「ルリ子がね、ルリ子が……」

保江は今朝からの経緯をやっとの思いで打ちあけた。

「それは大変だ。しかし、悪かったですねえ。昨日ぼくが来て、麻雀をはじめたりしなければよかった……」

夏夫は眉をしかめて唇を引き結んだ。小造りな顔が少し蒼ざめている。伸正は事態を軽く考えていたようだが、夏夫はすぐに保江の心痛を察してくれた様子で、それはわずかばかり保江の気持を慰めた。

「麻雀の間はみんな夢中になってたから、誰かが忍びこんでルリ子ちゃんを攫っていったとしても、誰も気がつかなかったかもしれない……」

昨日、夏夫が勤め帰りに立ち寄り、いつもながら夕飯をいっしょにしたあと、伸正が麻雀でもやろうかといい出したので、隣家の森山老人を誘って卓を囲んだのだった。夏夫は二十六歳で、伸正の姉の一人息子、伸正にとってはたった一人の甥に当る。夏夫の父親は夏夫が高校のころに亡くなり、夏夫は伸正の援助で大学を卒業した。なかなかいい就職口がなくて、今は歯科医院の事務に臨時で勤めているが、もっと大きな会社へ入り、将来性のある仕事をやりたいといって、伸正にツテを頼んでいる。それやこれや、何かと伸正を頼りにして、ちょうど通勤の途中にも当るので、三日にあげずこの家に顔を出していた。保江にしてみれば、夏夫が小柄な身体つきや神経質そうな顔立ちも含めて、全体にちょっと覇気のないところが少々食い足りないが、その分中年の叔父夫婦や隠居の老人相手の麻雀でも結構楽しんでいるふうなど見れば、血の繋がった甥のような可愛いさを覚えもするのだった。

「森山さんにも訊いてみたの」と夏夫が尋ねた。

「いいえ、まだだけど……でもあのおじいちゃんがルリ子をどうかするわけもないし……」

「そうですね」

と夏夫はまた考えこんだが、ふいに眉をあげて、

「もしルリ子ちゃんが本当に攫われたんだとすれば、もしかしたら美知子の仕業じゃないだろうか」

「え？」

と、保江は息をのんだ。さまざまなショックがいちどきに胸に押し寄せてくる思いだった。

「どうして美知子さんが……」

けんめいに抗うようにいった。

「このごろはあの娘《こ》もすっかり私たちになついて、ルリ子のことだって、まるでほんとの妹みたいに可愛いがってくれてたじゃないの」

「叔母さんたちになついていたからこそ、だからよけいに美知子がやったんじゃな

いかと思ったんですよ」

夏夫はいいにくそうにちょっと唇を歪めた。保江は呆然として、ことばを失っていた。夏夫のいう意味が、徐々に呑みこめてきたからである。

小沢美知子は、この町にある高校の二年生で、札つきの不良少女だった。家庭も複雑で、母親が男をつくって家出してしまい、今はアパートで父親と二人暮らしだが、その父親も飲んだくれで、あまり家に寄りつかないという。美知子は大柄な、十五、六歳とも思えぬ成熟した身体つきをして、性非行も相当なものらしいが、何よりも町内の人々に嫌われているのは、美知子が小さな子供や犬や猫にまで、わけもなく乱暴するからだった。通りがかりにいきなり殴ったり、石を投げたりする。警察の少年係に補導されるのは再三で、停学処分も何度か経験しているらしい。

そんな美知子が、保江が属しているキリスト教会のバザーで偶々保江と知合い、気まぐれにこの家へ遊びにくるようになった。最近ではそれがたびたびになり、庭いじりを手伝ったり、夕飯を食べていったりするうちに、ポツリポツリと胸のうちを保江に話すようになっていた。母親のいない寂しさ、酔った父にぶたれ、その腹いせについ行きずりの子供を苛めてしまった気持……。

保江はしだいに、美知子に親身の情愛を覚えはじめていた。美知子にしても同じだったかもしれない。それだけに——。

「叔母さんの愛情を一人占めにしているようなルリ子ちゃんに、美知子は嫉妬したんじゃないだろうか。ルリ子ちゃんさえいなければと思いつめて……いや、ただちょっとそんな気がしただけなんですけどね……」

保江はめまいに襲われ、立っているのがやっとだった。開け放しの窓から大粒の雨が降りこみ、主のいないベッドの柵を濡らしているのにも気づかなかった。

2

背筋に流れこんだ雫の冷たさに思わず首をすくめた都倉一《はじめ》は、レインコートの襟を立てて足を早めた。今日は一日雨だった。それで彼が顧問をしている庭球部の練習は中止になり、ふだんより一時間以上も早い五時まえには下校できた。

都倉は雨の日も決して嫌いではない。ことに、甘い花の香を含んだ暖い春雨の下なら、傘もなしに歩き続けてみたいようなロマンティックな気分に誘われることさえあるのだが……今日は朝からなんとも陰鬱な天候だった。季節外れに肌寒く、鉛色の空から落ちてくる大粒の雨が、時折の風で横殴りに降りつけて、ズボンの裾を冷たく濡らした。在来の家々の間に小規模なマンションなど建ち並んでいる住宅街には、まだ随所に空地も残っていたが、野原の隅のゴミ捨て場などが、ことさら不潔に感じられる。

自分のアパートの近くまで帰ってきて、道の脇にある小さな池のほうを何気なく見ると、そこにも何かしらゴミが捨ててある中に、人形が一つ投げ出されているのが目に入った。頭を半分池に突っこんで、長い金髪が泥水につかっている。

人形が無残に打ちすてられている光景というのは、なんとなく不吉なものだな……都倉がそんな感慨を覚えた時、

「さよなら」

早口に挨拶して、男生徒が一人すれちがっていった。受験塾に通っている三年生らしかった。都倉も「さよなら」と答え返しながら、彼が声をかけてくれたのに、ちょっと心が和んだ。都倉が英語の教師を勤めている公立高校は、とくに非行が問題になっているというわけでもないけれど、外で教師と出遇っても知らん顔をしている生徒が大半なのだから。

が、それで都倉はまた、小沢美知子のことに意識を引き戻された。美知子は彼が担任している二年B組の生徒である。無断欠席が、今年に入ってから今日ですでに

二回目だ。

美知子の欠席が目立つようになったのは、一年の夏休みすぎからで、都倉は昨年も彼女の担任だったので、もう慣れっこにされていた。無論最初のころは心配してアパートへ訪ねていったものだが、誰もいなかったり、たまに、土工をしているという父親を摑まえても、美知子が学校を怠けてどこをほっつき歩いているのか、父親自身知りもしなければ大して心配もしていないといったふうだった。そして二、三日もすると、美知子はまたブラリと学校へ現われた。

都倉は美知子を自分のアパートへよんで、長時間話しあったこともある。学校でもそれとなく注意しているつもりだが、教師が一人の生徒に手をかけられるのには、おのずと限度がある。最近では、ともかく美知子が家裁送りになったり退学させられるほどの大事を起こさずに卒業してくれるようにと、都倉は願っている。いや、そう願うことまでで、ひとまず割り切ろうとしているのかもしれなかった。

美知子のアパートへ廻ってみようか？——都倉はちょっと迷ったが、行くとしても夜のほうが、父親か美知子に会える確率は高いと考え直した。

都倉の住居は三階建私営アパートの三階２ＤＫである。一昨年大学の教育学部を卒業して、公立高校へ就職した彼は、それまでの学生寮から今のアパートへ移って、自炊をはじめた。実家はこの市からローカル線で二時間ほど北へ行った田舎町にある。

自炊は不便だし、生活が不規則になりはしないかと、実家の母親は心配していたが、いざはじめてみるとさほど大変なことでもなかった。一つには、同じアパートの主婦たちが、おかずを一品届けてくれたり、買物を引きうけてくれたり、何かと気を配ってくれるからだ。代りにその都度、都倉の部屋を好奇に満ちた眼差で覗いていく。

人口四十万、県内では三番目の規模になるこの城下町には、大企業の支店などは少なく、さりとて過疎化が進んでいるというほどでもなくて、住民の流動は比較的少ないようだった。とりわけ都倉が住んでいる界隈は旧くからの住宅街で、隣近所が長年の付合いを保っている。交誼が深いだけに、人の噂もはげしい。クリスティのミステリーを読んでからは、ここもちょっとしたセント・メリー・ミード村だななどと、都倉は苦笑することさえあった。

ジトジトした背広を脱いでTシャツとジーンズに着替えた彼が、一人分の米を電気釜に入れかけていた時、ドアにノックが聞こえた。まるで彼の帰宅を待ちかまえていたようなタイミングだった。

「はい」

と答えてドアを開けると、一階に住んでいる中年主婦の大館啓子が立っていた。いつもならまず素早く都倉の背後の室内に視線を走らせる啓子が、なぜか息を弾ませて、

「先生、大変なんです」

「はあ？」

「いえね、ついさっきそこの派出所の巡査が見えて、先生はまだ帰ってないかと訊くから、まだらしいと答えましたら、警察では学校へも電話したそうですけど、ちょうど入れちがいになって……」

「何があったんです？」

と都倉はちょっとせきたてた。

「それが大変なんですよ。小沢美知子さんが殺されたんですって」

「えっ？」

「いえ、殺されたのかどうか……とにかく重態で、市立病院に運ばれたんだそうです。お城の石垣の下に倒れているところを見つかって……先生にも事情を聴きたいので、帰りしだい派出所まで来てほしいって……」

都倉はジャンパーを羽織りながら階段をかけおりた。

派出所へ走りこむと、巡査が車で本署まで送ってくれた。車中の話と、本署の捜査係から聞いたところは――、

市の中心部に近い城趾の石垣の下に倒れていた美知子が発見されたのは、今日の午後四時すぎのことだった。通りがかりのセールスマンが見つけたのだが、天気が好ければもっと早くに発見されていたかもしれない。美知子は、ベンチなど置いてある石垣の上から約七メートル下へ墜落して頭を打った模様で、直ちに病院へ運ばれた。ポケットにあった定期券から身許がわかり、父親や学校へも連絡がとられた……。

「それで、容態はどうなんです」

と、都倉は真っ先に尋ねた。

「すぐ頭部のレントゲンを撮ったあと、手術室へ運ばれました。まだ手術中ではないでしょうかね」

初老の捜査係長が腕時計に目を落として眉をしかめた。

「石垣から落ちたのはいつごろなんでしょうか」

「それがはっきりしないんですが、墜落してから大分時間が経っていたようで、息

があっただけでも奇蹟的だと医者がいってましたよ。――学校は今日休んでいたそうですね」

「はあ。昨日はふつうに来て、四時半ごろ下校したはずですが」

警察がすでに美知子の欠席を知っていたのは、父親に聞いたかららしかった。

「親父さんの話では、昨夜は親父さんも飯場に泊ってしまったんで、美知子が家に帰っていたかどうかわからんというんですな。今日は雨降りで仕事がなかったので、昼すぎにアパートへ帰ると、美知子の制服が脱ぎすててあった。それで、また学校をさぼって、どこかで遊んでるんだろうくらいに考えていた。――そんなわけで、学校の制服を着ていない点、本人の傘などが現場付近に見当らないところからも、昨日下校していったん家に帰ってから、雨が降り出す夜半までの間に現場に来て、難に遇ったのではないかと、われわれは見ているんですが……」

美知子のアパートから城趾までは、バスで十分ほどの距離だった。

「難に遇ったといわれますと、何かの拍子に石垣を踏み外して……？」

「勿論単純な過失かもしれませんが、突き落とされたという疑いも無視できないでしょうな。あのへんは桜が多くてね。もうおおかた散りかけてはいたが、まだ昨夜までぼんぼりが点って、足許がわからんほど暗くはなかったのですよ」

さっきアパートの主婦が「美知子が殺された」といったのを、都倉は思い出した。署内では他殺の見方がかなり強いのではないか。その気配を敏感に察した彼女は、思わず都倉にあんな伝え方をしたのではなかっただろうか……？

係長はそれから都倉に、美知子の素行や事件の心当りなどを質問した。

都倉はほぼありのままを話した。怠学や性非行でたびたび補導を受けていたこと、小さな子供を苛めるので、近所で嫌われていたことなど。

「しかしここしばらく、その種の抗議が学校へ来ることはなくなってましたがね。家庭的にも恵まれないのでね。根はそんなに悪い子じゃないと思うんですが」

「最近とくに親しく付合っていた異性などは？」

「はあ……ちょっと気がつきませんでしたが……」

「同じ校内の生徒などでも、お心当りないですか」

隠さずに話してほしいと、係長の目が熱心に見守っている。

「それは、何かとくに……？」

都倉が反問すると、係長は短く溜息をついた。

「小沢美知子は妊娠三か月くらいだそうですよ」

ひとまず警察署から解放されると、都倉はタクシーで市立病院へ急いだ。

美知子の手術は終わっていたが、面会は許されなかった。どちらにしても、まだ患者は意識を取り戻していない。いつ目醒めるか、生命を取りとめるかどうかも、予断を許さないと、担当医は重苦しい声で答えた。

都倉がアパートへ帰ってきた時は、すでに十時近く、昼間の雨がようやく上がった路上にほの白い星明りが漂っていた。

中二階の踊り場で、四人ほどの中年主婦が立ち話していた。中にいた大館啓子が都倉を認めるなり、四人の口から歓声とも嘆声ともつかぬ奇妙な音声が発せられた。彼女らは都倉の帰りを、ここで網を張って待っていたのかもしれない。

都倉は際限のない好奇心とたて続けの質問を、一身に受けとめなければならなかった。とはいえ、事件は七時のテレビニュースでも報道されていたし、都倉が係長に問われて答えた内容などは、彼女らも先刻承知の評判であった。

「あの娘《こ》、またどこかの子供に乱暴して、その子のお母さんが腹いせにやったんじゃないのかしら」

「そんなことかもね。この辺に住んでる小さな子供のお母さんで、あの娘に恨みを持ってない人なんていないくらいだからね。石ぶつけられて青墨になったとか、つきとばされて捻挫したとか……この頃ちょっとおとなしくなったなんていってたけど、そう簡単に本性が変るはずないものねえ」

今集っている主婦たちの子供は、大抵みんな中学生以上だった。

「あたしもそう思うわ」と、また一人がいった。

「異性関係のもつれってこともあるかもしれないけど、そんなの今にはじまったわけじゃないでしょ」

「そうよ。たとえ妊娠するようなことになったって、あの娘ならサッサと堕すだけでしょうもの」

美知子が妊娠三か月だったことまでは、ニュースで報道されてないし、都倉も隠していたのだが、女性の想像力の逞しさに彼は内心で舌を巻いた。

それにしても、彼女らの観測はある程度的を射ているともいえるのではないか。美知子にはすでに二回、中絶の前科があった。

「最近あの娘の被害に遇った子供というと、誰かしら」

「人の知らないところでどんなひどいことやってたかわからないしねえ」

「美知子は近ごろちょくちょく堺さんの家へ出入してたっていう噂だけど、でも保江さんはクリスチャンだし、あんなに優しい人柄だから……」

「第一保江さんとこはねえ……」

主婦たちが推理に熱中しはじめた頃合いを見て、都倉はそっと抜け出した。

「あら、都倉先生、お夕飯まだなんでしょ。よろしかったらお茶漬けでも……」

「いやいや、結構……」

都倉はあわてて階段を二段ずつのぼったが、三階に達するころには、疲れのために自然と足が重くなっていた。

鍵を外してドアを開けると、室内のむれた空気が感じられた。

彼はベランダのドアを開け放った。ベランダには水溜りができて、黒い水面がかすかな夜風に揺れていた。

それをぼんやりと眺めていた彼の眸に、ふと一つの風景が甦った。

3

「どうでした、まだ見つかりませんか」

隣家の森山老人が歩み寄ってきて尋ねた。ストッキングの脚を泥跳ねだらけにし、肩を落とした保江の姿を、眼鏡の奥から痛々しそうに眺めた。

保江は首を振った。

「今日も一日捜しまわってみたんですけど……もう三日目ですわ。ルリ子がどこでどうしているかと思うと……」

保江の赤く腫れた目に、みるみる新たな涙があふれた。

「案外、親切な人の家で世話になっているのかもしれませんよ」

「いいえ、ルリ子が自分で勝手に家を出ていくはずはありませんもの。誰かに攫われたのに決ってます。せめて電話でも掛けてくれれば……」

「脅迫電話なども全然掛ってこないんですね」

「なんにも。私は警察に届けたらっていうんですけど、主人は踏みきれないんです。いいえ、あの人は冷たいんだから……今度こそ主人の本心がわかりましたわ。あの人は心底からルリ子を愛してはいなかったんです。自分の本当の娘だと信じたことなんか、一度だってなかったんですわ」

森山老人は目を逸して溜息をついた。少したってから、

「ルリ子ちゃんを攫っていった犯人に、心当りなどはないんですか」

すると保江は、ふいに表情を失ったような顔で、いっときぼんやりと彼を見返していた。それから、ちょっと別のことを答えた。

「今しがた、美知子さんの病院へ寄ってきましたの」

「ああ、可哀相にねえ、あの娘《こ》も。どんな容態でした？」

「二、三分会わせてもらっただけですけど、何もわからずに眠ってましたわ。手術後も意識を回復しないんだそうです」

「あの娘が難に遇ったのは、ルリ子ちゃんがいなくなったのと前後したころらしいから、やっぱり今日で三日目ですねえ。さっきも警察の人が聞込みに歩いていたようでしたよ」

「警察の人が？」

と保江が息をのむようにして訊いた。

「どうしてですの。美知子さんは誤って落ちたんじゃないんですか」

「いやそれが、誰かに誘い出されて突き落とされた疑いもあるらしいんですね。奥さんはルリ子ちゃんのことで頭がいっぱいだから耳に入らなかったかもしれないが、この辺では、あの娘が苛めた子供の母親に恨まれて、復讐されたんじゃないかというもっぱらの評判ですよ」

「苛めた子供の母親に恨まれて……」

保江は口の中で呟くと、急に鋭い痛みに襲われたかのように顔を歪めた。黙ってドアを開け、家の中へ入った。

靴を脱いであがると、真っ先にルリ子の部屋を開けた。ベビーベッドへ歩み寄り、蒲団を手で押さえた。もしかしたら、ルリ子が帰っているのでは……？

今日も奇蹟は起こっていなかった。

保江は崩れるように畳に尻もちをついた。ルリ子はどこに隠されているのだろう。あんなことになる前に、美知子から聞き出せていれば……！

保江は顔を覆って啜り泣いた。まるで二人の娘を同時に失ったようなやりきれない悲しみに襲われた。

どれほどそうしていただろうか。

玄関のチャイムが鳴っているのに気がついた。

いつまでも繰返し鳴っている。

警察が聞込みに来たのだろうか？

それとも誰かがルリ子を見つけて……？

希望にすがって立ちあがった。ハンカチで顔を拭って、廊下へ出た。

「はい」

と答えると、ドアが開いた。夕陽をバックにして、二十四、五歳の、背の高い丸顔の男性が立っていた。右手に大きな紙袋を一つさげている。

「はじめまして、ぼくは都倉という者で、その先のアパートに住んでいるんですが……」

「都倉？　……あの、もしかしたら美知子さんの担任の……？」

「そうです、高校のクラス担任です」

「まあ……先生のお話は時々美知子さんからうかがってましたわ」

「いや実はぼくも、奥さんの噂は時々近所でお聞きしてたんですが……」

都倉は若々しい眸をちょっと眩しそうに瞬かせたが、つと右手の紙袋を胸元まであげ、中のビニール袋を取り出した。ビニール袋の中身を保江のほうへ差し出しながら、

「あの、もしかしたらこれはおたくの……？」

何秒間か、息をのんで凝視めていた保江の喉奥から、悲鳴に似た声が迸り出た。

「ルリ子！」

保江は都倉の手にあるものを奪いとるようにして胸に抱きしめた。

「ルリ子……ルリ子……」

泥水が金髪に染み、保江の着せたピンクのネグリジェもしとどに濡れて、見る影もなく汚れてはいたが、まちがいなくルリ子だった。人目にはただの人形としか映

らなくても、保江にとってはわが子も同然の、可愛い大事なルリ子だったのだ！

「可哀相に……誰がこんなことを……」

夢中でルリ子を撫でさすっていた保江は、もう一度あっと息を引いた。人形の首には、ネグリジェの飾りについていたローズ色のリボンが、きつく二巻きして結んであった。ルリ子は絞殺されていたのである。

「ルリ子はどこにいたんでしょうか」

「ぼくのアパートのちょっと先に小さな池がありまして、その水際に……」

「あの池なら私も見に行きましたのに」

「あるいは奥さんが捜されたあとで、捨てられたものかもしれませんね」

「ほんとによく見つけてくださいまして……まあお上がりになりませんか」

「はあ、ではちょっと失礼します」

都倉は遠慮せずに靴を脱いだ。きれいなバスタオルにくるんだルリ子をしっかりと抱いている保江と対座すると、彼のほうから口を切った。

「実はぼくは、奥さんが子供のいない寂しさから、人形をわが子のように可愛いがっていらっしゃるという話は、以前から小耳に挟んでいたんです。でもそのルリ子ちゃんを見たことがなかったので、最初池のそばに落ちているのを見かけても、何も気づかずに通りすぎたんです。ところがその夕方に、小沢美知子が城趾で発見されて、美知子は小さな子供に乱暴するのでその母親に復讐されたんじゃないかという噂でした。その時も、ぼくはなんとなく、池のふちに捨てられていた人形を思い浮かべていたんですが……翌朝、堺さんの奥さんが気ちがいのようにルリ子ちゃんを捜しまわっていると聞いて、ハッとしたのです」

「……………」

「美知子は最近よくこちらへお邪魔して、夕飯をご馳走になったりしていたそうですね。奥さんとお近づきになって以来、美知子の行動に関する苦情や抗議は少なくなってました。あの子は、母親の優しさに飢えていたんじゃないでしょうか。母性愛に包まれている幼な子を見ると、無性に腹立たしくなって、思わず乱暴してしまった。でも、奥さんの優しさに触れて、少しずつ素直な心を取り戻していたんじゃないかと……」

「私も、美知子さんが赤の他人だという気がしなくなっていたんです……」

保江はこわばった声でいった。

「ええ……しかしそれだけに、美知子はだんだんに奥さんの愛情を独占したくなり、ルリ子ちゃんが妬ましくなった。魂のない人形でも、永い年月生きている子供のように扱い、話しかけたり着替えさせたり、散歩や食事もいっしょにしていれば、本当にわが子同然の情が移るものにちがいありません。それを知っていた美知子は……いや、この先はぼくの憶測にすぎないんです。奥さんにも、美知子に対しても、大変に失礼な暴言を吐くことになるかもしれませんが、どうか冷静に聞いてください」

「…………」

「ルリ子ちゃんさえいなければと思いつめた美知子は、奥さんの隙をみてルリ子ちゃんを盗み出し、首を絞めて殺した。奥さんが捜しにきたあとで、池のそばへ捨てた。一方奥さんも、美知子の仕業と睨んだ。思案した末、美知子を城趾へ誘い出し、やんわりと尋ねてみたが、美知子はルリ子ちゃんの行方を白状しようとしない。カッとしたあなたは、思わず美知子を突きとばして、石垣から転落させた。美知子が死んだように見えたので、あなたは事件を前夜の出来事に、つまりあなたがまだルリ子ちゃんの盗まれたのに気づく以前に起きたことと見せかけるために、美知子の傘を持って逃げ帰った……」

　保江の顔は蒼白に変り、息遣いが喘ぐように乱れていた。あまりのショックに口もきけないといった体に見えた。

「ほんとにこれはまだ、ぼくの推測にすぎないんです。でも、もし当っていたら、どうか一刻も早く自首してください。幸い美知子は一命をとりとめて、今日にも意識が回復するかもしれません。彼女の口から真相が語られる前でなければ、自首のチャンスはないんです。自首すればそれだけ罪が軽くなるし、警察でもきっと奥さんの気持を斟酌してくれると思いますよ」

都倉はまだことばを失っている保江を残して、椅子を立った。これ以上彼女の顔を見ていることに耐えられなくなったからだった。

4

まる二日がすぎた。

堺保江が自首したというニュースは、一向に伝わってこなかった。都倉が近所の主婦にそれとなく聞いた様子では、保江は一見これまでと変りない生活をしているらしい。

美知子は依然意識なく眠り続けている。

美知子を突き落とした真犯人が捕まったという報も聞かない。

都倉はしだいに、無気味な不安に駆られはじめた。保江の真意を計りかねた。ひそかに逃亡の準備を整えているのではないだろうか。それともまさか、自殺するつもりではあるまいか……？

いずれにせよ、少しでもその疑いがあるとすれば、警察に報らせて事情聴取なり、監視するなりの処置を講じてもらうべきだろう。とはいえ、自首を勧めておきながら警察に通報するなど、彼女を裏切るような気がする。

しかしまた、もし本当に彼女が自殺してしまったら、自分は責任がないといえるだろうか……？

あと一日だけ様子を見ようか。あれから、三日待って、依然保江が素知らぬ顔をしているなら、その時は通報もやむをえないだろう。——思い迷った揚句、都倉はひとまずそう肚を据えた。

二年B組の名和葉子が（先生、ちょっと……）といった眼差で都倉に歩み寄ってきたのは、その三日目の放課後だった。葉子は弁護士の娘で、クラスではあまり目立たない、おとなしい生徒だった。

「何？」

都倉が軽く訊くと、葉子はほかの生徒がすっかり教室から出ていってしまうのを

見届けてから、

「小沢さんのことで……」

目を伏せて囁く。

「美知子のことで？」

都倉がかえって緊張したのは、葉子が日頃美知子と正反対のグループに属していたからかもしれない。

彼は葉子を窓際へ連れていき、机を挟んで腰かけた。さあ話を聞こうという表情で覗きこんだ。

「あのう……美知子さんが妊娠してたって、ほんとですか」

都倉はゆっくりと一度瞬きした。今までそれが表向きに報道されたことはなかったし、無論教師たちも口をつぐんでいたはずなのに、噂のひろがる迅さは主婦の間ばかりではなさそうだ。

「どうしてそんなことを訊くの」

と、彼はわざと笑いながら問い返した。

「美知子さんがあんなことになる一週間くらい前、変なことを尋ねられたんです」

「美知子から？」

「そうです」

セーラー服の膝の上で白い指を組んだりほぐしたりしながら、葉子は話し続けた。

「もし女が赤ちゃんを産んで、でも父親がいなかった場合には、その赤ちゃんの戸籍はどうなるのかとか、確かに赤ちゃんの父親だということを男に認めさせるにはどうしたらいいのかなどを、私の父に尋ねてくれないかなんて……」

「ほう。しかしなぜそんなことを知りたいのか、その理由《わけ》は……？」

「友達に頼まれたといってました。名前はいえないけど、そういう問題で悩んでいる友達がいるからって」

「なるほど。で、君はお父さんに訊いてあげたの」

「ええ、でも父は、いろんなケースがあるので一概にはいえない。くわしい事情がわかれば適切なアドバイスをしてあげられると思うから、一度本人が会いにくるようにといったんです。それで、その通りを美知子さんに伝えたら、もういい、決心がついたからって……」

「決心がついた？」

「ええ、なんかほんとに心を決めたような顔で、そういってました」

「うむ……」

都倉は腕を組んだ。葉子はしばらく黙っていたが、勇気を振るい起こした表情で、

「美知子さんが妊娠してたらしいって噂を聞いてから、私、あの話は彼女自身のことじゃないかという気がしてきたんです」

「すると、美知子はどう決心したわけだろう?」

「もしかしたら、産もうと決めたんじゃなかったでしょうか」

「ああ……」

葉子が帰っていってからも、都倉はシンとした教室の片隅にすわり続けていた。

葉子の推測に、彼も同意している。

美知子は、保江が子供のできない寂しさからひたむきに人形を可愛いがっている姿を見て、生命の尊さに目醒めたのではなかっただろうか。そして、お腹の子を産もうと決心したのだ。そんな心境になっていた美知子が、どうしてルリ子を絞殺したりするだろう!

美知子の胎内の子の父親は、その事実を認めようとしなかったらしい。それでも産むと美知子がいい張った時、彼女は男にとって脅迫的存在となった。彼は彼女を城趾まで誘い出し、石垣から突き落として殺そうとした。おまけに彼は、ルリ子を盗み出して池に捨て、美知子の仕業と見せかけて、美知子殺害の容疑を保江に向け

させようとしたのだ。

美知子と接触する機会を持ち、ルリ子を盗み出せた男は誰か？

堺伸正の甥で、二十五、六の男がのべつ堺家に出入りしていると、いつか大館啓子が喋っていたのを都倉は思い出した。

「堺さんの援助で大学出たものの、臨時雇いしかなくて、就職も叔父さんに頼みこんでるらしいですよ。おとなしそうでいて、何考えてるかわかんないみたいな……私はあんまり好感持てないけど、まあ堺さんにしてみればたった一人の甥っ子だから可愛いんでしょうねえ……」

都倉は膝に力をこめて立ちあがった。真っ先に、保江に詫びなければならないと考えながら——。

5

伸正が朝食の箸を置くなり、保江は熱いお茶の湯呑みを差し出して、テーブルを離れた。早くユミ子を起こしてやらなければ。ユミ子はルリ子よりずっと早起きで、保江が迎えにいくのがちょっと遅いと、もう待ちかねたようにベッドの中でぐずり出すのだから。

「ユミ子ちゃん、お早よう」

保江は四畳半へ入り、カーテンを開けた。穏やかな晩秋の陽光が窓いっぱいにさしこんできた。なんていい天気だろう。冬が来るまでに、ユミ子にたっぷり日光浴をさせてやらなければ。

着替えをさせたユミ子を抱いて玄関へ出ると、もう伸正も身仕度をすませて靴をはいているところだった。

「今日は公判を聴いてくるからね」

靴ベラを戻した伸正が、低い声でいった。

「ええ……」

午後から夏夫の裁判があることは、保江も心得ている。今日が最終弁論で、次回には判決が下されるはずだ。殺人未遂の適用を免れて、傷害罪になったとしても、懲役七、八年は下らないだろうと、弁護士はいっているそうだ。それは当然の償いかもしれない。気の毒な美知子さんのことを思えば——。

「じゃあ——」

伸正がドアを開けると、保江はユミ子の小さな手首をつまみあげて、

「パパ、いってらっちゃい」

と振ってみせた。

ユミ子を抱いたままダイニングキッチンへ戻り、そっと揺り椅子に寝かせた。これからユミ子といっしょに朝食。ご飯がすんだらレコードをかけることにしている。幼少時から美しい音楽を聞かせていると、音感教育ばかりでなく、精神の発育にも好ましい影響があるということだから。

庭先の小さな卒塔婆の上にも、あたたかい陽射しがふり注いでいた。ルリ子を焼いて、その灰を埋めたお墓だった。保江の視線は、おのずとそこに留まっていた。元気なころのルリ子の面影が、網膜の上を流れた。

でも早いものだ。もうあれから七か月あまりもたった。

都倉先生がルリ子の遺体を抱いてきて、保江に対する疑いを口に出した時には、息もつけないほど吃驚りしたものだった。保江も夏夫のことばに唆されて、一時は本当に美知子がルリ子を攫ったのかと疑い、ルリ子の行方を訊き糺すつもりで美知子を捜していたのだから。

でも、先生の着眼はある程度真相を暗示していたのだ。あのお蔭で、保江は「自分に罪を着せようとした人間」の存在に気がついた。だから、三日後に都倉が邪推を謝りにきた時には、保江もすっかり心が定まっていた。

その晩、伸正と二人で夏夫を問いつめた。夏夫も観念した様子で告白した。

「美知子とはほんの遊びのつもりだったから、まさか子供を産むといい出すなんて、考えてもいなかったんです。事件の日は、夕方から叔父さんたちと麻雀をしながら、どうしたらいいのかずっと悩んでいた。やっぱり堕してくれと頼む以外にないと決心して、帰りに美知子のアパートへ寄って、夜桜見物に誘いだした。だけど美知子は、どうしても産むといい張るんだ。ぼくは思わず逆上して、突きとばした。いや、殺す気なんか、絶対になかったんです。そんなに高い石垣だとは思ってなかった。ただ……咄嗟に流産させてやろうと……ところが、美知子は頭を打ったらしくて、死んだように倒れている。ぼく夢中で叔父さんの家まで逃げ帰ってきた。わけを話して相談するつもりで……でも、ルリ子ちゃんの部屋の窓がうすく開いているのを見た時、ふいに悪知恵が働いたんです。美知子がルリ子ちゃんを盗み出したように仕組めば、叔母さんが疑われるかもしれない。つまりそんなふうにして、煙幕を張れば、どうにか逃げきれるんじゃないかと……」

伸正が付き添って、夏夫は自首した。

ルリ子は、ネグリジェのリボンできつく首を絞められていたのと、泥水で汚れていたほかは、手足が千切れていたりはしなかった。でも保江は、なぜかもう、ルリ子が生き返ってきたと思うことができなかった。もしかしたら、意識の奥底で、〝人形遊び〟の虚しさに気付きはじめていたのかもしれない。もしそうだとしたら、それをわからせたのは美知子にちがいなかった。美知子に対して実の娘のような情愛を覚えはじめた時から、ルリ子は知らず知らず、保江の心の中で、魂のない人形に戻りかけていたのだろうか……？

子宝に恵まれぬ寂しさや、わが子を失った悲しみを紛らすために、人形を子供同然に愛おしんでいる夫婦を、保江はほかにもいく組か知っていた。そんな夫婦がホテルの食堂で人形の口へスプーンを運んでいる光景を見て、有名な作家が新聞に随筆を書いていたのを読んだ憶えもあった。作家はたとえば世の教育ママたちの勘定づくの愛情などより、そんな無償の愛のほうがよほど尊いと、感想を記していた。

でも、無償の愛や犠牲というのとも少しちがうと、保江は最近になって思い返している。なぜなら、人形は夜泣きして親を眠らせなかったり、熱を出して心配をかけることもないのだから……。

ふいにユミ子がかん高い泣き声をあげたので、保江は我に返った。ユミ子は揺り椅子の中でおくるみに包まれた小さな身体をのけぞらせている。血の通った赤ん坊のユミ子は、ルリ子のようにいつまでもおとなしく待ってはいない。

「お腹がすいたのね。すぐにミルクをあげますからね」

保江は椅子を揺すってあやしてから、哺乳瓶を消毒するためのお湯をガスにかけた。戻ってきてユミ子を抱きあげた。

機嫌を直したユミ子の顔に、美知子の面差しが宿っている。美知子は意識を回復せず、眠り続けたままでこの子を出産した。

いつか、美知子が目醒めて、ユミ子と対面する日が来たら、ルリ子がこんなに大きくなったといって驚かせてやろうかなどと、保江は夢想している……。

陰膳《かげぜん》

「――今日の帰りは？」

「遅くなるかもしれない」

「夕飯はいらないの」

「うむ……たぶん」

「いってらっしゃい」

「ああ」

ろくに聡子の顔も見ずに応答していた和弘は、上《あが》り框《かまち》の鞄《かばん》をとりあげる時、ようやくチラリと妻に視線を当てた。それもすぐにそらして、ドアを開け、振向かずに出ていった。

きっと今夜も遅いのだろう。

飲んでくるにちがいない……。

あの人はそうやってつらさを紛らしているのかもしれないが、家に一人で残される自分は、どうすればいいのだろう……？

冷んやりとした廊下を戻りながら、聡子はまた涙ぐんでいた。

ほんの四カ月前までの、忙しく騒々しかった毎朝とは、まるで別の家のようだ。和己がいた時には、玄関先でいつまでもパパとふざけあっているあの子を茶の間へ引き戻し、朝ご飯の残りを食べ終らせ、そうしている間に急いで聡子も身仕度して、和己を幼稚園へ送っていかなければならなかった。

家へ戻ってきて、朝食の後片づけや、掃除、洗濯と、クルクル立ち働いているうちに、すぐお昼になって、もう和己が「ただいまア」とかん高い声をあげて駆けこんできたものだ。

夫の帰宅も毎日早かった。一刻も早く家へ帰って、和己の相手になるのが楽しみでたまらないというふうに。よほどの義理でもない限り、麻雀も酒の付合いも断って、家へとんで帰ってくるという感じで。

ほんとうに、三歳半の一人息子は、可愛い盛りだった……。

でも、和己がいなくなってからは、和弘は毎晩飲んで帰るようになった。たまに夕方早めに帰宅して、夫婦二人で顔をつき合わせても、喋ることがなかった。まるで話題がないのだ。考えてみれば、自分たち夫婦は、結婚以来、和己のことばかりを話し続けてきたのだろうか。

それもそのはずだ。二人の間には、最初から、あの子がいたのだから。

和弘と聡子とは、同じ職場で知合った。中程度の商事会社である。聡子は短大を出て就職し、二年目に和弘の子を妊娠したため、結婚を急いだ。流産を恐れて、新婚旅行も、ほんの一晩近くの温泉へ出掛けただけだった。

半年後には、和己が生まれた。

和弘はいたって子煩悩で、気軽におむつを換え、赤んぼの入浴は毎晩彼の役目になっていた。家庭の中で育児に追われる毎日に、でも聡子は満ち足りていた。

それなのに……！

玄関のチャイムが鳴った。

聡子は廊下を引き返した。

「杉本ですけど――」

斜向《はす》かいの主婦のかん高い声が聞こえた。

「どうぞ」

ドアが開き、杉本道子が小太りの姿を現わした。

「回覧板、おねがいしますわ」

それを手渡してからも、道子はちょっと物言いたげな目で、聡子を見守っている。

少しお喋り好きだが、気の優しい女性である。

「どう、お元気にしてらっしゃる?」

「まあ、どうにか……」

「もう四カ月になるかしら……」

「ええ……」

「早いものねえ。うちの子供たちもまだしょっ中和己ちゃんのお話してますのよ。昨日もあの野原へ行って、お花をお供えしてきたなんて。子供心にもずいぶんショックだったのねえ……」

道子の娘も、和己と同じ幼稚園へ通っていた。今年の夏の終り、幼稚園の先生が二十人ほどの園児を連れて、近くの小高い野原へピクニックに出掛けた。ところが突然の豪雨と雷鳴に襲われた。先生の指図で、たいていの子供は木の下へ逃げこんだが、和己はその場にしゃがみこんでしまった。その帽子の金具に落雷したのである。和己だけが即死し、傍にいた子供一人が軽傷を負った。

その野原へは、それまでにも何度か、園児たちが遊びにいっていた。雷の襲来も、あまりにも急だった。誰の罪ともいえない。不運と諦めるしかないのだろう。

たとえば子供が難病に罹《かか》り、両親が力を尽くした末に他界したものなら、まだその過程で、夫婦には新しい絆《きずな》が生まれていたかもしれない。しかし、突然の災難によって、あっという間に一粒種を奪われた夫婦の心には、ただ深い空洞が残され、それを埋めるすべを知らなかった……。

「でも、あなたなんかまだお若いんだから、早く次のお子さんをお作りになればいいのよ」

「いいえ、私もう、だめなんです」

「え？」

「和己が生まれたあと、子宮筋腫《きんしゅ》になって、手術したものですから……」

「まあ……そうだったの！」

聡子たちがこの社宅へ越してきたのは、まだ八カ月ほど前なので、道子にもそんな事情を打ちあけたことはなかった。

「それじゃあねえ……諦めきれないわねえ」

道子は痛々しそうに眉をひそめた。まだ何かいいかけたが、どうにもことばが見つからないという顔で、口をすぼめた。

「それじゃあ、回覧板おねがいしますわね」

「隣の末森さんへお届けすればいいんですね」

「ええ、あのオシドリ夫婦のお宅。――あちらだってお子さんがないのよ」

道子はそんなことをいい添えてから、ドアを閉めた。

回覧板は、年末の防犯チラシを配るものだった。一枚抜きとると、聡子はすぐ届けることにした。

静かな住宅街の路上には、小春日和の陽射しがふり注いでいた。

聡子は家の前の空地伝いに、隣家へ出向いた。すると庭から訪ねることになるが、表の道路を廻るよりずっと早いのだ。

隣の末森家は、聡子の住む三部屋の社宅より一廻り大きく、庭にもゆとりがあった。小菊が咲き乱れ、ネギやミツバなど植え込まれた陽当りのいい庭の奥にある木造家屋は、いかにも初老の夫婦の穏やかな暮らしを想像させた。

いや、初老というほどの齢《とし》ではなかった。末森夫婦は和己の葬式にも来てくれたが、夫が五十すぎ、妻の絹江は四十七、八くらいか。ただ、近所でもオシドリ夫婦と噂されるほど、見るからに好一対のしっとりとしたムードが、かえって初老のような落着きを感じさせるのだった。

聡子が縁側に歩み寄ると、食卓を挟んでいる二人の姿がガラス越しに見えた。

「ごめんください」

絹江が立ってきて、ガラス戸を開けた。小柄な身体にいつも地味目のホームウエアを着て、どこか知的な雰囲気も身につけた女《ひと》である。

「すみません、お食事中でしたのね」

「いいんですよ、主人ももう出掛けるところですから」

末森も立ち上り、聡子に笑顔を向けた。白髪頭で、柔和な顔立ちは、一見学者風である。市内の大きな美術品店の主任をしていると聞いている。出勤は毎朝少し和弘より遅いようだった。

「ちょっと待ってくださいね」

絹江は聡子に断って、夫の身仕度を手伝いはじめた。コートを着せかけながら、二人で何か話し、軽く笑いあっている。

「失礼します」

末森が聡子に声を送って、玄関のほうへ出ていった。絹江がそれに続く。絹江は時々、地下鉄の駅まで夫を送っていくこともあるらしい。そんな道すがらも、二人は絶えず何か興味深げに語りあっていて、あの齢までよく話題が尽きないものだと、それも近所の主婦たちの評判になっていた。

聡子は、回覧板を縁側に置いて、帰ろうかと思った。が、ふと彼女の足を止めたものがあった。

見るともなく食卓の上を眺めていた彼女は、そこに三人分の食器と箸が置かれているのに気がついた。しかも一人分は子供用で、小さな器にはご飯もおつゆもちゃんと注《つ》がれていながら、まったく手がついていなかった。


「陰膳なんて、今の若い方はご存知ないかもしれませんわねえ……」

末森絹江は、切れ長の目許に笑い皺《じわ》をたたえて、しんみりと呟《つぶや》いた。絹江は夫を送り出したあと、茶の間へ戻ってくると、手早く食卓を片づけて、聡子を請《しょう》じ入れた。彼女がテーブルの上の不思議な一組の食膳に興味をそそられているのを、読みとったようであった。

「長く家を離れている者の無事を祈って、家族が毎日食事を供えるという風習は、日本にはずいぶん古くからあったようですよ。昔の人は、そのお椀の蓋につく露の様子で、旅人の運勢を占ったりしたともいいます。山本周五郎さんの小説などにも、よく陰膳の話が出てきますわね」

末森夫婦は読書家のようだった。それは茶の間や縁側の壁に本棚が立てられ、たくさんの書籍が並んでいることからも察しられた。

それにしても、子供用の陰膳をすえているというのは？……聡子はハッとした。そういえば、彼らが何か不幸な形で子供を失ったという話を、道子から小耳に挟んだことがあったのを思い出したのである。

「失礼ですけど、お宅にはお子さまは……行方知れずなんです」

男の子が一人いたんですけどね、行方知れずなんです」

絹江は寂しい微笑と共に答えた。

「もう一年以上もたつんですけどねえ、まだどこかで生きているような気がして……」

「旅にでもお出になったまま……？」

「いえいえ、まだそんな齢じゃなかったんですよ。四つになったばかりでしたから」

「まあ、それじゃあ和己と変らないくらい……」

「ええ。私たちはどちらも再婚でしたのでね。子供が小さかったんですよ」

「どうなさったんですか、坊ちゃんは？」

「それが全然わからないんです。まるで神隠しにあったみたいで……」

末森夫婦の子供は峯男といって、昨年十月行方不明になった時、四歳だったという。少し遠くの私立幼稚園へ、通園バスで通っていた。その日も、一人で帰りのバスを降りたところまでは、保母とほかの園児がはっきり見ている。ところが、峯男は家に帰ってこなかった。バスを降りた地点から家までのほんの百メートル足らずの間で、彼は蒸発したように消えてしまった……。

「警察でも最初は誘拐された疑いが強いといって、ずいぶん大勢で捜査してくださったんですけどね。脅迫電話も掛ってきませんでしたし、それっきり、全然手掛りもなくて……」

「では、それ以来、ああして陰膳を……？」

「ええ。どこかで生きていれば、せめてひもじい思いをしないようにと……」

聡子は涙ぐんで頷《うなず》いた。

「——まあそんなふうで、世の中には思いがけぬ形で、わが子と別れる親も少なくないですからね。あなたもあんまりお心落としのないようにね」

絹江のほうが、むしろもうすっかり悟ったような、静かな口調で聡子を慰めた。

でも、絹江たちはまだ、どこかでわが子が生きているかもしれないと思えるだけでも救われるだろうに……聡子はまた新たな悲しみを誘われながら、末森家を辞去してきた。

家の前まで戻ってくると、斜向かいの家で、道子が金網の柵《さく》に布団を干しているところだった。

「どうなさったの、また和己ちゃんのこと思い出してらしたの？」

ハンカチを頬に当てている聡子を認めて、道子が門から出てきた。

「いえ、今末森さんとこで、坊ちゃんのお話をうかがってきたもんですから」

「ああ、峯男君のことね。いつかあなたにも話してあげようかと思ってたんですけど、末森さんにしてみれば、かえってもうあんまり取沙汰してほしくないみたいだったから……」

長年この町内で暮らしていて、人付合いのいい道子は、末森夫婦とも親密なようだった。

「峯男君はね、顔立ちはご両親そっくりで、利口そうだったけど、一人っ子で甘やかされてたせいか、我儘《わがまま》で、いつでも囲《まわ》りの関心を自分にひきつけておかないと気がすまないみたいなところもあって……ほんとは私、あんまり好きじゃなかったの。でもあんなことになってしまえば、可哀相よねえ」

「末森さんたちは、どちらも再婚なんですってね」

「ええ、五、六年前にあの家へ越してらしたの。その時が再婚したてで、間もなく峯男君が生まれたんだったわ」

「前の相手とは、死別なさったのかしら」

「いえ、お二人とも、生き別れだったらしいわよ。でも正式に離婚なさったというんじゃなくて……ご主人のほうのことは、私もよく知らないんですけどね、奥さんが昔、前のご主人といっしょに住んでらした町に、偶然私のお友達がいてね。その彼女の話によると、前のご主人も行方不明になったままだとかって……」

「まあ……」

「そういう星の下に生まれる人もあるのかしらねえ。親しい者が次々に行方知れずになるなんて……」

道子は肩をすぼめて、溜息をついた。


末森絹江が前夫と暮らしていたという町は、この都市の西南部に当り、現在聡子が住んでいるところとは反対側になる。商人の多い下町であった。

正月に聡子が市内の実家へ帰った時、末森絹江、いや末森と結婚する前は佐田という苗字《みょうじ》だったそうだが、当時の佐田絹江と、彼女の夫佐田一造の話を耳にすることになったのは、これもひょんな偶然によってだった。

最近警察を定年退職して、息子の家で隠居暮らしをしている美濃部という人物が、聡子の父と将棋友だちになって、しばしば互の家に出入りしていた。聡子の父はサラリーマンだったが、これも定年になって、現在は友人の会社の顧問をしている。

正月二日の夜は、美濃部が聡子たちの家へ来て、ひとしきり父と将棋をさしたあと、居間で雑談になった。和弘は会社の同僚の家へ麻雀に行っていた。

美濃部と父の話を聞いていると、美濃部は七、八年前、市内のN警察署で防犯係長をしていたらしい。N署は以前絹江が住んでいた町も管轄しているはずである。

「もしかしたら、そのころのことじゃないかと思うんですけど、佐田一造さんという質屋の若主人が行方不明になった事件を憶えていらっしゃいませんか」

父がちょっと席を外した時、聡子はふと思いついて尋ねてみた。佐田の苗字と彼の職業は、道子から聞いていたが、道子もそれ以上くわしい状況などは知らないようだった。

「ああ、わたしが防犯係長をしとった時の事件ですよ」

美濃部は目を光らせて、大きな声で答えた。

「あれは確か、四十七年の春さきのことじゃなかったですかな」

強《こわ》そうなゴマ塩頭に指を入れながら、熱心な口調で続けた。一般に、退官した警察官は、在職当時の事件の話題を好むようである。現役時代の懐旧もあるだろうし、当時では口外できなかった内輪話も、気楽に喋ることができる。

「しかしどうしてそれを……」

今さら自分に尋ねるのかという目で、美濃部は聡子を見返した。

「いえ、私の家の隣に末森絹江さんという方が住んでらして、その方の昔のことを、ちょっと聞いたものですから」

末森絹江が昔は佐田絹江だったことを、聡子は話した。

「あなたは上東町のほうにおられるといってらしたですね」

「ええ、地下鉄の駅のすぐ北側です」

「すると絹江さんもまだ上東町にいるわけなんですな」

美濃部は絹江のことをよく記憶しているふうだ。

「絹江さんの前のご主人は、やはりまだ行方不明のままで……？」

「ええ、あれっきりですねえ。どうもひっかかるところがあって、わたしもしばらく内偵を続けていたんですがね……」

美濃部の話によれば——

佐田一造の生家は、さほど大きくはないが、代々続いた質屋だった。七年前の失踪当時、一造は四十二歳になっていたが、まだ両親が健在で、父親の店を手伝っていた。絹江は三十九歳で、結婚して十二年になるというが、二人の間に子供はなかった。

一造は、父親の質屋からバス停二つ離れたアパートに絹江といっしょに暮らし、毎日店へ通勤していた。質屋の店では、片側で質流れ品を売っていたから、そちらにも店番が必要で、一造の父母に用事ができた時には、絹江も手伝いに行っていた。四十七年のころには、父親が少し健康を害し、母親が世話をしていたから、週に五日くらいは絹江も店に駆り出されていたようだ。

一造が行方不明になったのは、二月末の寒い日で、夕方店を出た彼は、七時ごろ、アパートのバス停で降りた。その日は絹江は店に行かなかった。

一造はバスを降りたあと、そばの煙草屋でハイライトを買い、アパートのある路地へ入っていった。それが彼の姿を見たという、最後の証言である。

絹江は朝まで、ほとんど眠らずに夫の帰りを待っていたという。勿論その間には、質屋へも電話をかけている。一造は、めったにそんなことはなかったが、友だちの家で酔いつぶれて眠ってしまい、あけ方になって電話してくるようなことも、まったくないではなかった。

午前八時になっても音沙汰がなく、絹江は一造の両親と相談した上で、N署防犯係へ捜索願いを出した。

「無論アパートの中も一通り捜索さしてもらったが、一造さんが帰ったような形跡はなかった。とすると、バス停からアパートまでの路地で、何者かに勾《かどわか》されたか、それとも本人の意志で、路地を通り抜けて、どこかへ行ってしまったかだが、目撃者がいなくってねえ。二月末の七時といえばもう真暗だし、寒い晩でほとんど人通りがなかったんですよ」

峯男がいなくなった状況と似ていると、聡子はすぐに思った。峯男もまた、バスを降りてから家までの路上で、忽然と消えてしまったのだ。

「しかし、大の男がそうむざむざと誘拐されたとも考えにくい。車に乗せるには、表通りまで出なければならなかったわけで、そこでも人目についたはずだし。といって、家出する理由もまるでないんですなあ。女もいなかったし、暴力団に脅されていたような形跡も浮かばなかった……」

聡子の母がおせち料理と日本酒を運んできて、美濃部にすすめた。彼は酒好きらしく、旨《うま》そうに盃を口に運びながら、いよいよ興にのって話し続けた。

「いや実はねえ、わたしは署の刑事課長とも相談し、殺人事件の可能性も考慮に入れた上で、内偵を続けとったのですよ。もしやこれは、奥さんに殺されたのではないかと……」

「そんな理由があったのですか」

「いや、ほとんど動機らしいものも出てこなかった。情況証拠すら不足だった。それで結局、その線も絶ち消えになったんですがね」

「…………」

「もし奥さんに殺《や》られたと仮定すれば、一造さんはふつうにアパートへ帰ったあと、毒を飲まされたか、頸《くび》を絞められたか。これは非力な女でも、相手が眠っていたり、油断している隙を狙えば、できんことはなかっただろう。ただその場合には、翌朝われわれがアパートの中を捜索する以前に、死体をどこかへ移さなければならなかったはずだ。一造さんはかなり大柄な男だったから、当然車も必要だったろうが、奥さんがその晩死体を運び出したような形跡はどうしても浮かばなかった……」

「動機もなかったのですね」

「まあね。質屋の財産は相当なものだが、まだ一造さんの父親が存命で、全部父親の名義になっていたからね。たとえ一造さんが死んだとしても、絹江さんにはほとんど遺産らしいものは残らない。夫婦仲もまず円満だったらしい。近所の人などの話によれば、一造さんはずいぶん絹江さんを大事にしていたようだが、強いていえば、絹江さんのほうでは、少々一造さんが不満だったかもわからない。というのは、一造さんは商業高校を出たあと、ずっと家業の手伝いをしていて、質屋の商売一筋の、素朴な人柄だった。一方絹江さんは、旧制高女卒だが、なかなかの勉強家でね。美術や文学にも関心が深く、暇を盗んでは図書館へ通って、本を読むのを愉しみにしていたらしい。そんなふうだから、まあいってみればあまり教養のない夫が、くい足りなかったかもしれんね。しかしだからといって、喧嘩をするわけじゃなし、近所ではむしろ仲のいいご夫婦として通っていた」

「あの……」

聡子は少し躊躇《ためら》ってから、思い切って質問した。

「絹江さんに、好きな人がいたというようなことは……?」

「ああ、無論そのほうも探ってみたが、とくに浮気をしていた形跡も摑《つか》めなかったのですよ」

「………」

「一通りの捜査が終った段階では、わたしはむしろ絹江さんに対して、あらぬ疑いをかけてすまなかったという気持になったですな。一造さんが行方不明になった夜、絹江さんは今か今かとご主人の帰りを待って、一晩中風呂を沸かしていたらしく、煙突からたえず煙がたちのぼっていたという話を、アパートの人から聞きましたしね。その後も時々寄ってみると、彼女は毎食ご主人に陰膳を供えて、無事を祈っておった……」

「陰膳を……」

聡子は口の中で呟き、なぜかその声がかすれた。

「では絹江さんは、一造さんがいなくなってからも、ずっと同じアパートに住んでいらしたのですか」

「約一年あまりはですな。それから再婚したと聞いておったが……といっても、一造さんの行方はわからず終いで、死体が見つかったわけでもないので、戸籍上はまだ生きている。七年後に失踪宣告が下るまではそのままなんですが、居所不明のまま三年たてば、残された者から離婚はできるそうですな。だから籍はどうなっていたのか知らんが、とにかくいい縁があって事実上再婚し、上東町のほうへ移ったということだった。それがあなたの隣とはね、世の中も広いようで狭いもんですなあ……」

道子は、末森夫婦が五、六年前に今の家へ越してきて、間もなく峯男が生まれたといっていたから、それは美濃部の話とも符合した。

「幸せに暮らしてるんでしょうかね」

「ええ、ご主人も再婚だそうですけど、近所でも評判の睦《むつ》まじいご夫婦で……」

「そうですか、それはよかったな。お子さんは今もないのですか」

「いえ……」

男の子がいたが、約一年前、忽然と失踪した……といいかけて、聡子はどうしてもそれを口に出すことができなかった。突然得体の知れぬ恐怖に、全身を縛られていたのである。


絹江の現在の夫末森恒久が、今の家に越してくる前の住所は、市の西隣にあるJ町であった。聡子はそれを、住民票で調べた。

このごろは他人の戸籍や住民票などをそう簡単に閲覧《えつらん》できないと聞いていたが、聡子は区役所の支所へ出向き、末森の妻と記入して住民票を申請した。係は疑わず、抄本を交付してくれた。

J町は市外になるが、地図で調べてみると、絹江が以前住んでいたN区と隣接している。境界線の東側に小さな公園があり、市立図書館が建っているらしい。

聡子は地下鉄とバスを乗り継いで、その住所地へ出掛けた。

まだ田圃や畑が随所に残り、在来の農家と、カラースレートの屋根をのせた新築住宅などが、まざりあって点在していた。

末森が住んでいたと思われる番地のあたりには、舗装道路に面して、木組のがっしりとした昔風の酒屋が店を構えていた。周囲には数軒の家々が集っている。

酒屋の店先で、五十すぎくらいの主婦らしい女性が立ち働いているのを認めて、聡子は足を止めた。ちょうど彼女と視線が合ったので、中へ入った。

「あのう、ちょっとお尋ねいたしますが……」

「はあ？」

主婦は愛敬《あいきよう》のある丸い目をむいて見返した。

「このへんに、末森恒久さんという方は住んでおられないでしょうか」

「ああ、末森さんはねえ、すぐこの裏の家にいらしたんだけど、かれこれ六年ほど前に引越していかれたんですよ」

「まあ、そんな昔に……」

聡子のがっかりした様子を見て、主婦は好奇心をひかれたようだ。

「あなたは、末森さんのお知合いか何か……？」

「ええ。ずっと以前、末森さんの下で働いていたことがあるんです。でも結婚してから外国へ行って、長らくご無沙汰してたんですけど、今度こちらへ帰ってきたものですから、ご挨拶に……」

「そう……引越し先の住所を聞いておけばよかったんですけどねえ」

「あの、奥さまもお変りなかったでしょうか。奥さまにも昔ずいぶんお世話になって……」

「あら、それじゃあ、兼子さんのこともご存知ないのね？」

主婦は眉をひそめた。兼子というのが、末森の先妻の名前であるらしい。ある予感が、聡子の脳裡《のうり》をかすめた。

「兼子さんがどうかなさったんですか」

「神隠しにあったんですよ。いえ、このへんじゃあ、みんなそういってたんですけどね」

「神隠し？」

「急に行方不明になって、それっきりなんです」

「それは……いつですか」

「あれはうちの子が高校を受ける年でしたからねえ、四十六年の、お正月すぎでしたね」

佐田一造が失踪するほぼ一年前になる。

「そんな昔に……でも、どんなふうにして行方不明になられたんですか」

「末森さんが朝起きてみたら、横の布団がもぬけのからで、どこを捜しても姿が見えなかったんですって。その前の晩は、末森さんは風邪気味で、薬をのんで早めに寝《やす》まれたそうですよ。奥さんは、お風呂へ入ってから寝るといって、風呂場のほうへ行った。それを見送ってから、末森さんは眠ったそうですけど、思えばそれが奥さんを見た最後だったって……」

「それじゃあ、奥さんは家出でもなさったわけでしょうか」

「いえ、あんまりそんな形跡もなかったみたいですよ。まあ、残ったほうがご主人で、お子さんもなかったから、奥さんの持物で何か失くなってるものはないかなんて、警察に訊《き》かれても、細かいことまでわからなかったらしいけど。でも、家出したんなら、誰かが姿を見てもいいはずなんですけどね。全然……」

「…………」

「それと、もう一つおかしいのは、兼子さんはその晩お風呂に入らなかったらしいんですよ。入っていたら、上る時ガスを止めたはずでしょう。ところが、末森さんが朝起きた時、ガスの火が点け放しになっていたそうです。実はわたしもね、息子の受験勉強に付合って、夜遅くまで起きてたんですけど、いつ見ても、裏の末森さんとこのお風呂の煙突からうすい煙が出てるんで、妙だなあと思ってたんですよ……」

過去の不可解な事件について語ることは、他人事《ひとごと》にせよ、いや、他人事だからこそ、興味のつきぬ話題なのかもしれない。主婦の熱心な口ぶりは、美濃部元防犯係長とも共通していた。

「あそこのお風呂はプロパンガスで、点火口は家の外についてましたものね。だから兼子さんは、火をつけるために外へ出て、誰かに襲われたんじゃないかということで、一時は警察が、このへんの山狩りまでやったんですよ。でも、死体も出なければ、手掛りもなくて、それっきり……」

「そうだったんですか……」

聡子は、深く重い溜息をついていた。

「それじゃあ、末森さんもお心落としだったたでしょうねえ」

「ええ。家庭的な、いい奥さんでしたものねえ。——ただね、わたし、このごろになって思うんだけど、兼子さんはもともと農家の娘さんで、梅干し漬けたり、お惣菜作ったりするのは、確かに上手で、ご主人にもそれはよく尽くしてらしたですよね。だけど、ご主人のほうは、あの通りの学者肌でしょう？」

「ええ……」

「だって、若いころは、美術雑誌の記者をしてらして、大きな美術品店の社長に見込まれて、そこの主任に引抜かれたっていうじゃないですか。いろんなことに教養が深くて、本も二、三冊書いてらっしゃるとか……」

「ああ……そんなことでしたわ……」

「兼子さんが、時々寂しそうにこぼしてましたもんね。家ではむずかしい本ばかり読んでて、自分は主人の話相手にもなれない。日曜日も、暇さえあれば図書館へ行ってしまうし……」

「図書館へ、ですか」

「ええ……だから、こんなことといったら兼子さんに悪いけど、末森さんは、ほんとうはもっとふさわしい女の人を奥さんに貰われたほうがよかったんじゃないかしら。――それでも末森さんは、兼子さんが行方不明になったあと、しばらくは陰膳すえて、帰りを待ってらしたですよ。二年ほどして引越しなさって、再婚もなさったとか、風の便りに聞いてますけど、うまくいってらっしゃるといいですがねえ……」

とても睦まじく、理想的な結婚生活を送っていらっしゃいます……と、聡子は心の中で呟いた。

まさしく、末森恒久と佐田絹江は、後半生の理想的な伴侶にめぐりあったのではなかっただろうか。図書館で。その場所も、彼らの結びつきには象徴的であると同時に、二人にとって好都合だった。兼子と一造が原因不明の失踪《しっそう》を遂げたあとでは、それぞれの所轄署が当然、残された夫や妻に疑惑を抱き、背後の異性関係を調査したにちがいない。しかし、図書館の休憩室で、もっぱら教養的な語らいに打ち興じていた二人の結合にまでは、思い及ばなかったのであろう。

しかも彼らは、きわめて慎重に時を選んでいる。

まず四十六年一月、末森が妻を消した。

一年以上たち、その捜索もとうに打ち切られた四十七年二月、絹江が一造を抹殺した。

さらに一年余の猶予をおいた上で、二人は市の反対側の町へ移り、はじめて一つ屋根の下で暮らし始めた。それまでは、ひたすら陰膳をすえて、失踪した配偶者たちの帰りを待つ生活を続けていたのだ。

真冬の昼下りの、シンと人気の途絶えた舗道を、聡子はバス停へ引返した。

先刻から、聡子の頭の中では、ごうーっという不気味な響きが、鳴り続けている。

それは、風呂場の火が一晩中燃え続ける音である。

聡子はかつて、夫からこんな話を聞いた憶えがあった。夫は会社の同僚から、それもまた聞きで仕入れた話らしかったが。

ある家の主人が、夜遅く、酒に酔って帰宅した。妻は、夫のために、ガス風呂の口火をつけたままで、先に寝こんでいた。

夫はガスの火を大きくして、風呂へ入った。ところが、多量に酒を飲んでいたため、心臓麻痺を起こして、死んでしまった。

翌朝目をさました妻は、風呂場のほうで、何かごうごうと音がしているのに気がついた。行ってみると――焚《た》き口が燃え、グラグラと煮えたぎる湯の中に、子供の身体ほどの肉塊が浮かんでいる。それが自分の夫であると彼女が気づくまでには、しばらくの時を要した。一晩熱湯で茹《ゆ》であげられた人間の肉体からは、すっかり脂肪が抜け出し、半分ほどの体積になってしまっていたからである。しかも筋肉は蒸し鶏のように骨からはがれ、骨は関節でもろく折れ曲ったという。

もし、兼子も一造も、こうして小さくされていたならば、彼らの配偶者たちは、警察が捜索にくる前に、死体をどこへなりと隠すことができただろう！

翌日の日曜は、うららかな日和になった。

和弘は、近県の町へ、カーレースを見物にいくといって、朝早く家を出ていった。

聡子がカーレースなどを好まないことを知っているから、誘いもしなかった。

以前、和己がいたころは、どんなに自分が観たいものがあっても、日曜日、仕事以外に一人で外出することなど決してなかったのに。

でも今では、二人で顔つき合わせていれば、和己のいない寂しさばかりがきわ立ち、狭い家の中の静寂と沈黙が、いよいよ互の心をこわばらせ、傷つけあうかに思われた。夫の冷たさを恨みながらも、聡子は彼が出ていったことにホッとしていた。

また回覧板がきた。

聡子は庭伝いに、隣家へ届けた。

陽当りのいい茶の間では、末森夫婦が、遅い朝食を終ったところのようだった。

二人の間の食卓の上には、何か部厚い書物が開いて置かれていた。彼らは目を見交しては、互に意見をのべ、時にはほほえみ、また軽い声をたてて笑いあった。彼らの眸《ひとみ》には、若者が議論をする時のような、熱っぽい輝きがあふれていた。張りのある横顔が、頭脳の快い燃焼と、精神の充足を物語っている。こよなく愛しあいながら、知的感興をも深く共有している二人は、今まさに人生の至福の刻をすごしているかに見えた……。

「あら、いらしてたの。お声をかけてくだされればよろしかったのに」

絹江が、ようやく聡子に気がついて、立ってきた。

「でも、あんまりお楽しそうだったものですから」

回覧板を渡しながら、聡子は答えた。

「なんだか、お二人を拝見してますと、話題がつきることなんか、永久にないみたい……」

「それはそうですよ」

末森が柔和な微笑と共に答えた。

「この世の中には、芸術や文学や、さまざまの学問や、面白いことが山ほどありますからね。それについて語りあっていたら、誰だって話題がつきるはずはありませんよ」

「では……お子さまがいなくなられても、それほどお寂しいことはないでしょうね」

聡子は、今朝も食卓に置かれた、小さな陰膳に目を注いだ。尋ねる声が、かすかに慄《ふる》えていた。

「それはちょっとむずかしいご質問ですわね」

絹江が首を傾《かし》げた。

「やっぱりとても寂しい時はありますわ。夜中にふと目ざめて、今ごろ峯男はどうしているだろうと、まんじりともせずに朝を迎えることだって。――でも、ほんというとね……」

絹江はふいに悪戯《いたずら》っぽい表情で笑窪《えくぼ》を刻んだ。

「私たちが誰にも妨げられずに、こんな豊かな時間をすごせるのは、二人だけで暮らしているお蔭なんだわと、運命に感謝することも、たまにはありますの。ことに峯男は、我儘で独占欲が強かったというのか、私たちがちょっと二人で話しているだけでも、金切声をあげて邪魔しにきましたから」

「………」

「子供を育てるだけが、夫婦の生甲斐でもありませんでしょう。本当に理解しあった夫婦なら、二人きりで暮らすのが一番かもしれませんわね。子供がいても、いなくても、人生の滋味は五分五分……まあそうとでも考えるしか、仕方ありませんしねえ」

この物静かで、幸せに満ちた夫婦が、二人きりのかけがえのない生活を守るために、いたいけなわが子まで葬り去ってしまったというのか？

まさか……まさか！――と、聡子は衝動的に首を振った。

いや彼らは、遠まわしに、労《いたわ》りと忠告を与えてくれただけかもしれない。子供を亡くしたと同時に、対話すら失ってしまった聡子たち夫婦に対して――。

しかし、彼女の頭の奥では、ごう―っという風呂場の焚き口の音が、まだかすかに聞こえ続けていた。

水子《みずこ》地蔵の樹影《こかげ》

1

二時からの回向法要《えこうほうよう》にはまだ少し間があるので、薬樹院の庭には三十人あまりの人々が思い思いに散策したり、佇《たたず》んで雑談したりしていた。本尊の阿弥陀如来《あみだにょらい》が安置されている仏間と、続きの座敷にはテーブルが並び、茶菓が用意されているが、たいていの人々は庭に出ていた。

朝には梅雨のはしりのような霧雨が降っていたが、昼すぎには上り、うす陽のさしている庭には、蒸し暑さがとれてサラリとした初夏の微風が流れている。

さほど広大な庭園というのでもないが、杉の生垣に囲われた境内には、様々の樹木がまことに手入れよく植えこまれている。椿、もみじ、つつじ、さるすべり……植込みの間は、青々とした叡山苔《えいざんごけ》の絨毯《じゅうたん》で埋められている。わけても見事なのは、庭の中ほどに聳《そび》え立っているようなしだれ桜であろう。この大樹は、湖西線の叡山駅から日吉大社の参道をのぼってくる道すがら、小ぢんまりとした薬樹院を見つける目印になったほどである。桜の季節にはさぞかしと思われるが、五月中旬の今は柳のように垂れ下った枝々に鮮かな緑の若葉を繁《しげ》らせている。代りに、庭の奥にある藤棚には、まだ色あせない薄紫の花房がさがっていて、その下に、五十センチほどの可愛らしいお地蔵さまが二十基あまりも、真新しい白い石肌を見せて並んでいる。

高梨義一郎は、人々の間に知った顔を目で捜したが、見当らないので、ひとまず仏間の縁側に腰をおろした。

次第に雲間がひろがって陽射しが明るくなり、蒸気が立ちのぼっているのが感じられるような庭先には、若葉が匂うのか、若い筍《たけのこ》みたいなすがすがしい香りがたちこめている。

日曜日の午後をさいて、京都の自宅から小一時間かけて出向いてきた高梨だが、そうやって庭を眺めているうちに、来てよかったと思いはじめていた。

西陣の織物問屋の社長である彼が、この寺の住職と知合ったのは、ひと月ほど前、取引関係の宴会で偶然同席したのがキッカケだった。琵琶湖西岸の坂本にある薬樹院は、もともと比叡山の里坊だが、水子の霊を祀《まつ》る水子地蔵尊として知られている。

毎年春秋には供養法要を営んでいたが、今年から新たに水子地蔵の奉納者を募り、小さなお地蔵さまの一つ一つに奉納者の水子の名を刻んで供養することを思い立ったという。その最初の回向法要をこの五月十五日に催すとかで、高梨も招待されたのだった。

高梨はもともと信心などには無関心なほうで、抹香《まっこう》臭いことは好きではない。その上、妻の沢子は妊娠しにくいたちなのか、結婚後一年で生まれた娘がこの春女子大を卒業したが、ほかには堕胎など思いもよらず、従って水子にも無縁なのである。が、その場の行きがかりでつい「それはぜひうかがいたいですなあ」などと答えてしまったところが、五月初めには丁重な案内状が届いた。住職を紹介した取引先の人への義理もあり、今日はしぶしぶ出掛けてきたのだった。日曜で運転手は休みをとらせているから、案内状の通り、京都から湖西線に乗って叡山まで来て、そこから十分ほどの道のりは、散歩がてら歩いてきた。

「水子地蔵尊」と墨書きした大提灯《ぢょうちん》を吊した、一見しもたや風の寺の門をくぐるまでは、まだやれやれといった気分だったが、思いがけず風趣のある庭のたたずまいを眺めていると、日頃の疲れがやわらかく解きほぐされるような安らぎすら覚えはじめた。

段々に奉納者が増えれば、この庭の背後は小さなお地蔵で埋めつくされ、さながら嵯峨野の念仏寺に似た趣を呈するのかもしれないなどと、彼はやや無責任な想像をめぐらせたりした。

「――お恥かしい話どすけど、うちの息子が二十八にもなるのにまだ独身で、プレイボーイたらいうんでしょうか、あっちこっちのおなごはんと付合うては、子供堕《お》ろさせたことも一度や二度ではあらしまへんようで……それでまあ、せめてわたしがご供養させてもろて……」

女の話し声に、高梨はふと耳をそばだてた。縁先の蹲《つくばい》をはさんで斜め前にある薄べりを敷いた床几《しょうぎ》に、和服姿の初老の婦人が二人、こちらに背を向けて腰かけている。彼女らの会話が、風に乗って流れてきたらしい。

「そうどすかあ。――いえ実はなあ、うちは娘のほうですねん。去年の秋に結婚しましたんどすけど、インテリアとかの仕事してるもんですさかい、まだ子供欲しいないいうて堕ろしてしもうて……赤ちゃんは授かりもんやからと、何度もいうて聞かしたんどすけど」

「ほんまですなあ。神さまから授かった命を、親の身勝手で、闇から闇へ葬ってしまうのですから、罪深い話で……」

婦人たちの声が途切れたところで、高梨は煙草に火をつけた。

なるほど、自らが葬った水子の霊の供養ばかりでなく、自分の子供たちの罪を償うつもりでここを訪れている人もいるわけだ。そう思ってみると、庭内には、案外初老の年配の人々も多い。

まったく近ごろの若い者たちのやることといえば、良識も分別もあらばこそなのだから……。

高梨は、しばしの寛《くつろ》ぎの気分が消しとび、苦汁のようなものが胸底に湧《わ》き出てくるのを覚えた。

彼の一人娘の香代子は、この三月に女子大を卒業し、今は家にいて花嫁修業をさせているわけだが、その結婚問題で、彼とはここ半年、大袈裟《おおげさ》にいえば冷戦状態が続いていた。昨年の暮れ、香代子が突然ボーイフレンドを家に連れてきて父親にひき合わせ、その男が辞去したあとで、彼と結婚したいといい出したのだ。女子大の美術サークルを通して知合った仁科《にしな》という男で、高校卒業後自動車部品を造る工場で働きながら、夜は絵の勉強をしているという。最初の印象では平凡で真面目そうな青年に見えたが、仁科の経歴や家庭環境などを聞くと、高梨はたちまち反対した。公立病院の病棟婦をしている母親と二人暮らしというのもどこか暗い感じだし、第一高卒では困る。一人娘の婿ともなれば、いずれは高梨の会社を継いで、大学卒の社員たちを統率してもらわねばならないのだから。それに、四年制の女子大まで出した娘を、高卒の工員と結婚させたとあっては、親戚に対しても面目ないような話だ……。

高梨の頑固さを知っている香代子は、反抗的にいい募《つの》るようなことはしなかったが、かといって仁科との交際をすっかりあきらめてしまったようでもない。見かけはおとなしそうだが、芯《しん》の強い娘なのである。

妻の沢子も、それ以来怖いもののように、香代子の結婚問題に触れたがらないのは、夫と娘との板挟みになって悩んでいるからかもしれない。

いずれにせよ、まちがいの起こらぬうちにキッパリ別れさせることだ。今夜にでも香代子を呼んで話合ってみよう。

老婦人たちの会話に刺激された形で、彼は改めて強く心を決めた。

そろそろお経がはじまる時刻らしく、若い坊さんや女たちが、テーブルを退《ひ》いて、座敷いっぱいに座布団を並べはじめている。もともと叡山の里坊で、老僧の隠居寺という性格だっただけに、本堂と呼ばれるほどの建物はなく、仏間に本尊を据え、座敷もふつうの日本間といった趣である。

高梨は靴を脱いで縁側にあがり、座敷の仕度がすっかり整うまで、柱にもたれてまた庭を眺めた。

その彼の視線が、つと止まった。

人々は三々五々、ゆるやかな足どりでこちらへ戻ってくる。まだ立ち話を続けているグループもある。

その女も、隅のこんもりとした竹林のほうから歩いてきて、庭の中ほどでまた足を止めた感じだった。佇んで、小さな地蔵たちが並んでいるほうをジッと見つめている。そこはしだれ桜の下に当るので、枝が風にそよぐたびに、白い横顔に木の葉の影がかすめる。

青いワンピースをさっぱりと着こなした、若い女である。二十四、五歳くらいか。連れもいないようだ。初老や中年の夫婦者が多い中では、それだけでもちょっと目立つわけだが、一瞬高梨をあっと思わせたのは、その女の横顔の輪郭であった。鼻筋が通り、下唇が上唇より大分ひっこんでいて、つまったような短い顎《あご》がまろやかな曲線で首とつながっている。一見家庭的な雰囲気の面差しでありながら、横顔の全体にどこか寂しさが漂っているようなのは、目許《めもと》が涼しすぎるせいだろうか。

高梨は思わず目を凝《こ》らし、次にはゆるい衝撃の波が胸を横切るのを覚えた。

似ている……いや、もうそれほど細かくは思い出せないのだが、それにしても、反射的な連想で彼の脳裡《のうり》に甦《よみがえ》った一つの顔と、その若い女性の横顔は、見れば見るほど似通っていた。

と、女が何気ないふうにこちらを向き、高梨の視線とぶつかった。彼の凝視に気がついたのか、かすかな驚きの表情がかすめ、次にははにかむような微笑を口許にたたえて目を伏せた。そのままゆっくりと座敷のほうへ歩いてくる。

高梨もようやく視線を離し、手近な座布団に腰をおろした。動悸《どうき》が早まっている。勿論《もちろん》、二十年余りも昔に別れた女と同一人であるわけはないのだが、瞬時そんな錯覚に陥ってしまったほど……全体の印象も似ている。

彼はややうろたえた眼差を、仏間の奥の黒光りしている阿弥陀如来像に注いだ。すると、もう一度、ふいに息のつまるようなショックに襲われた。

そうか。自分は水子などには無縁だと片づけていたが、よく思い返してみれば、己の胤《たね》を闇から闇に葬らせていた可能性がある……!

2

住職の回向と法話が終ると、座敷にはまたテーブルが出されて、会食がはじまるようであった。

高梨は食事を辞退して、車を呼んでもらった。今日集まった人たちは、大抵このお寺と縁続きとか古い付合いのようで、賑《にぎ》やかに雑談を再開している。高梨を住職に紹介した取引先の専務は、お経がはじまる直前に駆けつけてきて高梨とも挨拶《あいさつ》を交したが、もともとさほど親しい間柄ではない。ともかく法要に参加したのだから、義理は果たしたわけだと思い、一足先に辞去することにしたのだ。

さっき彼の注意を惹《ひ》いた若い女性は、お経の間は、彼の目からは死角に入る位置にすわっていた。去りがけにそれとなく座敷を見廻したが、彼女の姿は見当らなかった。

捜し出して、話しかけるほどのふんぎりもつかない。

住職の妻に送り出されて、門のほうへ石畳を歩きはじめた彼は、ふと背後に靴音を聞いて、何気なく振り返った。同時に、軽く息をのんだ。先刻のブルーのワンピースを着た女が、玄関から出てくるのである。

高梨が立ち止って見ているのに気がつくと、女も足を止めた。ふっくらとした白い顔に、さっき庭先で視線を交わした時よりもう少し親しみのある微笑が浮かんだ。が、睫毛《まつげ》の長い涼しい目のふちがすっとすぼまるような感じが、やはりどこかしら寂しげな印象を与える。

「あなたも、お帰りになるんですか」

高梨は思わず声をかけた。

「はい」

「お一人で？」

相手は頷《うなず》いた。高梨は歩き出しながら、

「どちらへお帰りになります？」

「京都なんですけど……」と、女は落着いた口調だが、かすかに語尾を濁した。

「そうですか。ぼくも京都だが……」

門前で待っていたタクシーのそばまでくると、彼は改めて振返った。

「よかったらお乗りになりませんか。湖西線でも京阪電車の坂本までもかまいませんが」

女は意外そうに目を見開いた。それから会釈して、

「ありがとうございます。でも私……帰りに三井寺を廻ってみようかと思っているんですけど」

「三井寺……」

これで何度目かの、ドキリとする思いを彼は味わった。

「どうして、三井寺になどいらっしゃるのですか。いやその、あなたみたいに若い方が……？」

「あら、別にどうというわけではございませんわ。京都に住んでましても、めったに琵琶湖までは足を延ばしませんので、こんな機会に三井寺を見ていきたいと思いまして」

「なるほど、では三井寺までお送りしましょうか。ここからなら十分程度でしょうから」

高梨は自分の愚問を紛らすように、やや早口に付け加えた。女は遠慮するふうだったが、タクシーがドアを開けて待っているのに気がつくと、短く礼をのべて中へ入った。

「ついでにぼくも参詣《さんけい》していこうかな。ぼくも何年ぶりかですよ」

続いて乗りこんだ彼は、また照れ隠しのように呟《つぶや》いた。だが――多分二十三年ぶりなのだと、複雑な気持で思い返していた。あの女とも三井寺へ行ったのだ。夕闇の参道を下りながら、別れ話を持ち出したのではなかっただろうか。それが彼女との最後だったかどうかは、定かに記憶してないが……。

「薬樹院とは、ご親戚か何かですか」

京阪電車の線路沿いを走り出してから、高梨は尋ねた。

「いいえ、別に」

女も窓に目をやったままで答えた。ゆるい丘陵の下に、琵琶湖岸の民家やホテルの家並が見える。湖面は碧々《あおあお》と光っているが、対岸は淡い夕靄《もや》にかすんでいた。

女はしばらく黙っていたが、ちょっとうつむいて笑いながら、

「たまたま人づてに、こちらで水子の法要をなさると聞いたものですから、お詣《まい》りしたくて……」

「しかし不思議ですなあ。あなたのような若いお嬢さんが、水子地蔵に興味を持たれるなんて……」

そんな不躾《ぶしつけ》な問いかけにも、相手は穏かな微笑を消さなかった。

「いえ、ほんといって、私自身がどうというわけではないのです。ただ、母からよ

く水子の話を聞かされていたものですから」

「ほう。――お母さまはご健在ですか」

「いいえ、五年前に病気で亡くなりました」

「そうですか」

またしばらく沈黙が続いた。高梨にはまだ尋ねたいことが次々にあるのだが、知合ったばかりの相手にあまり身上調査みたいな質問を浴びせて不審を買ってはならないと、やや警戒めいた心理が働きはじめていた。

近江神宮の横の土道にかかったところで、彼は再び口を開いた。

「失礼ですが、あなたは学生さんですか」

「いいえ、会社勤めをしております」

「まだお独りなんでしょう？」

「はい。一人で小さなマンションを借りてますわ」と女はまた軽く笑った。

「すると、ご家族なんかは？」

「とくにおりませんの。母が亡くなる前は二人で暮らしておりましたけど。父は私が生まれる前に死んだと聞いておりますし」

高梨は次第に口の中が乾いてくるような感じを覚えた。まさか、と打ち消したい気持と、奇妙な期待とが混りあって、心が波立っている。

三井寺の門が見えてきたので、彼は料金を払うために紙入れを取り出した。さりげないふうに、

「ぼくは高梨という者ですが……これも何かのご縁でしょうから、あなたのお名前もうかがえれば……」

「あら、申し遅れまして、私は滝本清子と申します」

タクシーは〝仁王門〟と大書された楼門の下で停った。高梨は料金を渡しながら、清子にはなかば背を向けて訊《き》いた。

「お母さまはなんといわれました？」

「母は福実という名でしたけど」

「幸福の福に、美しいという字？」

「いえ、木の実の実を書いて福実です」

高梨はわざと別の字をあてて訊いてみたのだが、清子は正確に訂正した。福実という名はそうありふれた名ではないし……これはいよいよ、まさかがまさかではなくなってきたのであるまいか……？

彼は内心の動揺を見透かされぬために、一人でずんずん石段をのぼった。仁王門

をくぐったところで立ち止まり、煙草に火をつけた。煙を吐きながら、待つような感じで下の清子を振返った。

清子は三井寺がはじめてらしく、大きな門を仰いだり、うっそうとした檜《ひのき》の木立を眺めたりしている。

本堂に通じる広い石段には、観光客らしい人影がかなり見られる。が、もう四時をすぎているので、降りてくる人のほうが多い。山の中腹にあって、厚い樹林に囲まれている境内には、一足早い夕暮れの仄《ほの》暗さが漂っている。

そうだ……この石段を福実と並んで下った憶えがある。その時彼女は、紫の矢《や》絣《がすり》みたいな着物を着て、彼の傍らで白いハンカチを口に当ててすすり泣いていたような気がする。

いや、確かにそれが記憶の光景なのか、あるいは自分の後めたさが加味された半分は想像のイメージなのか、今の高梨には判然としないのだが。

福実――鈴川福実は、二十三年あまり前、当時は独身で、ある都市銀行の京都河原町支店に勤めていた高梨が付合っていた女である。小料理屋の仲居だったが、どこかしら品もあり、少し暗いが情味のある丸顔が男心をそそった。齢は彼より三つくらい若かった。

二年ほど付合い、無論関係も持ったが、彼が本気で福実を妻にしようと考えたことは一度もなかった。彼女も、結婚を迫ったりはしなかった。それを望まないからではなくて、遠慮していたようだ。東京の大学を出て一流銀行に勤めている彼と、わが身とを引き較べてのひけ目があったからにちがいない。そして彼のほうでは、そんな福実の慎しみ深さをいいことにし、安心していたのかもしれない。

銀行の取引先である西陣の織物問屋の長女との縁談が持ちあがった時、高梨は迷わず心を決めた。もともと彼は、一生堅苦しい銀行勤めを続けるより、折をみて独立し、自分で経営の腕をふるってみたいという野心を抱いていたから、娘ばかりの家庭で、いずれ家業を継ぐ長女を妻にしておくことは、願ってもない好条件だと思われた。見合いした相手の沢子のおっとりした感じも気に入った。

そこで彼は、福実に別れ話を切り出した。

すると彼女は、実は今高梨の子を妊娠していると告白したのである。結婚できなくてもいいから、産ませてほしいと哀願された。動転した彼は、ひたすら女をなだめ、堕ろすよう説得に努めた。四、五回はその問題で重苦しい密会をくり返したが、彼の気持を変えることは不可能だと判断したのか、福実は突然、姿を消してしまった。店もやめており、そちらへそれとなく問い合わせても、行方はわからなかった。

沢子と新家庭を持ってからも、しばらくは、突然福実が現われて脅迫的な行為に出るのではないかとか、勤め先の銀行へ密告めいたことをしはせぬかなどと、内心穏やかではいられなかったが、一向にそんな気配もなく、ちょうど一年で香代子が生まれるころには、いつか福実の存在は意識からうすれていた。案外、高梨の子を妊《はら》んでいるなどといったのも嘘ではなかったかと、思い返すことさえあった。

しかし……もし、突然彼の前から姿を消した福実が、一人で秘《ひそ》かに子供を産み育てていたとしたら……？

彼は、いつのまにか追いついて、一メートルほど離れた横に立っている清子の上に、そっと目を注いだ。

この娘は何歳だろうか。最初は二十四、五くらいと感じたが、動作が落ち着いているために老けて見え、本当はもう少し若いのかもしれない。もし二十三だとすれば、ちょうど……？

清子が目を転じて高梨を見たので、彼はあわてて視線をそらした。

二人はやや距離をとったまま、長い石段をのぼりはじめた。

本堂や鐘楼の辺りには、まだ大分人影が動いていたが、観音堂へ向かっていくと、にわかに閑寂な空気に包まれた。観音堂は広大な境内の西の外れにあって、林に囲まれた長い上り坂を歩かなければならないので、そこまで足をのばす人は少ないのであろう。

「さっき、お母さまからよく水子の話を聞かされたといわれましたね」

高梨は、ともかく表面は平静な態度を保っていなければならないと、自制していた。

「たとえばどんな話をしてらしたんですか」

「ああ」と、清子は思い出したふうに瞬《まばた》きし、

「いえ、どうという話でもないんです。ただ、自分は事情があって、お腹の子を中絶した経験がある。もう昔のことと忘れているつもりなのに、ふとした夜、水子の霊がたった一人で闇の中をさ迷っているような夢を見る、などと……。でも、そんな母の話を思い出すたびに、自分のように生を享《う》けられず、闇から闇へ葬られた水子の魂が哀れに感じられて、今日もお詣りする気持になったのですわ」

話すうちに、清子は涙ぐんでいるようにも見えた。

しかし、今の話によれば、福実は高梨の子を堕ろしたあとで「滝本」なる人と結婚してこの清子を産んだわけだろうか。とすれば、高梨と清子には、血の繋《つな》がりはないわけだ。

いや、そうとも決められない。たとえば、福実が高梨の子を産み、その子を連れ子にして「滝本」と結婚したあとで、中絶を経験したとすれば――？　その場合には、やはりこの清子の父は高梨なのか……？

それにしても、清子はある程度こちらについて知った上で、こんな話をしているのか。

それとも、まったく行きずりの人のつもりでいるのか――？

彼は混乱を覚えはじめた。目の前の女に漠然とした警戒を抱く反面、福実の面差しに似た賢そうな娘が、自分の子であったらというほのかな期待感も、意識の隅に生まれているのだ。

うす暗い道を通り抜け、再び石段をのぼって観音堂の前に出ると、急に視界がひろやかになった。展望台からは琵琶湖と大津市が望まれた。黄昏《たそがれ》の赤味を帯びた空の下で、湖面は鯛の鱗のような色あいをたたえ、点々とヨットが浮かんでいる。市街地には灰色の瓦屋根が密集している。左手には比叡山が、暗緑色の翳《かげ》りをふくんで聳え立っている。時折鐘が響くが、これは観光客が叩くものだから、力なくて、余韻がすぐに消えてしまう。

高梨が煙草に火をつけ、いっとき風景を眺めている間、清子は小ぎれいな茶店の前で、そこのおかみさんらしい和服を着た女と立ち話しているようだった。

やがてまた彼のそばへ来たが、湖水の景色より、展望台の斜め後にある観月舞台に目を惹かれている。もう木組が古びていて、格子の塀とまさきの植込みで、大事そうに囲われていた。

「これなんですね。謡曲の三井寺に出てくるお月見の舞台は」

清子が新鮮な感慨をこめて呟いた。

「お謡《うた》いをなさるんですか」

「いえ、私は習ったことないんですけど、三井寺の筋だけは誰かに教わって不思議に心に残っているんです。人買いにわが子をさらわれた母が、狂女になって子供を捜し求め、名月のお月見の夜、三井寺で再会するという……」

「ちょっと節《ふし》廻しがむずかしいが、いいお謡いですね」

高梨の家では、先生をよんで家中で謡曲の稽古《けいこ》をしていた。

清子は観月舞台を飽かず眺め入っていた。

しばらくして、

「昔から、親と子にまつわるかなしい物語はたくさんあるんですね。さっきの法話にも出た、賽《さい》の河原にしても……小さな子供が死ぬのは、本当に可哀相。でも、水子はもっと哀れですわね。一日も親の愛を享けられなかったのですから。考えてみれば、水子をつくるほど、罪深い所業はありませんわね。水子の霊魂は一生親のそばにまつわりついているのかもしれません……」

耳元で、まるで低く唱えるような呟きを聞いた時、高梨はふと、得体の知れぬ恐怖が背筋をかすめるのを覚えた。

3

翌朝、高梨は妻の沢子に揺り起こされた。

眠い目をうすく開けて、傍らのデジタル時計を見ると、八時十一分を示している。同時に、顳顬《こめかみ》の後から脳天にかけて、錐《きり》を刺しこまれるような痛みを覚えた。宿酔《ふつかよい》なのだ。

ふつうでも、高梨が家からほど近い会社へ出るのは遅く、十時すぎる日もめずらしくない。まして深酒した翌朝に、なぜ八時から起こすのかと、彼はむかっ腹の立つ気持で、妻の手を払いのけた。

だが、沢子はまた別の場所を強く揺すって、

「あなた、起きてください、警察の方が見えたはります」

「警察……?」

「大津警察署の刑事さんが、お二人……」

大津署といえば、もしかして、昨日の滝本清子と何か関係があるのではないだろうか……?

ようやく起きあがった高梨は、大島の着物の腰にへこ帯を結びながら、ぼんやりと考えはじめた。そうするうちにも、急速に眠気がうすれ、代りに虚をつかれたような動揺と緊張が心にひろがってくる。

やはり、大津なら、清子のことしか思い浮かばない。薬樹院も三井寺も、大津市内のはずである。しかしそれにしても、なんで刑事が二人も……?

昨日清子とは観音堂の前の石段をくだった下の道で別れた。彼女はまだ、近くの琵琶湖疏水《そすい》の辺りを散策していきたい様子だったが、高梨のほうは、夕方から京都で会合があったからである。

別れぎわ、清子の京都の住所を聞いて控えたが、こちら側の昔話などはおくびにも出さなかった。とりあえず、友人で信頼できる弁護士にでも依頼して、清子について調査しなければならないと考えていた。

　円山公園そばの料亭には、定刻より少し遅れて七時ごろ着いた。気のおけない同業者仲間の会合だったので、彼は最初からハイペースで飲み、三次会まで付合って、帰宅したのは午前一時をすぎていた。これが宿酔の所以《ゆえん》である。だが、彼をそんなに飲ませたのは、やはり昼間の出来事が原因していたのかもしれない。どうにも落着かない、とりとめのない気持から、逃れたかったのだ。

　応接室のドアを開けると、ソファに腰かけていた二人の男が、軽い会釈を送ってよこした。

「高梨ですが」と、前にいって名乗るとはじめて、年上のほうの一人が、警察手帳を示して自己紹介した。手帳には確かに「大津警察署」の文字が読みとれた。

「早速ですが、高梨さんは昨日、大津市坂本にある薬樹院というお寺へ行かれましたか」

　四十五、六の肌の黒い刑事が尋ねた。

「ええ」

「そこから、若い女性と連れだって三井寺へ行かれたことも、タクシーの運転手の証言で明らかになっていますが……失礼ですが、その女性とはどういったご関係でしょうか」

「いや、別にどうということは……しかし、彼女が何かしたのですか」

だが、相手は高梨の反問を無視して、彼と女との間柄を重ねて訊いた。仕方なく彼は、昨日の経緯を、表面的にはありのまま答えた。法要の帰りがけにいっしょになり、三井寺を廻ると聞いたので付合った……。途中の話の内容は、いっさい伏せておいた。

身許がわかるかと問われたので「滝本清子」という名前だけ聞いたと答えた。これはタクシーの運転手も憶えているかもしれないのだ。

「それにしても、身許などとおっしゃるのは……あの女性の身に何かあったのですか」

高梨が再び問うと、刑事は眼鏡の奥からこちらを見守りながら、

「実は、昨夜九時ごろ、三井寺の観音堂の裏手にある林に囲まれた野原で、近くのアベックが若い女性の変死体を発見しましてね。手で首をしめて殺されておって、ハンドバッグの中から身許を示すようなものはいっさい持ち去られていたのだが、タクシー会社などに問合せた結果、昨日の午後薬樹院から乗せた女ではないかという証言が得られました。お寺さんでは、その女は直接知らないという話だったが、いっしょに乗ったあなたのことを聞いて、お尋ねにまいったわけなのです」

高梨は棒をのんだ表情で聞いていた。

「死亡時刻は、今のところ、昨夜の六時から七時の間と見られているわけですが、現場は、そんなうす暗い時刻に女が一人で行く場所ではない。犯人に誘いこまれた可能性が強い。そうなるといよいよ、その直前まで被害者といっしょにいた男性が重要参考人と見られるわけで……」

「し、しかし、ぼくだって観音堂の裏へなどは行ってませんよ」

刑事の口吻《くちぶり》に敵意を感じとった高梨は、思わず叫ぶようにいい返した。

「そうですかね。でも死体のそばに落ちていた金張りのガスライターは、昨日あなたが使っていた品と似ていると、お寺のお手伝いが認めているんですがね」

呆気《あっけ》にとられている高梨の前で、刑事たちは椅子を引いて立ちあがった。

「恐縮ですが、一度署までごいっしょ願えませんか。署でゆっくり事情をお聞きしたほうがいいと思いますから」

約一時間後、彼は大津警察署内の小部屋で、刑事課長と向かいあっていた。課長は血色のいい四角な顔に、絶えず軽い笑いを浮かべている。つまり大変愛想がいいのだが、口を開けば、いちいち妙に皮肉っぽい口調で喋る男だった。

彼はいったん事情聴取をはじめてから、部下に呼ばれて席を外し、ずいぶん待たせてからようやく戻ってくると、再び高梨と対座した。

「被害者の身許がわかりましたよ。テレビニュースを聞いて、彼女の勤め先の友だちが、もしかしたらと届け出てくれたんですが」

「どういう女性だったのですか」

「柴山さと美。住所は大阪市東成区の今里で、両親と兄の四人暮らし」

「大阪で両親と……？」

「ええ。もともとは東京の人らしいが、八年ほど前父親の勤務の都合で京都へ来て、そのあと大阪に移り住んだ。家中がみんな仕事を持っていて、放任主義の家庭だったらしく、両親は呆然《ぼうぜん》としていますよ」

そういえば、清子、いや、さと美が本名らしいが、彼女のことば遣いは標準語に近かったと、高梨は今さらのように気がついた。母子家庭に育ち、京都のマンションで一人暮らしなどと、すべて出鱈目《でたらめ》だったのだ。嘘でなかったのは、勤めを持っていたことだけか。

「どこに勤めていたんでしょうか」

「S交通といって、タクシーやトラック運送を請負っている会社の総務部ですね」

「いくつだったのですか」

「二十二歳」

それなら娘の香代子と同い年なわけだ。はじめて痛ましい思いが、胸にひろがった。

「齢も知らずに付合ってたんですか」と、課長がまた皮肉な笑いでのぞきこんだ。

「いや、付合ってたなんて……最初にご説明した通り、彼女とは昨日はじめて会って、六時ごろお寺の下で別れたきり……」

「するとライターの件はどうなります？」

「落とした……いや盗まれたのか……展望台のベンチに腰かけて一服つけた時には確かにあったのですから、恐らくあの時、何らかの理由で彼女がそれを掠《かす》め取り、持っていたのが、殺された時落ちたのか……いやあるいは犯人が隙をみてぼくのライターを盗み、ぼくに罪を着せる目的で――」

「それでは、彼女と散歩していた間、誰かに尾《つ》けられているようだとか、怪しい人影を見かけた覚えはありませんか」

「いや、それはとくには……」

「なるほど」と、相手は解ったように頷いてから、

「――しかしですねえ、解剖によって、被害者がごく最近妊娠中絶手術を受けてい

たことも判明しているのですよ。すると当然男がいたことになる。家の人たちはまるで知らなかったらしいが、職場の同僚は、彼女に恋人があることだけはうすうす勘づいていたという。が、どこの誰なのか、皆目わからない。よくよく人目を忍んでいたわけですねえ。ということは、人妻ならともかく、彼女の立場から推《お》して、相手の男に結婚の意志がなく、しかも付合いを世間に知られては困る事情とか、社会的地位があったからだとは想像できませんか」

「………」

「おまけに、彼女のバッグの中から、青酸カリの包みが発見されたのです」

「青酸カリ……」

「彼女がどんな目的でそれを所持していたかは不明ですが、いずれにせよ、相手の男と相当に険悪な状態に陥っていたことを示唆するものではないか。そして彼女は、毒薬をどのような形にせよ使用する以前に、殺された。犯人は彼女の身許を示すものは持ち去ったが青酸カリには気づかず、紙包みはそのままにして逃げたのです」

まるでその犯人が高梨だとでもいわんばかりに、刑事課長は冷やかな笑いをこめて彼を見据えた。

4

滝本清子と名乗って近づいてきた柴山さと美が、二十三年あまり前高梨が関係を持った鈴川福実の娘ではまずありえないと、彼はさまざまの点を考慮した結果、一応の結論に達した。

まず年齢がほぼ一歳若い。

さと美には両親も兄もあり、血の繋がりが一目で認められるくらい容貌《ようぼう》も似通っているとは、大津署の刑事課長からそれとなく聞き出した。

薬樹院の庭ではじめてさと美を見た時には、反射的に福実を連想したものだが、冷静に考え直してみれば、高梨の記憶の底に残っている福実のイメージに、さと美がタイプとして似ていたということであって、目鼻立ちの一つ一つまで共通していたかどうか、現在の彼には見極めきれないのである。

従って、あれは他人の空似だったと思ってみれば、それでも納得できぬことはない。

だが、するとますます不可解なのは、柴山さと美がなぜわざわざ高梨に接近して、福実の話など持ち出したのかという点である。

高梨が沢子と結婚する前の、福実との「過去」はほとんど誰にも知られていないはずだ。結婚前はもとより、その後も彼は数年間、沢子の父が糖尿病で引退するまで、銀行勤めを続けていただけに、世間の耳目に対して注意深かった。ただ一人、同僚の酒井という男が、福実の働いていた料理屋の娘と昵懇《じっこん》だったために、ある程度勘づかれた気配だった。その酒井が、高梨と沢子の家庭へ遊びに来て、酒を飲みながらの昔話でつい口をすべらせたため、高梨はあとで沢子に難詰されて、やむをえず福実と付合っていたことだけは告白した。無論妊娠させたなどの事情は隠し、わざとあけすけに、宴席で大勢で撮った写真の中の福実の顔を教えてやったりした。が、いずれそれは二十年近くも昔の話で、酒井や沢子から福実の話が外部に洩《も》れ、今になって奇妙な事態が起こるなどとは、高梨には考えられない気がする。

するると残る可能性は、さと美が直接福実を知っていて、福実から昔話を聞き、何らかの理由で高梨にあんな嘘をついたというケースである。

うむ、それしかないと、高梨は自家用のクラウンのバックシートにもたれ、ジッと目をつぶった姿勢で、思考を進めた。

大津警察署での取調べは相当に粘っこく、長時間にわたったが、さすがにその場で高梨を逮捕するだけの決め手は得られなかったと見え、昼すぎにはいったん帰宅を許された。

高梨は会社に電話をかけて、運転手に迎えにこさせた。ハイヤーで帰ってもよかったのだが、わざわざそうしたのは、身内にも警察に対しても、自分にやましいところはないと標榜《ひょうぼう》したい心理が働いていたからかもしれない。

――では、さと美はなぜあんな行動をとったのか？

福実に代って、高梨に怨《うら》みを伝えたかったのか。

青酸カリを所持していたというが、まさか高梨に飲ませるつもりだったわけではあるまいに……？

彼はしばらく頭の中で模索を試みたが、疑問の解答を見出すことはできなかった。それよりも、もっと早急に解決しなければならない問題がある！

彼は目を開いて、身体を起こした。

さと美には男があった。その男が彼女を妊娠させ、堕胎させたのだ。境内を歩きながら水子の話をして、さと美が涙ぐんでいたのを彼は思い出した。男はさらに、彼女が邪魔になって殺したにちがいない。

その蔭の男を突きとめぬ限り、高梨の容疑は解消しないだろう。今日はまだ証拠不十分で帰したものの、捜査本部では十中八九、陰の愛人が高梨だと睨《にら》んでいるのだ！

二時すぎに自宅へ着いた。

「いったい、なんどした？」

沢子がふだんはおっとりした瓜実顔を強張《こわば》らせて訊いた。刑事たちは事件について彼女に説明しなかったらしい。

「大したことやない」と、彼は不機嫌に答えて茶の間へ入った。無論隠しておけることではないが、今しばらく一人で推理を進めたいのだ。

沢子は蒼《あお》ざめた面持で夫を見守りながら、黙って傍らにすわった。もともと彼は内面《うちづら》の悪いほうだった。多分に関白亭主の頑固親爺に属しているかもしれない。沢子の亡父の家業を彼が継いで、社長におさまっているのだから、立場としては養子の性格もあるわけなのだが、高梨の以前の勤め先である銀行との力関係とか、彼が社長になってから会社の業績が大幅に伸びたことや、沢子がおとなしい女だったことなど、さまざまの要素が総合された結果、いつの間にか高梨が天下の家庭ができあがっていた。

彼はテーブルの上に積んである郵便の束に目を通しはじめた。いや、意識は先程からの延長で、さと美の愛人を捜し出す方法を思いめぐらしているのだが、毎日の習慣で、一枚一枚裏を返し、手紙は開封していく。

沢子はお茶を淹《い》れ、湯呑みをさし出しながら、一段と思いつめたような目で高梨をのぞきこんだ。

「あのう……こちらもあれから大変やったんですよ。香代子のお友だちが昨日急に亡くならはったとか、べつのお友だちから電話がかかってきて……」

「それで香代子は出かけてるのか」

「ええ。——それもただの亡くなり方やのうて殺されはったとか……」

高梨はちょっと息を引いて見返した。

「殺された？」

「ええ。大津の三井寺の林の中で、首をしめられて死んでるところを発見されて……」

「それは……それは何という友だちだ？」

「柴山さと美さんという方で、香代子とは高校時代とても仲良しで、卒業するころお家が大阪へ引越されて、大阪で就職しなはったんどすけど、お休みにはよく遊びに見えてたんですよ。あなた、お会いにならはったことなかったかしら」

「会ったよ」

　ふいに高梨は呟いた。

「昨日、大津で彼女に会ったのだ」

「え？」

　高梨ははじめて妻に、昨日の午後から今日大津署で調べられるまでのくわしい経緯を話した。くわしいとはいっても、やはり、さと美と交した会話の内容は伏せておいた。つまり、警察に話したと同じ程度の、表面的な事実だけを告げたのだ。

　それでも沢子は、古風な一重《ひとえ》瞼《まぶた》の目を大きく見張り、唇をうすく開いた喘《あえ》ぐような表情で聞いていた。段々に取り乱した泣き顔になった。

「どうしてまた……殺されはったんでしょう。香代子と同い年の娘さんが……可哀相に……」

　しばらく両手で口を押さえて嗚咽《おえつ》をこらえているように見えたが、とうとう奥座敷へ走りこんでしまった。

　高梨はまた、郵便物に目を通す作業を続けた。ちゃんと文面を読んでいるつもりだが、意識は上すべりしているのかもしれなかった。大半が印刷された葉書やダイレクトメールだが、中に混っていた手紙の一通を開封し、出てきた一枚の便箋《びんせん》に目を落とした彼は、やがて戸惑ったように瞬きした。文面の意味が理解できないのだ。それは、こちらが上《うわ》の空のせいでもなさそうだった。

『前略。例の件については、静観の一手しかないと存じます。沈黙は勇気の要る行為ですが、真実に直面される時まで、何をなさってても無益でしょう。あなたの幸福な将来を信じつつ。

八月十五夜　　　　　　　　　　　　　田中久江拝』

角張った文字である。差出人の名にも憶えがなかった。

改めて封筒を手にとってみて、高梨は軽く舌打ちした。香代子宛の手紙だったのだ。裏には田中久江の名前だけが記されている。冷静なつもりでも、やはりぼんやりしていて、いっしょに混っていた娘宛の手紙を勝手に開封してしまったのだ。

その時、奥で女の話声が聞こえ、香代子が帰ってきた気配が感じられた。高梨が在宅していることはお手伝いに聞いているにちがいないが、まず母親のいる部屋にいって、話をしているようだ。なんといっても母と娘の親密さには、男親は踏みこめないところがあると、高梨は折につけて感じさせられる。

やがて、香代子が居間に入ってきた。面長な輪郭と日本風な一重の目は母親譲りだが、黒い眸の奥に意志の強そうな光をたたえているのは父親似かもしれない。

沢子から一通りの話は聞いたらしく、香代子は混乱したような、眩《まぶ》しそうな眼差を高梨に注いだ。やはり頬が蒼ざめて、目許が赤らんでいる。

「——柴山さと美さんのことは……お葬式なんかには、行くわけかね」と、ややぎごちない声で訊いた。一瞬香代子が本当に高梨がさと美を殺したのではないかと疑っているような、気後れを感じたのだ。

「ええ。解剖された遺体をご両親が引き取りにいくのが今日の夕方で、お葬式は明日になるでしょうけど……」

香代子は疲れた仕種《しぐさ》で畳にすわった。

高梨もしばらく黙って、娘の横顔を眺めていた。

香代子と高校からの親友だったというさと美が、そんなことはおくびにも出さず、まるで福実の娘ででもあるかのような話を語ったのは……やはりさと美が偶然福実と知合いで、福実に代って婉曲《えんきょく》ながら高梨に怨みを伝えたかったからではないか？——結局想像はそのへんに帰着する。

いや、今はそれよりも、真犯人を見つけて、濡《ぬ》れ衣《ぎぬ》を晴らさなければならない時だ。

高梨は少し改まった表情で、テーブルに身をのり出した。

「なあ、香代子。いずれにせよさと美さんが男に殺されたことはまちがいないはずだが……彼女の男関係で、誰か思い当る人間はいないか」

香代子は首を傾《かし》げて溜息《ためいき》をついた。

「今も、高校時代同じグループだった人たちと、そんな話をしてきたんやけど、誰も知らないというの。さと美は、自分のことあんまり喋りたがらない人やったし……」

「この家へはよく遊びにきていたらしいな」

「ええ。高校のころは家も近かったし、大阪へかわらはってからでも、京都へきた時はたいてい寄ってくれたわ」

「それで、本当に誰も思いつかないかね」

高梨はもうなかばあきらめて訊いたのだが、睫毛を翳らせて庭の一点を見つめていた香代子が、急に顔を戻した。

「そういえば、高校卒業の前後くらいのころ、さと美が家へ来た時、会社の……ええっと、脇田さんいうたかしら、彼を見かけて、素的な人ねえって、おしとやかなさと美には珍しく、興味を示したみたいやったの。それで次の時は紹介してあげて、お昼休みにわたしの部屋でだべったりしたんやけど、そのうち脇田さん会社辞めてしもたでしょう？　しばらくたって、さと美にそのこというたら、がっかりするかと思うたのに、まるで無関心みたいやったんで、こっちは拍子抜けしてしもた。今、ふっと思い出したんやけど……」

「そんなことがあったのか……」

高梨は聞き流せない気がした。彼の会社を辞めた脇田が、大阪のもう少し大規模な繊維会社へ入社したことを思い出したからである。

香代子の高校卒業前後といえば、高梨の本社が現在のように家から少し離れたビルではなく、住居と軒続きに置かれていた。だから、香代子の許へ遊びにきたさと美が、脇田を見かけたことも頷ける。

脇田はいつも身だしなみがよく、女たらしという評判も一部にはあったが、仕事は優秀な社員だった。高梨の会社を辞めたのも、とくに何か拙《まず》いことがあったというのではなく、遠縁の人が重役を務めている大阪の会社へ引き抜かれた恰好《かっこう》だった。もし、さと美が、脇田が大阪へ移って以後も――彼女の家とはむしろ近くなったわけだし――ひそかに交際していたとすれば、香代子に脇田のニュースを知らされた時には、わざと無関心を装ったのではないかと解釈できる。

そしてもし、彼との付合いが最近まで続いていたとすれば、四年越しの勘定だから、どろどろした感情が淀んでいた可能性も大いに考えられるではないか。

高梨は早速脇田についで調査をはじめるために立ちあがった。

ふと手許の封筒に気がつき、香代子にさし出した。

「混っていたから、うっかり開けたんだが……何かおかしなことが書いてあった」

香代子は上目遣いに父親を軽く睨んでから、その目を封筒の裏面に落とし、ちょっと首をかしげた。

その場で便箋を取り出して読んだ。

二回読み返して、また首をひねった。眉根を寄せ、鼻の上部に皺《しわ》を寄せた。

「わからないわ、なんのことやら……」

「田中久江というのは……？」

「聞いたこともない名前やわ」

「その八月十五夜という日付も奇妙じゃないか。五月十五日の夜のまちがいなら、ちょうど今日着いてもおかしくないわけだが」

念のため消印を見てみると、うすれて読みにくいが、局は大津で、昨日の夕方から深夜の日時がスタンプされている。

「八月十五夜……」

香代子が口の中で呟いた。庭先に向けられたその虚《うつろ》な眸の底には、戸惑いとも怯《おび》えともつかぬ影が漂い出ていた。

5

高梨が再び三井寺へ赴《おもむ》いたのは、その翌日の昼まえであった。

彼はさと美が殺される直前の時間まで、彼女といっしょにいた。それでとんだ濡れ衣を着せられてしまったわけだが、そのことを逆に考えれば、真犯人を追求する上にまたとない有利な条件を与えられているともいえる。事件の直前まで、被害者の様子をこの目で見、ことばを聞くことができたのだから。

さと美が香代子と親友だったことも、同様に、手懸りをつかむルートとして利用できるはずだ。

香代子からは、脇田の存在を暗示された。

次に薬樹院から三井寺の下で別れるまでの、さと美との接触を反芻《はんすう》してみた高梨は——結局、思考のフィルターにひっかかったのは、一コマの記憶だけだった。

あの日、三井寺の観音堂の前までのぼってきて、彼は展望台に立って、一服つけた。夕暮れの迫る湖水の風景を眺め、ふと振返ると、さと美は、展望台の斜め後に当る茶店の前で、和服を着た五十がらみの女と話をしていた。くすんだ蘇芳《すおう》色の着物をすっきりと着た女の立ち姿をチラリと見て、茶店のおかみさんではないかと一瞬感じたのを憶えている。また、よく思い返してみると、その女のほうからさと美を見かけて声をかけたのではなかっただろうか。そんな感じの会話を、なんとなく背後に聞いたような気がするのである。

とすれば、さと美が絵葉書を買うなどして偶々《たまたま》ことばを交したのではなく、二人は旧知だったと考えられるのではないか。

もっとも、深い知合いなら、あのおかみさんは当然事件に気がつき、さと美と遇《あ》ったことを警察に届け出ているであろうから、今さら彼女から新しい手懸りを聞き出せるとは期待できないわけだが。

が、いずれにせよ、一度会ってみる価値はありそうだった。

ここ数日変りやすい天候が続いていて、今日は午後から雨脚が激しくなっている。

高梨は自家用車を下の道に待たせて、直接観音堂の前に出る石段をのぼった。一昨日の夕方六時少し前に、さと美と並んで降りた石段である。あの時も人影は途絶えがちだったが、今は雨と肌寒い陽気のせいで、行き交う人もいない。上の茶店も、床几をひっこめて、うす暗い空気に包まれている。そのためか、高梨の記憶にあったより、店は小さくて質素に感じられた。

彼が入っていくと、みやげ物の笛とかしゃもじなどを並べた台の陰から、小柄な老婆が現われて、それでも愛想よく「おいでやす」といった。

「あの、すみません。こちらのおかみさんにお会いしたいのですが……」

老婆は大きく眉をあげて額にいく筋も横皺を刻み、吃驚《びっくり》したように彼を見あげた。

「おかみさんというのか、五十前後くらいの奥さんがおられるでしょう？」

ややたってから、

「五十前後なあ……うちには、おじいさんとわたしの二人だけだす」

高梨は一瞬、一昨日蘇芳色の和服を着て立っていたのはこの老婆だったかと想像してみたが、それはどうにも納得できない。では、あの女も通りがかりの客だったのか。……いや、女たちのやりとりをはっきり聞いたわけではないが、やはりなんとなく、あの女がこの店の人だったような気がしてならない。

「実はその……一昨日の夕方、こちらで、渋い赤紫のような着物を着た五十くらいの女の方にお会いしたんですが、折入ってその人にお訊きしたいことが……」

ことばの途中から、老婆の目の中にようやくはっきりと反応が動いた。

「それやったら、うちの娘どすがな。一昨日はおじいさんの加減が悪うて、見舞いがてら手伝いに来てもろてましたさかい。日曜で店閉めることでけんし、どうせあっちも気ままな商売してるんやから」

「娘さんもこの近くで商売してはるんですか」

「いいえ、京都ですがな。上賀茂神社のそばの旅館ですけど、お馴染《なじみ》さんだけ相手にして、人も使わんで気楽にやってますさかい……」

喋り出すと話好きらしい老婆は〝笹村〟というその旅館の位置を懇切に教えてくれた。一昨日の夕方には、彼女はここにはおらず、従って、娘の峰子がさと美と話を交したかどうかなども、与《あずか》り知らぬようであった。

ともあれ、たまたま実家に帰っていた京都の旅館のおかみさんが、さと美と顔見知りで、声をかけたのにちがいないと思われる。

上賀茂の旅館というイメージは、今の場合、なんとなく高梨を満足させた。

急いで車に戻り、運転手に行先を告げた。京都市内でも北の外れに近い上賀茂へ着いた時は三時近くになっていたが、雨が小降りになり、かえって周囲はほの明るくひらけて見えた。

神社の正面には朱塗りの大鳥居が聳え立っている。広々とした境内には芝生がしきつめられて、赤い芽をふいた柃《ひさかき》の生垣がそれを囲んでいる。雨に濡れた若葉がみずみずしく匂うようだ。いつきても清潔で明るい雰囲気の神社だと、高梨は感じる。

が、今日は参拝が目的ではない。

砂利敷の駐車場に車を待たせ、彼はいったん境内に入ってから、細い清流に沿って横へ抜けた。

そこは境内の外側をめぐっている道で、一帯はいかにも京都の山の手らしい面影を宿している。車がようやくすれちがえるくらいの道幅で、神社の反対側にも細い小川があり、澄んだ水がかなりの迅《はや》さで流れている。それで道に面した家々は、石や木の小さな橋をわたしている。橋の向うは、たいてい瓦や板葺《いたぶ》きの屋根をつけた古風な門で、門と門の間は、苔むした石垣や、薬師寺の鱗塀を思わせるような肌色の土塀でつながれている。

さほど豪壮な屋敷はないが、どの家もしっとりした京風の造りで、昔は誰彼の別荘だった家も少なくないはずである。今では軒並み旅館に変っているが、名前をしるした門灯が出ているのでそれとわかる程度で、ひっそりと門扉を閉ざしている。

〝笹村〟も門柱に大きめの表札を掛けていただけで、知らない者は旅館とは思わないかもしれない。

高梨は横のくぐり戸を押して門内へ入った。

小石を敷きつめた道が、細かな格子戸のついた玄関へ通じている。

呼鈴を押すと、やがてひっそりとした内部に気配がして、向うから格子戸が開けられた。

間近に向かいあった女の姿を見た時、安堵《あんど》と満足の入り混った興奮の波が彼の胸内をよぎってすぎた。確かにあの時の女だと、一目で感じた。今日は芥子《からし》色のような着物を着ている。もともと顔立ちまでは見極めてなかったが、姿勢のいい上半身の感じや、アップの髪を耳許でふくらませているヘアスタイルが、不思議なほど鮮かに眼底に焼きついていた。

先方は、当然ながら、高梨を憶えているふうはない。

彼は名刺を出し、それを見た相手が上るようにすすめるのを断って、じかに用件を切り出した。少し気が逸《はや》っていた。

「ちょっとつかぬことをお尋ねにまいったんですが、あんさん一昨日は大津のご実家へお帰りになって、夕方は三井寺の茶店におられましたね。これはお母さまにうかがってきたのですが」

持ち前の押しの強い口調で問いかけると、笹村峰子はひきこまれる表情で頷いた。

「そのせつ、五時半ごろだったはずですが、店先で、青い服を着た若い女性と話をされたでしょう？　彼女とは、どういうお知合いなのでしょうか」

峰子は唇を尖《とが》った形で引きしめ、苦笑をふくんだ目をそらした。

「へえ……それはまあ、ちょっと……」

答えを濁すふうだ。それを見て、さと美は〝笹村〟の客だったのではないかと、高梨は直感した。旅館でもこの種の、馴染客だけを相手にひっそりと商売をしているようなところでは、とりわけ客について口が固い。逆に、決して秘密を洩らさないという信用が、顧客を繋ぎとめる強い要素になっているはずである。

「では、あの女性、柴山さと美があなたに会ってから間もなく殺されたことをご存知ですか」

峰子は大きく息を吸いこんだ。無意識のように衿元《えりもと》を手で押さえた。

「ほんまでっか……」

「観音堂の裏の野原で首をしめられているのを発見されましてね。あの日の六時から七時の間に殺されたらしいのですが」

「ああ……その事件やったら、テレビでちょっと聞きましたけど、まさかあのお方が……」

「警察では痴情犯と見て、さと美の愛人を捜しているのですが、なかなか浮かばないらしい。実はぼくはさと美の遠縁に当りまして、あの日も三井寺まではいっしょに行ったものですから、ふとあなたのことを思い出し、もしかして何かご存知ではないかと、お尋ねにあがったようなわけなんです」

峰子はなおしばらく、計るように高梨を見廻していた。名刺を改めたりしていたが、やはり玄関では話もできないからと座敷へ招じ入れた。

植木が繁りすぎて少しうっとうしく感じられる庭を見ながら、峰子は彼と対座した。

それからようやく打ちあけてくれた。

さと美はやはりここの客であった。ひと月に一回くらい泊りに来ていたそうだが、連れの男が、ここは古い付合いの大阪の商家の息子に紹介された人物で、峰子はさと美の名前もはっきり知らなかったという。

では連れの男は？　——女将の口から「脇田」の名が出るまでには、もうさほど時間はかからなかった。

高梨が自宅へ帰るのを待っていたように、友人の弁護士から電話がかかった。彼にだけはすべての事情をありのままに話し、早急にさと美の身辺を調査してくれるように頼んでおいたのである。

6

電話は、脇田が逮捕されたことを伝えるものだった。

警察もさすがに盲ではなかったようだ。被害者の人間関係をつぶさに洗う一方で、現場付近の目撃者を求めた。その両方から、脇田とおぼしき男が浮かんだので、今日の午後署へ呼んで追及したところ、犯行を自供したという。裁判所へ逮捕状が請求されたのは、ちょうど高梨が〝笹村〟で脇田の名を聞き出していたころらしい。

脇田とさと美の関係は四年に及んでいたが、彼には最初から結婚の意志はなく、従って逢引きには細心の注意を払い、周囲に気取られずにきていた。というのが、彼は会社の実力者である専務の娘の花婿候補と目されており、最近ではその縁談がいよいよまとまりかけていたのだ。

さと美にはその都度適当になだめては、これまで三度も妊娠中絶をさせたという。

この五月初めにも京都の医院で一人で中絶手術を受けさせていたが、その直後に、さと美が、彼と専務の娘との婚約を人づてに聞いてしまった。さすがに今度ばかりはさと美も引き下らず、脇田は言訳に窮していたらしい。

だが、犯行の直前まで、殺す気はなかったと、彼はいい張っている。

午後六時半に三井寺の境内で会いたいと誘ったのは、さと美のほうだという。落合った時、彼女は缶ジュースを二つ持っていた。ここへくる途中で喉《のど》が乾いたので、自動販売機で買ってきたといっていた。

やがて、めったに人の通らぬ林の陰に誘いこまれ、これまでになく冷え冷えとして醒《さ》めたような彼女の怨みのことばを聞いているうちに、ふいに彼は女の殺意を感じとった。今夜は用心して難を逃れるとしても、この先いつ命を奪われるかわからない。この女なら必ずやるだろうと思った途端、彼は恐怖と憎悪の激情に我を忘れ、気がついた時には首をしめていた、というのだ。

ハンドバッグの中から、さと美の身許を示す物を抜きとり、缶ジュースは離れたゴミ箱に捨てて逃げ帰った。このまま何日も死体が発見されずに腐乱すれば、いよいよ身許がわかりにくくなり、それだけ自分は安全だと踏んでいたらしい……。

電話を切ったあとでは、高梨は妙にシンとした感慨にとらわれていた。真犯人が捕まり、自分が冤罪《えんざい》を免れたという安堵感は、もうそれほど強くもなかった。すでに脇田の存在を摑《つか》んでいたし、それ以前にも、結局は真実が顕れるまでの時間の問題だといった楽観が働いていたのかもしれない。

それよりも、今さらのように彼を複雑な感慨に沈ませたのは、水子をめぐる愛憎の、底知れぬ哀しさなのであった。堕胎させたあげくに裏切った男へ、殺意を秘める女。またそれゆえに、女を抹殺した男……。

「水子をつくるほど、罪深い所業はありませんわね。水子の霊魂は一生親のそばにまつわりついているのかもしれません……」

観月舞台の前で囁《ささや》いたさと美のことばが、やはり彼自身に向けられたもののように、耳底に甦った。

それにしても、どこまでも不可解なのは、あの女の行動である。その謎は今も解けない……。

その日の夕食には、久しぶりに家族三人が顔を揃えた。ふだんは高梨の遅い日が多いし、香代子も結婚問題がこじれてからは、意識的に父親との同席を避けているようにも見えた。

今夜の香代子は、めずらしく、胸や腰にフレアの多いドレッシーなワンピースを着ていた。そういえば昨日もその種のやわらかい服を身につけていたように思う。これまでは、男みたいなシャツブラウスにジーパンやパンタロンといった、高梨の顰蹙《ひんしゆく》を買う身なりが多かったものだが。

「とにかくも事件が解決して、やれやれでしたなあ。これでさと美さんも、少しは救われはりますやろ」

沢子が高梨のグラスに冷たいビールを注ぎながら、しんみりした口調で呟いた。

乾杯というわけでもなかったが、三人はなんとなくいっしょに、グラスを口に運んだ。

沢子が高梨の二杯目を注いでいる時、香代子が急に居ずまいを正すような身動《みじろ》ぎをした。一度深く息を吸いこんでから、真直ぐに顔を向けて、

「お父さん、お話があるんですけど」

「……？」

「わたし、どうしても仁科さんと結婚したいんです。お父さんも認めてほしいわ」

一気にいってしまってから、まだキッとしたような目をテーブルの端に当てた。

高梨は咄嗟《とつさ》に返事が出来なかった。これまでの彼なら「だめなものはだめだ」といった論法で即座にはねつけるところなのだが、切り返す気合を思わず逸したのは、

先刻の電話のあとの感慨が尾を曳《ひ》いていたからかもしれない。

急に空気が重苦しくたちこめた。

香代子が救いを求めるような視線を、そっと母親のほうへ送った。

沢子が溜息をついて、

「実をいうと、香代子にはもう、赤ちゃんができてるんですよ」

「もしお父さんが結婚を許してくれはらなんだら、堕ろさないかんでしょう？　でもわたし、それだけは絶対に……」

高梨のグラスを持つ手が自然にさがって、やがてグラスの底がテーブルに当る鈍い音が響いた。彼の目が香代子のゆとりのある服の胸に注がれ、次にはほとんどぼんやりと、女たちを見較べていた。

「そうか……沢子、お前だったんやな、さと美さんに妙な話を洩らしたのは」

「すんまへん」と、沢子が肩をすぼめた。

「しかし、よくあんなにくわしく知ってたもんだな。福実が妊娠した話まで……」

「それはあんた……まだ結婚して一年もたたんころ、会社の酒井さんが見えて、福実さんのこと洩らしはったでしょ。あなたはほんの二、三回付合うただけやなんて、えらいあっさりいうてはりましたけど、そんな間柄やないと、ピンときたんです。

それからあとで酒井さんを問いつめたところが、知ってることを洗いざらい打ちあけてくれはって、わたしが頼んだら、一度あなたに見せてもろたのよりもっと大きく福実さんがうつってはる写真も持ってきてくれはったんです。……わたしと結婚するためにあなたが福実さんと別れはったと聞いて、なんとなく福実さんに申しわけないみたいな気もしたんですけど、月日がたつうちに、いつの間にか忘れてたんです」

「…………」

「ところが、さと美さんがはじめて家に遊びに来はった時、その顔を一目見たら、福実さんの写真を思い出したくらい、よう似てはるやありませんか。他人の空似なんでしょうけど、年ごろにならはるほどきれいになって、それでよけいまた似てきはるような気がして……そんなこと思うてる矢先に、この人が……」

沢子は目で香代子を示した。

香代子が話をひきとり、何か、かみしめるような口調で喋り出した。

「わたしがさと美に事情を打ちあけて頼んだんです。お父さんが水子地蔵へ行くのはわかっていたから、その帰りに上手に誘導して、どこか静かな場所で、福実さんの話を持ち出してほしい。彼女が福実さんとお父さんの間にできた子供かどうか、あいまいなままで姿を消す。出鱈目の住所をいっておけば、あとで探りようがないから、どこまでも謎は残る。それによって、お父さんは自分の過去を振返り、水子をつくることの罪深さに気がついて、わたしの結婚に対しても、考え方を変えてくれはるんやないかと思ったんです……」

「しかし……それだけなら、なぜ彼女はわたしのライターを盗んだりしたのだ？それに青酸カリを持っていたというのも……」

「ええ……わたしも最初、さと美の死体が三井寺で発見されたとだけ聞いた時には、すっかり頭が混乱してたんですけど、あの手紙を何度も読み返すうちに、彼女の考えていたことが段々……」

「あの手紙とは、事件の翌日に届いた田中久江とかいう署名のおかしな手紙だね。あれはやっぱりさと美さんのだったのか」

「そうにちがいないと思うの。わざと角張った字で書いてあったけど、彼女の筆跡に似てるし、それに、八月十五夜という日付けが……」

いっしょに謡曲を習っている香代子は、さすがに同じところに着眼していたのかと、高梨は奇妙な満足を覚えた。

彼も偶然あの手紙を開封してしまって以来、あれはさと美からの何らかのメッセージではないかと、いく度も文面を反芻してみたものだった。その理由が、やはり「八月十五夜」であった。「五月十五日夜」の書きまちがいとは、簡単に割り切れなかったのだ。それに、観月舞台の前で、さと美は謡曲「三井寺」の筋を口に出した。人買いにわが子をさらわれた母が、狂女となって子供を捜し求めた末、名月の夜、ついに三井寺の庭で再会する……〝今夜は八月十五夜名月の夜にて候ほどに、若き人々をともない、講堂の庭に出で月を眺めばやと存じ候〟と、ワキの台詞《せりふ》にうたいこまれているのだ。

さと美は、その日付をそれとなく末尾に記すことによって、香代子に、手紙の内容が三井寺の事件に関わっていることを伝えようとしたのではあるまいか……？

「わたしがあんな頼みごとをする以前に、さと美は脇田さんを殺す決意を固めていたんとちがうかしら。バッグに青酸カリをひそませ、彼と会った時にはジュースを用意してたというのでは、彼に毒を飲ませるつもりやったと解釈するしかないのとちがう？」

「うむ……」

「しかも、彼女はしばらくの間、その罪をお父さんになするつもりやった。ひそかにライターを手に入れ、お父さんと別れた直後に脇田さんと待合せて、その現場にライターを落とした……」

「なぜわたしに罪をなするんだ？」

「それは……多分、いっそそこまでして、いったんお父さんを窮地に追いこんだほうが、わたしが頼んだことの効果もあがると考えたのかもしれんし、それにもしかしたら、二十三年前脇田と同じような行動をとったお父さんに、福実さんに代って一矢報いる気持が働いてたのかもしれん……」

そこまでいい切ると、さすがに香代子は視線をそらした。

「――でも、いずれにしても、お父さんを苦しめるのは一時だけのつもりやったと思うわ。脇田の死体が発見されて、そばにお父さんのライターが落ちている。しかも彼は以前お父さんの会社に勤めていた人やから、動機関係もいろいろ想像できる。お父さんはさと美の仕業と睨んで、彼女を見つけ出そうにも、偽名偽住所を教えられているから、彼女の存在すら容易に信じてもらえない……そうやってお父さんを追いつめた揚句、いずれ自首するか、何らかの形で真相を届け出る覚悟だったんやないかしら。その計画をひそかにわたしに知らせてくれたのが、あの手紙だったと思うの」

「例の件については、静観の一手しかないとか書いてあったね」

「それから、沈黙は勇気の要る行為だが、真実に直面する時まで、何をしても無益だと。――これは多分、お父さんに脇田殺しの容疑がかかったのを知ったわたしが、あわてて、かくかくのことをさと美に頼んだ結果、こんな羽目になりましたなどと訴え出ても、信用してもらえるはずがないから無益だという警告で、真相が明らかになるまで、沈黙して静観していなさいという意味やないかしら。でも、最後に〝あなたの幸福な将来を信じつつ〟と書いてあったでしょう？　これこそ、いずれ自首するなりして、お父さんを解放してあげるという暗黙のサインやったと思うんです」

「そんな廻りくどい表現を使い、八月十五夜などと記したのは、誰にでもわかる書き方をすれば、香代子がそれを証拠として提出し、簡単にわたしの疑いが晴れてしまっては困ると考えたからだろうね」

高梨にもひとつひとつ、糸がほぐれてくるように思われた。

「あの手紙を投函したのは、恐らく、わたしと別れたあと、脇田と落ちあうまでの間だろうね。消印の局も時刻も、それで合う」

「でも、そこまで細かい計画を立てておきながら、さと美さんは脇田に殺されてしもたんですねえ……」

沢子が涙ぐんだ声でことばをはさんだ。

「殺意を見透かされて、返り討ちにあったのだろうね。それで結果的に、さと美殺しの容疑がわたしにかかった……」

「それにしても、怖い男はんが多いどすなあ。大抵の男は妊娠させておきながら、逃げようとする。身一つで家出してきても、よろこんで受けいれるいうてくれはる人には、感謝せなあかんのかもしれまへんなあ」

沢子が暗に仁科のことばを伝えていることが、高梨には感じられた。

「怖いのは男ばかりとはちがうね。お前らにグルになられてはかなわん」

それは偽らざる実感だった。日ごろワンマン風を吹かせていても、母と娘の結びつきには、父親は歯が立たないのかもしれない……沢子はまるで聞こえないふうに、料理をとり分けている。

「仁科さんは高卒でも、美術に興味がおありらしいから、帯のデザインなんかに向いてはるかもしれまへんなあ」

高梨の前にそっと皿を置くと、彼の同意を確認するように、沢子は呟いた。

火の供養

1

その年の文化の日は、例年になく、東京の空は雪雲のようなどんよりとした雲に蔽《おお》われ、この秋いちばんといわれる突然の寒波に見舞われた。

武蔵野《むさしの》市の北外《はず》れに近い住宅街で、木造平屋建の小さな家から火の手があがったのは、午前十一時五十分ごろだった。最初は、台所の小窓から黒煙が噴《ふ》き出しているのを、その家の家主である老夫婦が、二百メートルほど離れた自宅から認めた。一一九番へ連絡がなされ、約三分後には消防車が到着したが、その時には、マッチ箱のような家全体がすさまじい火炎に包まれていた。

消防士と前後して燃える家に走り寄ったのは、その家の主婦稲沢竹子《いなざわたけこ》だった。竹子は外から帰ってきたところで火事に気付き、一瞬全身を硬直させて立ちすくんだが、つぎの瞬間には、手にしていた物をバラバラと足許《あしもと》に落としながら、玄関のドアに向かって突進していた。もう一歩のところで消防士が抱きとめなければ、彼女は燃えさかるドアを突き破って、炎の中へとびこんでいたにちがいなかった。後ろから羽交締《はがいじ》めにされた恰好《かっこう》の竹子は、必死にその手を振りほどき、なおも前へ進もうとした。

「やめなさい、無理だ！」

「こ、子供が、中に……」

「なに、子供がいるのか？」

「二人……子供が……助けてっ！」

しかし、消防士ですら、もう家の中に入れる状態ではなかった。近所の人々も、なすすべもなく、呆然《ぼうぜん》と見守っていた。

「タッちゃん……ユミ子っ……」

竹子は子供たちの名を呼びながら、身悶《みもだ》えて泣き叫び、ついには消防士の手を払いのけると、燃え続ける家の周囲を狂ったように走り廻った。

「タッちゃーん……ユミ子ーっ」

集まった人々の耳に、その声はこの上もなく悲痛な獣の遠吠《とおぼ》えのように響いた。

約三十分後に、その家はほぼ全焼して、ようやく火が消えた焼け跡から、二人の子供の焼死体が見つかった。竹子の長男竜男《たつお》六歳と、長女ユミ子四歳で、二人は奥の寝室の隅《すみ》で、幼い兄が妹をかばうようにして、折り重なって倒れていた。その家はリビングキッチンと八畳の寝室との二間《ふたま》だけで、リビングキッチンから火が出たあと、子供たちは奥の寝室へ逃げたが、雨戸が閉っていたため脱出できず、煙にまかれたものと推測された。

　竹子は火事が鎮《しず》まる前に失神して倒れ、両手に軽い火傷《やけど》も負っていたので、近くの外科医院へ担《かつ》ぎこまれていた。検証を終えた警察署員が、その結果を伝えるために、医院へ赴《おもむ》いた。竹子は二十八歳、夫は三年前に交通事故の怪我がもとで死亡しており、竹子がスナックで働きながら、二人の子供を育てていたということだった。

「出火場所は、リビングキッチンのようですね。石油ストーブの付近がことにひどく燃えていました」

　刑事課の主任は、ベッドの上に起きていた竹子の顔色を見守りながら、そろそろと話を進めた。ショートヘアの丸顔で、切れ長な目をした竹子は、今はその両目をぼんやりと虚空《こくう》に注ぎ、ひび割れた唇もうすく開けたまま、まさに虚脱《きょだつ》したような表情で聞いていた。二人の子供の遺体を確認したことを伝えた時には、何も答えなかったが、すでに人の噂で知っていたらしい様子だった。

「あなたが外出された時、石油ストーブの火はついていたのですか」

少したってから、竹子はあるかなきか首を縦に振ったようだ。重大な点なので、主任は改めて質問した。

「あなたは今日、何時ごろ家を出たのですか」

「――十時すぎ……」

「買物に行かれたんですね」

それは、竹子が路上に落としたスーパーの紙袋から推察された。駅前にあるスーパーの袋の中身は、ほとんどが子供たちの冬物衣類だった。

「出掛ける時、ストーブの火はつけっ放しにして行ったわけだね。今日は寒かったから、無理もないが……」

またしばらくののち、竹子の眸《ひとみ》が徐々に焦点を取り戻したかと思うと、ふいにそれが主任の顔へ向けられた。彼女ははじめて質問の意味を理解したかに見えた。

「いいえ、ストーブは消して行きました」

「しかし、ストーブのつまみは〝点火〟のほうに廻してあったし、その火がカーテンなどに燃え移ったのではないかと見られるんですがねぇ」

「いいえ、私が出掛ける時、ストーブは確かに消して行きました」

竹子はくり返しいった。それは今までのぼんやりした口調とはちがい、顔にもキッとした表情が現われていた。

「まちがいありませんか」

「朝はつけてましたけど、子供だけで留守番させる時には、必ず消してましたから」

ようやく少ししっかりなった感じの竹子が話したところでは――

彼女と二人の子供は、その朝九時すぎまで寝ていた。ふだんの日は、竹子は午後二時から十時まで新宿のスナックで働き、子供を預かってもらっている家から二人を引きとって帰宅する。朝は九時までに子供たちを保育園に連れていかなければならないので、日頃はどうしても寝不足になった。その分、休日の朝は寝坊するのが常だった。

朝食をすませると、竹子は二人に留守番させて、駅前まで買物に行くことにした。前夜から急に冷えこんできて、子供たちの衣類を買い足さなければならないと思った。急いで出掛けたので、寝室の雨戸も閉めたままにしていた。そのために、子供たちは脱出できなかったようである。

リビングキッチンに置いてあった石油ストーブは、自動点火装置が壊《こわ》れていて、マッチでつけなければならなかった。またその周りには、半乾《はんかわ》きの洗濯物がいっぱい干してあったという。

「よく新聞に、親が外から鍵をかけて出たために、子供たちが逃げられないで焼死したなんて記事がのってますね。だから、玄関の鍵はわざとかけずに行ったんです。子供が寒い家で待ってるんだからと思って、大急ぎで帰ってきたのに――」

話すうちにまた、竹子は胸をかきむしって泣き崩れた。自分も子供のある捜査主任は、思わず顔をそむけて目をつぶった。実際、幼な子の死に方として、これほど無残なケースがあるだろうか。炎と煙にとり巻かれ、すさまじい恐怖の中で、親を呼びながら息絶えたのにちがいないのだから。その親の気持は、想像するだけで、自分も胸が潰《つぶ》れるような気がした。

が、職務上、もう少し事情聴取を続けなければならなかった。

「あなたが確かにストーブを消して行ったといわれるなら、子供さんたちが自分で火をつけたわけでしょうか」

「いえ、そんなことはないと思いますけど……」

竹子はまた頭《かぶり》を振ったが、今度の否定にはさっきほど絶対的な強さはなかった。

「上の子が、時たまマッチを擦《す》ったりすることはありましたけど、勝手にストーブをつけたりしちゃいけないと、日頃からよくいってましたから。まして私が留守の間には、そんなことはしないと思います」

「しかし、消して行かれたことにまちがいないなら、子供さんがつけたとしか考えられないわけですね。今日はまったく、吃驚《びっくり》するほど寒かったからね。お母さんが帰ってくるまで待ちきれなかったんじゃないでしょうか」

「でも……そんなはずはないと思うんですけど……」

竹子は口の中で呟《つぶや》き続けたが、結局それしかないのだろうかという目の色にもなりかけていた。ほかに反論することばが見当らなかったからでもある。――が、心底では、七三で承服《しようふく》していなかった。

2

火事の原因は、子供がつけたストーブの火が洗濯物やカーテンに燃え移ったための失火ということにおさまった。家の持主は古くからの大地主で、昔使用人に住まわせていた家を、竹子たちに安く貸していて、保険もろくにかけていなかったから、保険金目当ての犯罪といった疑いは皆無だった。竹子にしても、放火されるほど人に恨まれる覚えはないといい、そんな形跡も認められなかった。

竹子には身寄りがなく、二人の子供を荼毘《だび》に付してしまうと、天涯《てんがい》孤独の身になった。勤め先のスナックのママが、ひとまず彼女を新宿区内にある自分のマンションへ引き取った。当分は店へ出る気にもなれないだろうから、気持が落着くまでここにいて、それから今後のことを相談しようといって慰めた。それで竹子は、ママが勤めに出たあとはマンションに一人残り、子供のことを思い出しては身悶えて泣いたり、また何十分間も身動《みじろ》ぎもせず、窓に向かってすわりこんだりしていた。齢《とし》をとりにくい丸顔にはちょっと知的な陰翳《いんえい》があり、負けん気らしい眸がチャーミングだなどといわれて客に人気のあった竹子だが、今はその顔全体が、いいようもない悲痛と失意のどんよりとした膜に被《おお》われてしまったかに見えた。

火事からちょうど一週間たった十一月十日の午後九時ごろ、竹子しかいないマンションで電話が鳴った。そんな時、彼女はたまには受話器を取った。ママが店から様子を尋《たず》ねてくれることがあったからである。

が、十日の夜の電話は、それではなかった。「もしもし」と沈んだ声で応じた竹子の耳に、落着いた低い男の声が流れこんだ。

「そちらに、稲沢竹子さんがおられると伺《うかが》いましたが――」

「はい……」

「失礼ですが、あなたが竹子さんですか」

「ええ……」

するという相手は一度、「ああ……」といった吐息《といき》に似た声を洩《も》らした。

「このたびはどうも、ご愁傷《しゅうしょう》さまでした。ご心痛お察しいたします」

「………」

「――実は大分迷っておったのですが、あなたのお気持を考えますと、やはりお伝えしたほうがいいと決心しましてね……」

かなり低音の声で、どこかの地方訛《なま》りが感じられた。ゆっくりとした真面目《まじめ》な話し方には、思わず竹子を緊張させる重大そうな響きもこもっていた。

「実はですね、わたしはお宅から火の手が上った直後に、お宅の前の道路を通りかかった者なのです。すると、玄関から一人の男がとび出してきて、〝火事だ、火事だ〟と叫びながら、一目散に逃げていくのが見えました。いや、叫ぶというほど大きな声ではなかったかもしれませんな」

竹子は受話器を握りしめて、息をのんだ。

「しかし、わたしもそれで火事に気付いて、一一九番しようと電話を捜したのですが、そうするうちに近所の人たちも出てきて、通報のために家へとって返す人もいました。間もなく消防車のサイレンが聞こえたので、わたしはその場を離れました。先を急いでいたのと、まさか家の中に子供がとり残されているなどとは、夢にも考えませんでしたからねぇ……」

もしそれを知っていたら、自分が救《たす》け出したものを、と思ってでもいるような、心底痛ましげな声で、彼はいった。

「ところが、あとで新聞を読むと、子供さんがストーブをつけたための失火だというだけで、現場から怪しい男が逃げ去ったなどのことはまったく書かれていない。すると誰も気が付かなかったらしいが、出火当時、確かにお宅には男が一人いたはずなのですよ。――いや、本来なら、わたしがそのことを警察に届けるべきなんだが、実はわたしの仕事は、非常に機密の性格を帯びたものでしてね。女の方には理解しにくいかもしれませんが、要するに、わたしがあの時刻お宅の付近を歩いていたことが外部に洩れては、困るのです。それで今日まで黙って様子を見ていたわけなんですが、やはりあなたには、事実をお伝えする義務があると考えましてね……」

相手がいったんことばを切っても、竹子は数秒間沈黙していた。それから大きく息を吸って、口を開くなり訊《き》いた。

「どんな男でした、その男は……齢とか人相なんか――？」

「走っていく姿を見ただけですが……三十代か、四十まえくらいかなあ。中肉中背で、眼鏡をかけていたみたいでしたが……」

「服装はどんな？」

「紺か、黒っぽい上衣を着ていて、襟《えり》に赤く光るようなバッジをつけてたのを憶《おぼ》えてるんですが」

「ほかには……顔の特徴は？」

「さあ、これといっては……まあ、その男がこのまま知らんふりしてるというのは許せない気がしたもんですからね。なにせ、いたいけな子供さんが二人も亡くなってるんだし……それでちょっとお知らせしたわけです。どうも失礼しました」

相手は竹子の矢継早《やつぎばや》な詰問《きつもん》調に、いささかたじたじとなった感じだった。最後は少し早口になりながら、自分から電話を切った。

どれほどかの間、竹子は目をむいた表情で、間近にある壁の一点を凝視《ぎようし》していた。やがて、自分のバッグから手帖を出してくると、再び電話機の前に立った。バッグは火事の日に買物に行った時さげていたもので、手帖には所轄《しょかつ》警察署の電話番号が控えてあった。あの時調べに当った捜査主任が、何かあったら電話するようにといっていた。

竹子は少し慄《ふる》える指先でダイアルを廻した。野口という苗字だった捜査主任に連絡をとりたいと頼むと、折よく今日彼は泊りに当っていた。ほどなく、聞き憶えのある柔和な声が受話器を伝わってきた。

「やあ、どうされてますか」

短い呼びかけには労《いたわ》りがこもっていたが、竹子は相手のことばが終らぬうちに、切りこむようにいった。

「男がいたんです。火が出た時、うちには男が来てたんですわ」

「え……？」

今しがたの電話の内容を、彼女はつぶさに伝えた。せきこむような話し方になったので、野口はいく度も要点を問い返さなければならなかった。

「——で、あなたはその男に心当りがありますか」

「すぐに心当りといわれても……でも、確かに誰かがうちへ来てたんですわ。コソ泥かもしれない。子供しかいない家へ勝手に上りこんで、寒いんでストーブをつけて、火事になると子供を放ったらかして自分だけ逃げたんです。そうにちがいありません！」

「うむ……それを電話で知らせてくれた人は、仕事の都合で身許《みもと》を明かせないといったわけですか」

「そんな口吻《くちぶり》でした」

「なるほど……わかりました。その人以外にも目撃者がいる可能性がありますから、改めて近所に聞込みしてみましょう」

その結果また何かわかったら知らせるといって、野口は電話を切った。

だが、その後二日たっても、音沙汰《おとさた》はなかった。竹子は十二日の夕方、再び署へ電話を入れた。今度は野口が席を外《はず》していたが、伝言を頼んでおくと、一時間足らずで彼から掛ってきた。

「昨日と今日の二日かけて聞込みしたんですが、怪しい男を見たというような目撃者はまだ現われません。しかしまあ、祝日の午前中で、しかも非常に寒かったため、出火の前後に路上を歩いていたという人も見つからないわけです。火事に気が付いた人は、大抵自分の家の中からでね。従って、出火直後にお宅から逃げ去った男が、誰の目にも触れなかったという可能性もありうる。――どうですか、奥さんのほうで、その後何か思い当る節《ふし》はありませんか、たとえばよく出入していたセールスマンとか……」

それには直接答えず、竹子は急に別のことを尋ねた。

「刑事さん、もしその男が見つかったら、重い罰を受けますか」

「それは、やったことによるわけですが……」

素朴な感じの捜査主任は、少し戸惑《とまど》ったような声で答えた。

「ですから、誰かが私の留守中に勝手に上りこんで、ストーブをつけて火事を起こした。それで子供たちを放ったらかして、自分だけ逃げてしまったとしたら……？」

「そうだねぇ、まあ放火でない限りは……失火の罪は罰金二十万円でしたかねぇ」

「罰金？　子供を見殺しにして逃げてもですか」

「子供たちが必ず焼け死ぬとわかっていながら逃げたということが証明されれば別かもしれませんが、家の中に子供がいたとは知らなかったとでもいった場合は、どういうことになるか……」

野口は気の毒そうに語尾を濁《にご》した。

出火当時あの家に来ていた男が、子供がいたことを知らなかったとは考えられない――。

受話器を置いてからも、竹子は目をむいて息を凝《こ》らしていた。――二間《ふたま》しかない狭い家なのだし、奥の寝室は雨戸が閉ったままだった。竹子が買物に出掛ける時、子供たちはストーブの温《ぬく》みが残るリビングキッチンで遊んでいた。

そこへ、玄関のドアを開けて、一人の男が入ってくる――。

一昨日、見知らぬ人物からの電話を受けて以来、竹子の頭はただそのことだけに集中していた。

コソ泥かもしれないと、彼女は野口刑事にいった。が、あとから、たぶんそれはちがうと思い返した。泥棒が白昼に他人の家へ忍びこんで、ストーブをつけたりはしないだろう。勝手に上りこむほど馴染《なじ》みのセールスマンも思い浮かばなかった。もう少し親しい付合《つきあ》いをしていた人間が、竹子の留守中に訪ねてきて、子供たちから彼女が間もなく帰ってくることを聞くと、上って待っていたのではないだろうか？

そのうち寒さに耐《た》えかねて、ストーブをつけた。今年で四冬めになる円筒式の石油ストーブは、自動点火装置が壊《こわ》れていた上、点火後しばらくたつと長い炎が燃え立ち、そこでつまみを少し戻さなければならなかった。そんなことを知らぬ男がハッと気が付いた時には、洗濯物やカーテンに火が燃え移っていたのではないか。消火器のありかもわからぬ男に、火を消せるわけはない。男はそのまま玄関から逃げ出した。子供たちはその時、不運にも、リビングキッチンの寝室側にいたのだ。だから奥へ逃げて、閉じこめられた。

一人で逃げ出した男が、せめて中に子供がとり残されていることを人に知らせたなら、誰かがとびこんで救出してくれなかったとも限らない。現に電話を掛けてきた人物は、もし知っていればそれをしたような口吻《くちぶり》だった。ところが逃げた男は、大声で急を告げることすらしなかった。〝火事だ、火事だ〟という声はさほど大きくなかったとも、電話の主は話していた。それは男が、このまま人目につかず現場を離れ、すっかり責任逃れをしてしまおうとの魂胆《こんたん》だったことを物語るものにちがいないのだ。

竹子は、付合いのある男たちの顔を、つぎつぎと脳裡《のうり》に浮かべた。商売柄、スナックの客が多いのだが、竹子の住居まで知っている者となると、ぐんと限られてくる。三年前夫に先立たれてから、独身の頃一時店を手伝ったことのあるママを頼って、ずっと大きくなっていた今の店で働かせてもらうようになった。以来、身体を許した男は二人ほどいたが、長続きはせず、現在決った相手といってはない。文字通り、子供の成長を生甲斐《いきがい》にして働いていたのだ。

　休日に訪ねてきて、家に上って待つような男といえば……三人ほどの名が浮かんだ。二人は贔屓《ひいき》の客で、五十代の工場経営者と三十代のサラリーマン。車で家まで送ってもらうこともたびたびあった。が、五十代の社長はずんぐりと小太りだし、三十代のほうは眼鏡をかけていない。

　もう一人は、夫の元上司で、結婚のさいは仲人をしてもらい、三十万円ほどの金を借りたままになっていた。夫が居眠り運転でガードレールに激突する事故を起こし、入院中に借りた金で、夫がそのまま亡くなってしまうと、先方もさっそくには取り立てにくい様子だった。昨年ごろから、そろそろ催促《さいそく》めかした電話が掛るようになり、竹子も返さなければと思いながら、つい延び延びになっていた。彼がのべつ家に来たわけでもなかったのに、すぐに頭に浮かんだのは、気が咎《とが》めていたせいかもしれない。その男はまだ四十代だが、上背もある肥満体で、いつ会っても丸めたハンカチで額の汗を拭《ぬぐ》っていた。大変な暑がりらしかったから、竹子を待つ間にストーブをつけたというのがちょっと腑《ふ》に落ちないが――。

　考え疲れると、竹子は部屋の片隅に置いてある子供たちの位牌《いはい》の前にすわりこんだ。

「タッちゃん、あの日は誰が来たの。ママに教えてよ……ユミ子にはわからなかったかな……」

独り言《ひとりごと》に呼びかけながら、たちまち竹子の頬に涙がこぼれ落ちた。が、眸の底には、奇妙な生気が甦《よみがえ》っている。その表情も、もはや虚脱してはいなかった。

3

子供たちの三七日《みなぬか》をすませた翌日から、竹子は新宿のスナックへ姿を現わした。それまでには、野口刑事がマンションを訪れて、問題の男について心当りなどを改めて尋ねたが、竹子はもうあまり熱心な答えをしなかった。警察で男を捕えたとしても、罰金刑にしか当らないという。そんなことなら、捕まえてくれないほうがマシだ。いたいけな二人の子を無残な焼死に追いやった者が、罰金ですんでいいものか。たとえ法律は許しても、竹子は死んでも許さない。なぜなら、犠牲《ぎせい》になった子供たちは、竹子の命そのものだったのだから——。

最初に思い浮かべた三人の男たちは、内偵を進めるほどに、シロの公算が強くなってきた。工場経営者はつい先だってから胆石《たんせき》で入院していたし、サラリーマンはあの日同僚と競輪に行ったらしいとわかった。これはその同僚に別の口実で電話を掛け、それとなく聞き出した。

　夫の上司だった男については、彼の家の近くまで行って、ひそかに顔を見てきた。半年も会わなかったうちに、彼はいよいよ肥満して、どう見ても「中肉中背」に該当する体格ではない。それに彼も眼鏡を掛けてはいなかった。

　三人は消えても、容疑者はまだいくらでもいそうに思われる。現にその男は存在したのだから。

〝犯人〟を捜すために、竹子は店へ出ることにした。当面の目的を見つけたことが、彼女に一種の興奮状態に近い張りを持たせていた。火事のあとではじめて彼女を見たスナックの客たちは、眩《まぶ》しそうな目を向けて、悔みや慰めのことばをかけた。それに対して彼女は、「いつまでもクヨクヨしてたって、しょうがありませんもの。生まれ変ったつもりで、新しい幸せを見つけますわ」などと答えた。その口調は、やや不自然な明るさにうわずっていた。

　師走《しわす》に入って間もなくの夕方、止り木に掛けてお絞りを使っている二人連れの客の背広の襟《えり》を見た時、竹子は心の中で「あっ」と声をたてた。七宝《しっぽう》のような焼き物の赤いバッジが光っている。

実はそのバッジは、ごく見慣れたものだったし、客も火事のあとで二、三度来ていた。ただ、客の顔と赤いバッジとがいっしょになって、突然意識の底に埋没していた記憶を蘇生《そせい》させたのだ。

新宿の裏通りに面した〝セシール〟というそのスナックの近くには、大手広告代理店の本社があり、そこの営業マンたちは店の大切な常連客だった。今、竹子の目前にいる脇田《わきた》という三十五、六の男もその一人で、連れはジャーナリストかルポライター風のジャンパーを着た若い男だった。脇田は確か、SP（セールス・プロモーション）局のイベント部に所属していて、スポーツ試合の企画が主な仕事だと聞いたことがあった。外国から人気選手やチームを招《よ》んで、各種の試合を派手なイベントに仕立て上げるらしいが、外国語の不得手《ふえて》な脇田はもっぱら国内の根廻しや収支計算に携《たずさ》わっているらしかった。小造りのおとなしそうな顔をした脇田は、今も軽く鼻にかかる声で、連れの男に何かの広告に関する意見をのべている。

が、竹子の記憶にぽっかりと浮上したのは、脇田よりも、実はもう一人別の男だった。

あれは十月中旬の、火事よりも半月余り前の夜、脇田と、同じイベント部の営業マンである都川《つがわ》という男が連れだって店に来た。二人は同年配だが、都川は脇田とは対照的に社交的な、見るからに外向性のタイプで、しばしば海外へ出張して、有名選手を来日させるための交渉をまとめているようだった。

最初はほかにも仕事関係の連れがいたが、その人が先に帰ると、都川はカウンターの内側にいた竹子にも愛想よく話しかけてきた。その時、竹子は彼に、ベビーシッターを捜していると打ちあけた。当時は二人の子供を朝から夕方五時まで保育園にたのみ、その後竹子が勤めから帰る夜十時半頃までは、近所の主婦が子供たちを預かってくれていた。ところがその家庭が、年内でよそへ転勤することになってしまった。竹子としては、できるなら午後五時から十時半頃まで、彼女の家で子供の面倒をみながら留守番をしてくれるベビーシッターを雇いたかった。顔の広そうな都川なら、適当な人を知っているかもしれないと思って相談したのだ。

「ああ、ちょうどいい娘《こ》がいるよ」

都川は言下に答えた。

「地方から出てきてる女子大生で、うちでアルバイトに使ったことがあるんだけど、子供が大好きだっていってたから、よろこんで引受けると思うな。さっそく話してみるよ」

持ち前の調子のいい口吻で請合《うけあ》った。

「ありがとうございます。でもそれなら、うちの事情や条件なんかをくわしくお話しておかないと……」

「それもそうだね。おたく、どこ？」

「武蔵野市ですけど」

「なんだ、すぐ近くなんだな。うちは保谷市の南のほうだから」

それからは、互の家の場所を説明しあう形になり、実際車なら十五分以内の距離にあることがわかった。

「それじゃあ、今度ちょっと寄るよ」

「まあ、うれしい。日曜なら大抵家で子供の相手をしてますから」

「お宅の様子を見た上で、先方に話せば、いちばん確かだろうからな。——うちもかみさんが弱いんで、子供の世話には苦労してるよ」

都川はそんなことをいいながら、竹子が略図を描いた紙コースターを背広のポケットへしまった……。

都川は三十五、六歳で、すっきりと姿勢の良い中肉中背。人好きのする丸顔にメタルフレームの眼鏡をかけ、ブルー系統の背広を好んで着ていた。その襟にはいつも、赤く光る会社のバッジをつけていたのだ。

しかも、火事のあとでは彼がふっつりと店に姿を見せなくなっていることに気が付いた瞬間、竹子の頭の奥で何かが炸裂《さくれつ》した。妙な声でも洩らしたのかもしれない。バーテンに酒と料理を頼んだあとの脇田が、ちょっと怪訝《けげん》な顔を竹子に向けた。

「ねえ、脇田さん、いつかここで都川さんとベビーシッターの話をしたこと、憶《おぼ》えていらっしゃいません？」

「…………」

「私がベビーシッターを捜しているといったら、都川さんが、心当りがあるから、いっぺんうちの様子を見に来て下さることになって……」

「ああ……」

「あの話、どうなってたんでしょうか」

脇田の神経質そうな細い目の中に、ちょっとうろたえたような、あるいは薄気味悪げな光が漂い出た。子供がみんな死んでしまったあとで、ベビーシッターの話を蒸《む》し返す竹子の精神状態を、忖度《そんたく》しかねたのかもしれなかった。

ややたってから、

「いやその、あれから間もなく行ったんじゃなかったの」

脇田は鼻声の早口で答えた。

「大体いつだったかな、あの話は」

「十月の中頃でした」

「ああ……そうそ、十月一杯は休みがふさがってるが、十一月に入ったら一度君の家を覗《のぞ》いて、そのあと相手の女子大生に直接訪問させようなんて、彼がいってたな。彼は忙しいくせに、案外世話好きなところがあるからね」

「その女子大生は、脇田さんもご存知ですか」

「いや、誰のことなのか、ぼくは知らないけど」

彼はもうその話題がうっとうしいというふうに、眉を寄せた顔を連れのほうへ向けた。

4

竹子は、それ以上脇田にくどくは訊かなかった。あやしまれてはまずいし、相手の女子大生を知らないのでは、もう尋ねることもなかった。

竹子はきわめて慎重に内偵を進めた。主には店に来る同じ広告代理店の社員たちに、十一月初旬にはどんな仕事をしていたかをそれとなく喋《しゃべ》らせて、その話の延長から、都川が何をしていたかを洩れ聞こうと努《つと》めた。が、こちらから直接彼の名前を出して訊くことは固く控えていた。彼女が都川について調べていることを彼に知られて、警戒されてはならないのである。

都川自身は、竹子が店に復帰してから一度も姿を見せない。こんなことは、ついぞなかったのだ。

数人の話を総合した結果、都川は、十月の第四週から五週にかけて、サッカーの国際試合のために忙しく活動していたらしい。が、それが終ってからは、とくに大きなイベントがあったという話は聞かなかった。少くとも、十一月三日に彼が休日返上で仕事をしていたと考えられるような条件は何一つ浮かんでこなかった。

暮も残り少くなった十二月二十一日の午後一時すぎ、竹子は店へ出る途中の電話ボックスから、都川の自宅へ電話を掛けた。ナンバーは電話帖で調べ、コインを沢山用意していた。

コールサインが止んで、「もしもし」と女の声が応えた。

「都川さんのお宅でしょうか」

「さようでございます」

「都川さんはおられますか」

「今は会社に出てますけど」

当然ではないかという口調だった。妻らしい中年の女で、くすんだような生気のない声で話した。

「では、会社のお席の電話番号を教えていただけないでしょうか」

「失礼ですが、どちら様でしょうか」

「ああ、申し遅れまして、私、山口といいます。先月静岡で大変お世話になった者です」

竹子は夫が静岡県の山間部の出身だったので、そちらの訛《なま》りをさりげなく真似《まね》ていた。

「静岡？」と、相手は不思議そうに訊き返した。

「ええ。私は今興津《おきつ》に住んでるんですけど、先月の、十一月三日の午後、静岡まで用足しに行って、帰りがけに駅まで戻ってきたら、お財布を落としたのに気が付いて……出札所の前で困っていたら、通りかかった都川さんがわけを聞いて、千円貸して下さったんです。それで今日は東京へ出てきたついでに、お金をお返しして、お礼を申しあげたいと思いまして……」

「それは、確かに都川だったのでしょうか」

猜疑《さいぎ》深いような口調になっていた。

「ええ……いえ、たぶんそうだと思うんです。というのが、千円お借りした時には、大した額ではないからいいよって、そのまま行ってしまわれて……でも、そのあと新幹線の東京行の切符を買ってらっしゃいましたし、私、お顔と背広のバッジを憶えていたんです。だから、同じ会社の静岡支社の人に調べてもらったら、おそらく都川さんじゃないだろうかって……」

「十一月の、いつのことですか」

「三日の文化の日です。とても寒い日で、静岡駅でお会いしたのは午後一時頃でしたけど」

「三日の、文化の日……」

呟《つぶや》いたあと、相手はしばらく沈黙していた。それは、壁に張ったカレンダーでも見ているような時間に感じられた。やがて、

「やっぱり別人ですわ。主人はその日東京におりましたもの」

急にちょっと明るい返事が聞こえた。

「まあ……ずっとお宅にいらしたんでしょうか」と、竹子はことさら落胆《らくたん》した声を出す。

「いえ、午後には出掛けたように思いますけど、静岡へ行くなんてことは……」

「でも急にお仕事ができて……」

「ああ、そうですわ」

都川の妻の声が、途中で竹子を遮《さえぎ》った。

「ほんとに急に冷えこんだ時で、あの日は昼まえまで家にいたんですけど、なにかベビーシッターの紹介を頼まれたとかで、先方の様子を見てくるといって車で出掛けたんですわ。でも結局夜まで戻りませんでしたけど、それにしてもあれからでは……」

電話の背後に子供の声が聞こえ、都川の妻もまだ喋り続けていたが、竹子の耳からすべての音が遠のいた。頭の奥でまた何かが爆《は》ぜたようだった。

その晩から、張込みは開始された。都川は自分の車を持っているが、ふだんの通勤は西武新宿線を利用していること、乗降駅は東伏見《ひがしふしみ》で、帰りは早い日でも九時すぎるなどの知識は、以前都川自身からと、ほかの社員からも聞き集めていた。おまけに例のベビーシッターの話をした折に、駅から彼の家までの道順をおよそ聞いたのも好都合だった。

念のため夜八時半から、竹子は駅の南側にある改札口が見通せる場所に佇《たたず》んだ。

駅前の小さなロータリーは、神社の朱《あか》い鳥居とゴルフの練習場に挟まれていて、商店は少く、ひっそりとほの暗い。竹子は三十分ごとに場所を移し、時には喫茶店に入って寒さを凌《しの》いだ。〝セシール〟のママには、四十九日をすませた子供たちのお骨を、夫の郷里にある墓へ納めてくるといって、休みをもらった。十二月に入ってからは、竹子は中野に安アパートを借りて、一人で住んでいた。

十一時四十五分くらいまで待っても都川が降りてこないと、その日は諦《あきら》めて引揚げた。忘年会シーズンなので、酒を飲んで遅くなればタクシーで帰宅してしまうだろう。それと彼がいつか、新宿で十一時をすぎると、その後の電車は酔払いが多くて酒臭いので、タクシーで帰るといっていたのを、竹子は記憶していた。

翌晩にはまた場所を変えて、駅前から真直ぐのびている道路の途中で待ち伏せした。

五日目の夜――。

十二月二十五日金曜日の晩で、クリスマスイヴが終り、忘年会もひとしきりすんだのかもしれない。十時少しすぎ、黒っぽいダスターコートを羽織《はお》り、丸めた週刊誌を手にした都川が、改札口から姿を現わした。その時竹子は、さっきまでいた喫茶店が看板になって、またロータリーのそばへ戻っていた。

都川はコートの襟を立て、ちょっと背中を丸めた姿勢になって、ロータリーから真直ぐ西南へ行く道路を歩き出した。風はないがきびしく冷えこんだ夜である。が、彼の姿を認めた瞬間から、竹子はそのこと以外感じていなかった。

下り坂が急な上りに変るころから、前後の人影は疎《まば》らになった。改札口を出た人はさほど多くなかった上、大部分が駅の北側へ廻っていった。

蛇行《だこう》した坂道の途中で、都川は右へ曲った。左側に長い金網が続き、大学の広大なグラウンドが闇《やみ》に沈んでいた。右手の家々は庭を擁《よう》して、道路から遠い。路上はいっそう暗くなり、車の運行もなかった。竹子は都川の二メートルほど後ろに従《つ》いていたが、彼は振り向きもせず、靴音を響かせて足を運んでいた。

彼の頭部が青白い外灯の下にさしかかるのを見て、竹子は小走りに追いついた。

「都川さん！」

彼は反射的に首をひねり、すると外灯を浴びている竹子の顔と間近に向かいあった。足をとめ、二、三秒もたってから、

「なんだ、竹ちゃんか」と呟いた。洒落《しゃれ》た金縁眼鏡の奥で、人好きのする丸い目を瞠《みは》っている。白い息が乱れ、いかにも意表を衝《つ》かれた驚きを露《あらわ》にしていた。

「どうして、また……」

「都川さん、この頃お店に来てくださいませんね」

竹子は硬直した声でいった。頭に血がのぼり、すでに自分自身をうまくコントロールできない状態になっていた。

「ずっとアメリカへ行ってたからね」

「それは口実でしょ。本当は私の顔が見られないからだわ」

都川は厚めの唇を引締め、憮然《ぶぜん》とした面持《おももち》になった。竹子の態度がただならぬことに気が付いたのだ。

「なに……何がいいたいんだ」

「十一月三日のことよ」

「十一月三日？」

「文化の日、私の家が火事になった日――」

一瞬、彼はひるんだように見えた。

「いわなくたって、もうわかるでしょ。あの日、あなたは私の家へ来たわね。私が間もなく帰ってくると子供に聞くと、上って待ってた。寒いから、ストーブをつけて、その火がカーテンに燃え移ると、子供たちを放ったらかして逃げたんだわ」

「そ、そんな……冗談じゃない。第一、ぼくは君の家なんか行ってないよ」

「見た人があるのよ」

「嘘つけ」

「奥さんにだって、そういって出たんじゃないの。ベビーシッターを紹介してやるんで、相手の家を見てくるって」

彼は虚《きょ》を衝かれたように絶句《ぜっく》した。つぎにはまた必死の顔で首を振った。

「ちがう、いや、女房にはそういったけど、君の家へは行かなかった」

「それならどこへ行ったの」

「それは……そんなことは関係ない。とにかく君の家へは……」

「やっぱり来たんじゃないか、卑怯者《ひきょうもの》。火事を起して、厄介事《やっかいごと》になると困るので、自分一人逃げ出したんだ。でもそのために、私の子供が死んだのよ」

「…………」

「せめてあなたが、大声で人を呼んでくれたら、誰かが救けてくれたかもしれないのに……卑怯者、ひとでなし、お前が私の可愛い子供を殺したんだ！」

「ちがうよ……竹ちゃん、それは誤解だ……」

都川は段々に妙な囁《ささや》き声になり、両手を前に出して、腰を落とした。竹子の中に危険な意志を感じとり、本能的に防禦《ぼうぎょ》の姿勢をとったのかもしれなかった。

それを見ると、竹子は突然不思議な冷静さを身につけた。コートのポケットに両手を入れて、一歩、男のそばへすり寄った。

「都川さん、あなたが本当にあの日家へ来なかったという証拠でも見せてくれるなら、話は別だけど……」

彼は瞬時思案《しあん》し、ふいに左手でコートの襟を開け、右手を背広の内ポケットへ持っていった。あわただしい手つきで、彼が財布でも取り出そうとしているのを、竹子は感じた。両手を上げた彼の腹部は無防備だった。竹子は右ポケットからナイフを抜き出すなり、力一杯彼の左脇腹へ突き刺した。呻《うめ》き声が洩れ、彼の両手が竹子を押しのけようとした。竹子はナイフを抜いて、再び突いた。

都川は土手に沿って二、三歩逃れ、よろめいて、膝をついた。

前のめりに倒れた彼は、なおも右手を動かして、内ポケットから何かを取り出そうとしていた。異様な声で呻き続けながら、執拗《しつよう》にその努力を続けた。彼の指先が、やっと胸の下から茶色い革表紙の手帖を引っぱり出し、それをけんめいに路上へ押し出すようにしながら、とうとう動かなくなった。

5

半年が流れた。

目黒区平町《たいらまち》の閑静《かんせい》な住宅街で、老人の他殺死体が見つかったのは、六月十三日日曜日の午前六時半であった。

その一帯は、ことに高い石塀や石垣をめぐらせた旧《ふる》い屋敷が多く、老朽《ろうきゅう》した家が廃屋《はいおく》のまま、草木の繁るに任せた庭の中に打ちすてられているところなどもある。高級住宅街だけに、地主はますますの値上りを待って、土地を手放さないのかもしれなかった。

ポロシャツにズボンをはいた小柄な老人は、ある大きな家の石垣をくり抜いて造られたガレージの壁と、そこに納まっている高級車との隙間《すきま》に、俯《うつぶ》せに倒れていた。昼間でも人通りの少い環境だが、日曜の朝では出勤のサラリーマンも通らない。ジョギングの青年が発見して、派出所に通報し、本署から捜査員が駆けつけた時には、遺体には軽い硬直が始まり、死後一時間以上経過したものと見られた。

死因は、頭を鉄パイプのような凶器で一撃されたらしく、つむじから後頭部にかけての禿《は》げた部分が無残な傷口をあけ、周囲の白髪も血に染まっていた。年配は七十歳前後、白い眉が吊り上り、鋭い鉤鼻《かぎばな》をつけた気難しげな顔だちの老人であった。

身許《みもと》はすぐに知れた。派出所の巡査が彼の顔を知っていたからである。

「二丁目の環七《かんなな》寄りに住んでいる阿久根《あくね》という人ですよ。若い奥さんと二人で大きな家にいて、大金持だが相当な変人という評判でしたが……」

検屍《けんし》の結果、彼の死は今朝五時から五時半の間と考えられ、また事件現場は彼が倒れていた車庫のすぐ前の路上と推定された。アスファルトに血が流れ、彼のものと思われる桜のステッキが道路脇に転がっていたのである。彼は歩いていたところを後ろから殴打され、倒れたあと車庫の中へ引きずりこまれたとの見方が有力であった。ズボンの尻ポケットには、現金八万円余りとクレジットカードの入ったホーステールの紙入れが残され、スイス製の値打ち物らしい懐中時計も、金の鎖でベルトに繫《つな》がれたままだった。

被害者の自宅へ連絡がなされ、同時に付近の聞込みが開始された。

阿久根恒造《つねぞう》七十三歳の妻千代子が、迎えに行った捜査員の車に乗って駆けつけてきた。色白で肉付きの良い大柄な女性で、四十代半ばと見えた。それにしても、阿久根の妻としては若いといえるだろう。

華やかな花柄のエプロンドレスを着た千代子は、車庫の中のビニールシートの上に横たえられていた阿久根の顔を一目見るなり、「パパッ」と叫び、つぎには悲鳴のような嗚咽《おえつ》をあげてとりすがった。

事情聴取は、彼女の興奮が鎮《しず》まるまで待たなければならなかった。

「——主人は齢《とし》のせいか、毎朝ずいぶん早くに目を覚まして、雨でない限りは決って散歩に参りました。今朝も五時半には出掛けたんじゃないでしょうか。私は、大抵主人のあとから起きて、帰ってくるまでに朝食の用意をしてたんです。ふつう、一時間くらいで帰ってきましたけど、時には七時すぎまで……朝運動しておかないと、昼間はつぎつぎ来客が多いし、出かけても車ばっかしだと申しまして……」

千代子は白い餅肌《もちはだ》の顔を早くも赤く腫《は》らしていたが、話し出すと案外しっかりした声で多弁な感じだった。自然と手ぶりの加わるどことなく大袈裟《おおげさ》な喋り方を見守りながら、水商売上りではないかと、捜査一係長は推量した。

「ご主人のお仕事は？」

「現在は金融と貸ビル業というんでしょうか。千駄ケ谷と代々木にビルがありまして、金融のほうは渋谷に事務所がございました」

「毎日事務所へ出勤されていたのですか」

「はい、十一時頃車が迎えに参りまして——」

「失礼ですが、ご家族は奥さんのほかには……？」

「私だけですわ」

千代子はまるで開き直るようにいい返した。

「子供さんはおられない？」

「はい。——私がいっしょになりました時には、主人はもう六十を越えてましたし、前の方《かた》にも子供さんはできなかったようです」

前の方とは、先妻のことらしいと推察された。弟があったが死んでいるという。

「そういえば姪《めい》が一人いると聞いたことがありましたけど、もう何年も付合ってもいなかったようですわ」

大金持だが変り者、といっていた巡査のことばを、係長は思い浮かべた。金融業をして相当な財を築いていたようだから、人に恨まれることも少くなかったのではないか——？

その時、近隣の聞込みに廻っていた捜査員が、あわただしい様子で戻ってきた。二百メートルほど先の家の庭先に落ちていたといって、アイアンのゴルフクラブを携《たずさ》えてきた。

「低い垣根越《かきねご》しに芝生の中へ放りこんであったような恰好《かっこう》で、その家の人は全然見憶えのない物だというんです」

血糊《ちのり》と数本の白髪がこびりついているクラブヘッドは、阿久根の頭部の傷と合致《がっち》するように見えた。血液型の鑑定を待つまでもなく、これが凶器である可能性は濃厚だと思われた。

「こんなやつで一撃されてはかなわないな」

係長は思わず溜息混りに呟いた。陰惨《いんさん》な血痕《けっこん》を付着させたゴルフクラブは、被害者への深い怨念《おんねん》か、もしくは行きずりの無差別殺人を、彼に連想させた。

阿久根恒造の身辺調査が進むにつれて、彼の人となりが浮かび上ってきた。係長の住吉《すみよし》警部補が最初に直感した通り、いやそれ以上に、彼は金融業者としてずいぶんとあくどい商売をしてきたようである。人の弱みにつけこんで高利の金を貸し、返せないと、懇意《こんい》にしている暴力団のチンピラを数人も借りて脅《おど》しをかけ、結局はわずかな貸し金のかたに土地や会社を乗っ取った。現在彼が保有している貸ビルも、もとは温泉マークの旅館だったのを借金の担保として取りあげ、事務所用のビルに改造したものらしい。彼に恨みを抱いていた者は数知れないと想像された。

渋谷の事務所には、運転手と女子事務員など含めて五人が雇われていたが、彼らが誰一人、社長である阿久根に好意を抱いていなかったことは、聞込みに当った捜査員にも容易に察しられた。癇癪《かんしゃく》持ちで吝嗇《りんしょく》な彼は、身近な従業員からも、恐れられ、嫌われていたようであった。

私生活では、彼は過去二回離婚し、クラブのホステスだった千代子とは五年前から同居していたが、籍に入れたのは一昨年だった。子供はいない。

初動捜査は、多岐《たき》に分れた。怨恨《えんこん》の線を洗い出すこと。現場付近の聞込みを続け、目撃者を見つけること。近所の不良や精神異常者の調査。ゴルフクラブの出所をたぐり、近くのインドアに出入りしている人間も内偵するなど、恨みと無差別殺人との両面で進められる形になった。

それと、もう一つの主眼は、妻千代子の行動を探ることである。阿久根の資産はおよそ十二億円と推算された。三十近くも年上の夫に連れ添っていた彼女が、若い愛人でも拵《こしら》えて、夫を殺し、財産を奪おうとしたという疑いも、大いに考えられるところである。

しかし、遺産の相続人は、千代子一人ではなかった。阿久根には姪が一人いたからである。その場合には、妻の相続分が全体の四分の三、残り四分の一が姪に譲られることになる。

長年付合いもなかったので名前も知らないと千代子はのべたが、それらしい存在は、阿久根の周辺から少しずつ浮かんできた。彼の事務所に勤めていた中年社員の話によれば――

「あれは三月の彼岸前でしたか、三十すぎの見慣れない女の人が社長を訪ねてきたことがありましたよ。顔色の悪い、弱々しい感じの人妻風の女性でしたが、どことなく社長に面差《おもざ》しが似てましたね。応接室で三、四十分も社長と話してましたが、来た時と同じ元気のない様子で引揚げて行きました。――いや、これはわたしの憶測ですが、その人は社長に何か無心に来て、断られて帰ったんじゃなかったですかね。とてもめったなことでは、人のために金を出すような社長じゃなかったですからねぇ……」

また、捜査員は親戚に身を寄せていた阿久根の先妻を尋ねあてた。彼の二度目の妻で、最初の妻はすでに死亡していた。

「あの人は、人間らしい情愛とか温《ぬく》もりとか、そんなもの、みじんもない人だったんですよ。身内といえば、サラリーマンの弟が一人いましたけど、その人が病気で死んだ時にも、葬式にも出なかったんですから。私が代りに行ってきましたけどね。

もっともまあ、あの人は若い頃からぐれて、暴力団の事務所に出入りしてたそうですから、堅気《かたぎ》の弟とはまるでソリが合わなくて、長年ほとんど付合いはなかったらしいんですけどね」

「その弟に娘さんがあったのではありませんか」

「ええ、一人いましたよ。やっぱりサラリーマンと結婚して、子供も二人できてたようです」

「その姪御《めいご》さんとも付合ってなかったんでしょうか」

「私には時候の挨拶くらいよこしてましたけど、私が離縁《りえん》してしまってからはそれきりじゃないですか。保谷のほうに住んでましてね。身体が弱そうだったけど、どうしてるでしょうかねぇ……」

6

阿久根恒造のただ一人の姪にあたる都川芙美江《ふみえ》三十二歳の住所は、住民登録によってほどなく突きとめられた。約五箇月前の一月末までは、東京都保谷市にある名の通った業者が建てたマンションに住んでいたが、二月から同じ市内の私営アパートへ転居していた。

若手刑事を連れて芙美江を訪ねた住吉警部補は、彼女に会う前から、気負った昂《こう》奮《ふん》を意識していた。事件の本筋に突き当る前の予感に似た、胸の波立ちであった。

芙美江の住居は六畳二間のアパートで、奥の部屋には子供の勉強机が二つ置かれていた。小学三年と一年になる二人の息子がいるはずだが、まだ学校から帰っていなかった。

梅雨時《つゆどき》のどんよりと曇った午後、湿った空気のこもる座敷で芙美江と向かいあった住吉は、最初に二つの強い印象を受けた。一つは、彼女の容貌が阿久根に似ていたこと。細面《ほそおもて》の上品な顔立ちだったが、ちょっときつそうな眉や、鼻筋の通った鉤鼻《かぎばな》の形などは、はっきりと血の繋《つな》がりを感じさせた。もう一つは、彼女の肌にまるで艶《つや》がなく、痩せ方もひどくて、明らかに病身らしいこと。どちらもあらかじめ聞いてはいたが、印象が予想以上に鮮烈《せんれつ》であった。

「三年前に子宮癌《がん》の手術を受けましてね、それからすっかり弱ってしまい、あちこちに故障が起きて、その後も二回入院しましたし、家にいても寝たり起きたりの状態なんです」と、彼女は説明した。この三月に阿久根の事務所を訪ねたことも、彼女は認めた。

「昨年の暮、急に主人に死なれてからは、ほんとに心細い状態になりまして……マンションは賃貸でしたし、私がこんな有様《ありさま》では、財産や貯えというものがほとんどできません。主人は生命保険にも入っていませんでしたし、生前は仕事柄派手なほうで、その上人付合いがよくて世話好きの面もありましたから、出費がかさんだらしく、亡くなったあとでは、私の知らない借金もずいぶんあったんです。それは五百万円そこそこの退職金から返済しましたけど、私がこんなふうで働きに出るわけにもまいりません。この先二人の子供を抱えてどうすればいいのかと……」

加えて、この三月には、芙美江の身体がひどく弱って、癌が再発したのではないかと、彼女は危惧《きぐ》した。このまま自分が死ねば、まだ幼い二人の子供はどうなるのか。思いあぐねた末、彼女は父親が存命中に一度会っただけの阿久根を頼って行った。

「恥を忍んで、たのんでみたのです。腐るほどある財産の中から、息子たちが学校を出るまで、少しばかり融通《ゆうずう》してはもらえまいかと。勿論《もちろん》、子供が就職したら毎月返済するという約束で……でも、自分は担保なしで金を貸したことなど一度もないと、ニベもなく断わられました。まるで赤の他人を見るような、いいえ、それよりももっと冷たい目で……もしかしたら、私の父に意趣《いしゅ》でもあったのかもしれません。

あの人が殺されたことは、ニュースで知りましたけど、もう無縁の人と思っていましたから……」

阿久根の死によって約三億円の遺産が転がりこむかもしれないことなど、まったく気付いてもいないという顔をしていた。

住吉は婉曲《えんきょく》に芙美江のアリバイを質した。日曜の朝五時から五時半の間と聞くと、「家で寝ていた」と彼女は答えた。住吉のなかば予期していた通りだった。

「日曜は大抵十時頃まで寝《やす》んでおります。無論子供たちも一緒に――」

「ご主人の事件は、その後まだ解決の目処《めど》は立たないのですか」

最後に住吉は尋ねた。芙美江の夫が昨年十二月二十五日の夜、帰宅途中の路上で何者かに刺殺された事件を、住吉はここへ来る前に立ち寄った近くの派出所で聞いた。

芙美江はうなだれた首を横に振った。

「今では通り魔の犯行という見方が強いと聞いていますけど、私にはどうしても腑に落ちません」

「それは、とくに何か理由があって……？」

「主人の手帖が失《な》くなっていたんです。ほかの物は何も盗《と》られていなかったのに……主人は、仕事の予定やら、その日に出掛けた先などを丹念に手帖に書きこんでおく習慣で、それをいつも持ち歩いてましたんです。その手帖だけが紛失していたというのは、何かそれを他人に見られては都合の悪い人が、主人を殺して、持ち去ったのではないんでしょうか……」

畳の一点を見据《みす》えている芙美江の眸の奥には、嫉妬に似た暗い炎が燃えたっているように、住吉には感じられた。

アパートの外へ出ると、小雨が降り出していた。

「午前五時から五時半などという犯行時刻は、捜査側にとっては実に厄介なものですねぇ」

大学を出たばかりの新参《しんざん》刑事が、理屈っぽい口調でいった。

「大抵の容疑者が、家で寝ていたと答える。証人は家族しかいない。それでもあながち不自然とはいえないのだから、アリバイの有無で容疑者を篩《ふるい》にかけるわけにもいかない……」

実際、阿久根の事件では多数の容疑者が浮かんでいながら、いま一つ決め手が摑《つか》めずに、初動の三日間が経過していた。

「それにしても、ぼくにはやっぱり女たちが無関係ではないような気がしますがね。

妻の千代子か、姪の芙美江か。どちらかが殺し屋を雇ったとも考えられるでしょう」

「しかし、これがもし殺し屋の仕業《しわざ》であったならば、やらせたほうはその時刻に明確なアリバイを用意しておいたはずだろう……」

女たちが直接手を下したとすれば、千代子はあまりにも疑われやすいチャンスを選んだものだ。逆に芙美江なら、犯行までにかなりの内偵や尾行が必要だったのではないか。彼女にそれだけの体力があったかどうか——?

住吉の心証は、芙美江シロに傾きかけている。それでいて、彼女に会う前に覚えたある種の昂《たか》ぶりは消えていないのだった。

二人は、大学のグラウンド脇に駐《と》めておいた車に戻り、所轄《しょかつ》警察署へ赴《おもむ》いた。

芙美江の夫都川が殺された事件について、もう少し詳しい状況を知りたいと考えた。

四十年配の刑事課長が、事件簿をめくりながら語ってくれた。

「無論当初は通り魔よりも、痴情や恨みなどの犯行という説が有力だったのですよ。被害者は広告代理店のやり手営業マンで、海外出張も多い派手な仕事ぶりでしたからね。ことに有力容疑者としてマークしたのは、都川の愛人だったSP局局長の奥さんと、同僚の脇田進という男ですね」

「都川には愛人がいたのですか」

先刻、芙美江の眸の奥に点《とも》っていた嫉妬に似た炎を、住吉は思い浮かべた。

「彼には直属のボスに当る重役の奥さんでね。若松久子というまだ三十すぎの女性で、昔は彼と同じ電波局で働いていたんだが、重役に見染められて、後妻に納まった。が、都川との関係は切れずに続いていたんですな。そのことを捜査員に耳打ちしたのは、同僚の脇田だったんですよ。いや、彼も確証は摑んでなかったんだが、捜査員が内偵の上で久子を追及した結果、彼女が隠しきれずに告白したわけです」

「なるほど」

「ところが、彼女のいうには、脇田こそ都川を嫉《ねた》み、失脚を望んでいた張本人だと。彼らは同期入社で、電波局からSP局へと、ほとんど同じコースを辿《たど》ってきたんだが、外国語が堪能《たんのう》で人付合いもうまい都川は、海外からタレント選手を招《よ》ぶ交渉に出向いたり、いつも陽の当る舞台で活躍している。それに比べて脇田は、事務局の中にいて、収支計算のようなデスクワークばかりやらされて、仕事が評価されない。内向型の彼は都川を嫉妬して、折あらば陥《おとしい》れようと狙《ねら》っていたというわけです。同様のことをいう社員も確かにいましたね」

「ええ……」

「しかし結局のところ、二人についてはどちらもアリバイが成立したのです。局長の家ではあの晩スポンサー筋の客を何人か招んで、当然久子が、ホステス役をつとめていた。脇田もプライベートな忘年会で、四、五人の仲間と新宿で飲んでいて、このアリバイはどうしても崩せなかったですからね」

「誰かが人を雇って都川を殺させたというような疑いは……？」

「いや、そんな形跡もまったく認められなかったのですよ。──それにしても、一つの事件が多数の人間の人生を変えるとはよくいわれることだが、このケースでもつくづくとそれを感じさせられましたねぇ」

スポーツマンタイプの刑事課長が、意外にしんみりした口調で呟いた。

「都川さんが突然あんなことになって、残された家族はいっぺんに生活に困窮《こんきゅう》する有様だし、その局長夫人にしてもね、事件のお蔭で不貞がバレて、今は旦那と別居中だそうですよ」

「なるほど……」

「脇田が捜査員に耳打ちしたんだと、女の直感で読めるのか、今ではひどく彼を憎んでますよ。つい先だっても、また密告めいた電話を掛けてきてましたが」

「密告？」

「いや、脇田をもう一度調べてくれというんですが」

刑事課長はなかば苦笑していた。

「事件以来脇田はノイローゼ気味になって、近頃では、都川を殺したのは自分だと口走っているという。彼女はその噂をまた聞きで聞いたらしいんですが。しかし、こちらも脇田についてはすでに調べ尽くしたという感じでね。——それよりも、最近東伏見駅の付近で、有力な情報を入手したので、今はそのほうに全力を投入しているのです」

刑事課長は、それ以上語ろうとはしなかった。都川事件の捜査本部は、まだ解散してはいないのである。

7

住吉警部補が、脇田進三十六歳と会ってみる気になったのは、もしかしたら、彼が都川の事件について、これまで警察に告げた以上のことを知っているのではないかと想像したところから発していた。脇田のアリバイは不動であるらしい。だが、たとえ犯人でなくとも、事件に関する何か重大な秘密を胸の奥に匿《かく》し持っていた人間が、時日がたつほどにその重圧に耐えきれなくなり、言動に異常をきたしたという例を、住吉は以前に知っていた。

では、たとえば脇田が都川事件のキイを握っていたと仮定して、それが阿久根殺しとどう繋《つな》がるのか？——住吉にも明確なイメージは浮かばない。だがまた、二つの未解決事件が無関係だと断定してしまう根拠もないではないか……？

住吉ら二人は、新宿にある広告代理店本社のSP局へ赴き、脇田の周囲で働いている者に多少の聞込み調査をした。が、脇田一人を内偵していることはわからせないように気を配った。本人は外出したまま、今日は会社へ戻らないだろうという話だった。

脇田の自宅は千葉県松戸市にあった。一昨年建売住宅を買って、都内から移転している。母と妻と小学生の娘との四人家族である。

夕方七時ごろその家の前に着いた住吉らは、近くの電話で、脇田がまだ帰宅していないことを確かめると、家の外で待つことにした。午後から降り続いている雨を避けて、隣家の裏側の浅い軒下に佇《たたず》んだ。一帯には、少しずつデザインのちがう似たような建売住宅が規則的に並んでいる。各家の主人や息子たちが、商店の灯が見えるバス道路のほうから、一人ずつ帰ってくる姿が認められた。

九時半を少し廻ったころ、黒い傘をさした人影が脇田の家の表へ歩み寄った。三十代と見え、肩のうすい小柄な体軀である。彼が低い門扉に手をかけた時、刑事たちが両側から歩み寄った。

「脇田さんでしょうか」

眉のすぐ下に細い目の窪《くぼ》んでいる小造りな顔に、怯《おび》えたような影が走った。

「そうですが……」

住吉は警察手帖を示した。

「都川さんが殺された事件と、それに関係した別の事件で、少しお話を伺いたいのですが」

警部補はことさら厳しい声を出した。

「お宅でないほうがよければ、よそへ行ってもかまいませんが」

脇田は二人の顔と、玄関のドアを見較べた。さほど遅い時刻ではないが、息がかなり酒臭かった。

「そうですね……じゃあ、そのへんで」

彼が考えこむように踵《きびす》を返した時、背広の襟のバッジが赤く光った。

バス道路に面した狭いスナックへ、彼は刑事たちを連れていった。止まり木には、

三、四人の客が背中を見せていたが、二つあるボックスはあいていた。
奥の席で対座すると、脇田は水割りを頼み、住吉たちはコーヒーにした。

「別の事件ってのは何ですか」

鼻にかかった早口で、脇田のほうから訊いた。不安な様子でズボンの膝を貧乏揺すりさせている。住吉は阿久根が殺された事件のあらましを話した。

「ニュースでもご存知だと思いますが。実はある理由で、二つの事件には関連があると、われわれは睨《にら》んでいるのです。そこで脇田さんにも、手掛りがあれば、ぜひ教えていただきたいと思いましてね」

「今さらどうしてぼくに、そんなことを訊くんですか」

「都川さんが殺されて以来、あなたは不眠を訴え、目立って酒量も増えて、都川を殺したのは自分だと口走ったことさえある。会社の同僚の話や、あなたの行きつけのバーで、われわれは今日そのことを確かめてきた。――なぜそんなふうに考えるわけですか」

ホステスが水割りとコーヒーをテーブルに並べた。脇田は待っていたようにグラスを口に運び、横を向いて顔をしかめた。住吉は身を乗り出して、下から覗《のぞ》きこんだ。

「もし、何かまだ捜査本部にも話してないことがあるのなら、思いきって打ちあけてもらえませんか。それによって事件が解決に向かえば、都川さんに対しても何よりの供養《くよう》というものじゃありませんか」

脇田は目尻と鼻の横に皺《しわ》を寄せて、またひどく顔を歪《ゆが》めた。しばらくは壁に向かったまま、黙々と酒を飲み続けた。何かを語り出すような気配もなかったが、その唇から、ふっとことばがこぼれ出たかのようであった。

「電話を掛けたんだよ……」

「え？　──電話？」

「電話をしたのはぼくなんですよ」

「誰に？」

「セシールのホステスにさ」

「それは……どういう電話なんですか」

脇田はようやくまたこちらに顔を向けたが、熱を帯びたように充血した眸は、焦点を定めていなかった。

「──去年の文化の日、新宿のスナックの竹子というホステスの家へ、都川は行ったはずなんだ。彼は案外世話好きな男で、ベビーシッターのアルバイト学生を紹介してやるといって……前にもそんな話をしてたし、あの日ぼくが仕事の用で彼の家へ電話したら、奥さんが、主人はそういって出掛けたといったんです……」

住吉の連れの刑事が、意味が呑みこめぬまま、注意深くメモを取っていた。

「ところがそのあと、竹子の家で火事が起きて、幼い子供二人が焼け死んだ。新聞には、母親の留守中に子供がストーブをつけたための失火とだけ出ていた。おかしいと思って、都川に訊いてみると、うろたえた顔で、竹子の家になど行かなかったという。でも、そんなはずはないんだ。彼は自分が火事を起こしておきながら、一人で逃げて、知らぬ顔の半兵衛を決めこんでるんじゃないか。調子がいいくせに無責任なあいつのやりそうなことだと思ってね。しかし、そんな卑劣な行為が許される道理はないでしょう！」

脇田はふいに野太《のぶと》い声を発した。

「ああ……それで、その竹子というホステスに、電話で知らせたというわけですか」

「そうですよ。だがまあ、ぼくがタレコミしたと思われるのは嫌だからね。声を作って、わからないようにして電話したんですが……」

「そのあとで、都川さんが殺された——」

「まさかとは思ってますがね。もしかしたら、と考えると……やっぱり寝覚《ねざ》めが悪いじゃないですか」

最後は投遣《なげや》りな苦笑を滲《にじ》ませて、彼は空になったグラスをバーテンに向けて持ちあげた。


都川や脇田が行きつけにしていた新宿のスナック〝セシール〟には、ついこの間まで、稲沢竹子という二十九歳になるホステスが働いていた。が、彼女は六月十五日で店を辞めていた。阿久根恒造が殺害された翌々日である。火事のあと一人で暮していた中野のアパートも、同じ日に引き払っていた。

一方、阿久根が殺された凶器と思われるゴルフクラブからは、数箇の指紋が検出されていたが、それらを、竹子がスナックに置き忘れていったクリームの壜《びん》に付いていた指紋と照合した結果、一致するものが見つかった。クラブは東伏見駅前のゴルフ練習場から盗まれていたことが判明した。

稲沢竹子は、都川と阿久根の両事件の重要参考人として、全国に指名手配された。

子供たちの墓がある静岡県山間部の夫の生まれ故郷に近い町で、バーのホステスをしていた竹子が見つかったのは、手配からまる一日たった夕刻であった。彼女は

向いた。

ひとまず、静岡の県警本部まで連行された。

その夜、住吉警部補は、先輩の部長刑事と連れだって、竹子の身柄を引取りに出

取調室で彼女の顔を一目見た時、住吉は、〝セシール〟に残っていた写真から抱いていたイメージとは、かなりちがっているのを感じた。とくに髪型などを変えていたわけではなく、切れ長のはっきりした眸や、知的に引締った唇などは写真の通りだったが、住吉は、いわばもっと陰惨でエキセントリックな印象を予期していた。だが、竹子は奇妙に冴々《さえざえ》とした面持で、住吉の視線をまともに受けとめた。

彼が最も知りたいのは、なぜ、彼女が無縁の存在であったはずの阿久根恒造を殺したのか、その一点にほかならなかった。

その質問にも、竹子は異様なほど静かに答えた。

「私は償《つぐな》いをしただけです」

「なに……？」

「私は、うちが焼けて二人の子が死んだのは、都川さんが火事を起こしておきながら、子供たちを放ったらかして自分だけ逃げたからだと信じていました。そう思いこんだために、あの人を殺してしまいました。でも、それはまちがいだったので

す」

「どうしてまちがいだとわかったのか」

「あの人は死にぎわに、私に手帖を見せようとしていました。私がそれを持ち帰って開けてみると、十一月三日の欄には、十二時に吉祥寺のあるホテルへ行ったようなことがメモしてあります。私は不安になり、そのホテルへ出向いて、フロント係に都川さんの写真を見せて聞き出したのです。彼は女連れで確かに来ていました。奥さんには嘘をついて家を出て、逢曳《あいび》きしていたのにちがいありません。すると、私に電話を掛けてきた男の話も出鱈目《でたらめ》だったのです」

竹子は傍《かたわ》らのバッグから、茶色い革表紙の手帖を出してテーブルに置き、その上に両の掌《てのひら》を重ねた。

「あの日、子供たちは寒さをこらえきれずに、自分でストーブをつけて、それがもとで火事になったのでしょう。やっぱりそれしかなかったのです」

「…………」

「私は取り返しのつかないあやまちを犯してしまいました。都川さんが亡くなったあと、病身の奥さんは二人の子供を抱えて途方に暮れています。その姿は、主人に死なれた時の私と同じでした。私は、生前ご主人にお世話になったからといって、たびたび奥さんを訪ねましたけど、無一文の私にはどうしてあげることもできません。ただ、奥さんの口から、資産家の伯父が一人いるが、変り者の冷たい人で、何一つ扶《たす》けてもくれないということを聞きました。でも、その人が死ねば、大変な財産が入るかもしれないと……奥さんは、夢みたいな話だけどといって、笑っていました」

あっという思いが、住吉の胸をかすめた。

「私が阿久根恒造を殺したのは、まちがって都川さんを殺してしまった償いのためです。彼の二人の子供が無事に成長できるように、私はそれくらいのことをしなければならなかったのです。たった一人で生き残ってしまった私には、それしか供養のすべがなかった……。そこで阿久根の身辺を調べて、朝早く散歩に出る習慣があるとわかると、何日か尾行をして、チャンスを狙ったのでした。――でも、不思議ですね、阿久根を殺してからは、私は急に胸のつかえがおりたみたいな……もうこれでいつでも子供たちのそばへ行けると思いながら、その時が来るまでは、生きられるだけ生きてみようかとも考え始めていたんです……」

竹子は最後まで落着いた声で語り終えると、住吉には不可解な微笑すらたたえた目を、取調室のほの暗い空間に注いでいた。

「償いのために、殺したというのか……」

彼は思わず呻《うめ》くように呟いた。それはかつて一度も彼の頭に浮かんだことのない発想だった。

「そんなことは、理由にはならない」

今度は強い声でいい返した。

(たとえ阿久根が、蛇蝎《だかつ》のごとく嫌われていた人間であったとしても……では、彼の死は何によって償われるというんだ?)

しかし、それは口には出さなかった。いったところで虚《むな》しいことに気付いたからであった。

砂の殺意

1

事件は、七夕の夕方に起こった。

新築間もない家の、ひろやかに設計されたキッチンのスペースを楽しみながら、夕食の仕度に余念のなかった由花子《ゆかこ》は、ふと足を止めて、壁の上の電気時計を見上げ、それから、その視線を、真白なレースのカーテンが下がっている窓の方へ移した。一人っ子で五歳の忠志《ただし》が、戸外から遊び疲れて帰ってきて、それからまた遊び場に何か大事な忘れものをしたようなことをいって飛び出していってから、そろそろ一時間になろうとしている。

日没の遅い七月の福岡でも、午後八時近くなるとさすがに太陽の残照は消え、代りにブルーブラックのインクを流したような宵闇《よいやみ》が、市の北部の広々とした埋立地を包み始めていた。

この埋立地は、市が新興住宅地として開発したものだが、その北端の二万坪ほどは、由花子の夫が総務課長を勤めている大西薬品が、新社屋と社宅造成用地として買い取っている。厚生施設の立遅れていた会社では、新社屋建設予定地の周囲に、まず課長クラスのための一戸建住宅を十五戸ほど造り、由花子たち五家族がひと月前に引越してきたばかりである。が、残りはまだ空家《あきや》だし、敷地の大半を占める新社屋は漸《ようや》くコンクリートの枠組《わくぐみ》が出来上がった段階で、その上敷地の突端部は埋立工事が完了していないという状態なので、由花子の家の周囲はまだいかにも寂しく、夕暮れ時には荒涼《こうりよう》とした雰囲気《ふんいき》に包まれてしまうのだった。

わずかに、敷地と隣接して、三年ほど前に造られたマッチ箱のような市営住宅の群が並んでいて、日暮れと同時に同じ形の窓から一斉に明かりが洩《も》れ始めるのが、新興住宅地らしいムードを醸《かも》し出していた。

窓の外が思いのほか昏《くら》いのを見ると、由花子は少し気になり始めた。といっても、忠志の遊び場はこの敷地内に限られている。一方は海、もう一方は埋立地を貫通する広い道路で、車がスピードをあげてくるから危い。結局この近辺の子供たちは、工事現場で隠れんぼをしたり、土砂の中に玩具を隠して捜し出す「宝捜し」などして、終日飽きることなく遊んでいた。近頃《ちかごろ》では、市営住宅の一軒で毎夕のように花火をするので、その周囲に集って闇が深まるのも忘れている子供もあった。いずれにせよ、敷地内ならわが庭も同然という気持が由花子にはあった。

由花子はエプロンで手を拭《ふ》きながら、勝手口を出た。戸外は急速に夜の気配を濃くし始めていた。仕事が終った工事現場には人影はなく、巨大な枠組が、一際高く聳《そび》え立って見える。バラック建の工事事務所にだけ赤い灯が点って、その向うに市営住宅の窓の灯が並んでいた。

花火をしている様子もなかった。ガランとした敷地に、海からの冷んやりした風が渡ってくる。海の上の、西の空の一部にだけ、不思議なほど鮮やかな、血のような色の黄昏《たそがれ》が残っていた。

その色を見た瞬間、由花子はいきなり強い不安に捉《とら》えられた。しまった！　という思いが、胸を刺し貫いた。

「ター坊……忠志！」

名を呼びながら、その辺を走り廻《まわ》った。社屋の枠組と家との間には、様々の建築資材の堆積《たいせき》、それからダンプカーが運んでくる土砂の山、山、山……どの物陰にも忠志の姿は見えなかった。社屋の周囲を一廻りした。枠組の奥の、一際濃い影の中へ呼びかけた。だが、幼い声は返ってこなかった。

再び家の前へ戻《もど》ってきた時、由花子はもう心配で息が詰りそうになっていた。工事事務所に尋ねてみよう。それで判《わか》らなければ、ご近所に一軒一軒当ってみるのだ。案外どこかの家でテレビに夢中になって……。

由花子はもう一度走り出した。

その時、遠い明かりにぼんやりと照し出されている砂山の一点が、ふと由花子の視線を奪った。

それは、枠組に沿ってほぼ三列に並んでいる目の高さほどの土砂のピラミッドで、昼間ダンプカーが土砂を運んできては次々に作っていくものである。その一番外側の列にある砂山の裾《すそ》で、最初何か小さな赤いものが由花子の目を捉えたのだ。

思わずしゃがんで覗《のぞ》きこむと、それは土砂の中から顔を出している赤い布の先であった。えんじ色のデニムで、よく見れば細い白の縞《しま》が走っている。それを認めた瞬間、由花子は心臓が止りそうになった。忠志がはいていた吊《つ》りズボンの生地なのである。

由花子は夢中でその辺りの土砂をかきわけた。ズボンの吊り紐《ひも》が現われた。ボタンが外れたらしく、細い紐の先だけが由花子の手に握られた。

「助けてっ！」

大声で叫びながら、由花子はまた死物狂いで掘った。粗い土砂がじっとりと水分を含んでいて、かきわけてもかきわけても、由花子の手は子供の身体に届かない。

「誰《だれ》か来てっ！　忠志が……忠志が！」

背後に慌《あわただ》しい足音が聞こえ、振向くと工事事務所の職員が二人駆け寄ってきた。

「どうしたんです？」

「ここに忠志が埋ってい……」

ことばが終らぬうちに、二人の逞《たくま》しい腕が砂の中に突き込まれた。

何分かかっただろうか。由花子には、それが恐ろしく長い、真空の中の時間のように感じられた。そして——砂山の底近く、踠《もが》くように身をよじって、俯《うつぶ》せに倒れている小さな忠志の姿が目にとびこんできた。

由花子は夢中で抱き上げた。

忠志はぐったりとしていた。身体中に土砂がこびりついていた。ふっくらした手足にも、短い坊ちゃん刈りの髪にも、紫色に腫《は》れ上がった小さな顔にも……そればかりか、鼻、耳、口、いたるところにびっしりと砂が詰っていた。

「忠志……」

崩れかかる由花子を、二人の男が両側から支えた。同時に、忠志の右手にしっかりと握られていた大事なコルト四十口径の玩具《がんぐ》が、ポタリと掘り返された砂の上に落ちた。

2

「不幸な偶然が重なったのですなあ」

福岡N警察署捜査課の津島一係長の説明は、いつもこの台詞《せりふ》で始まった。ずんぐりした鼻の下に頭髪と同じゴマ塩の髭《ひげ》をたたえた肥満体の津島は、事件以来、毎日署を訪れてくる由花子をいささか持て余し気味にしながらも、さすがに細い目に痛々しそうな光を浮かべて、捜査の経過を説明した。が、彼の悠長《ゆうちよう》な語り口は、そのまま、事件に対する彼らの姿勢を物語っているようでもあった。

「あそこの工事現場には、豊浦建設の下請四社のダンプカーが出入りしていたのですが、忠志ちゃんが埋っていた土砂の種類から推して、松川運送のダンプが落とした土砂であることはほぼまちがいありません。そこまでは調べがついたのですがね、松川運送の三人の運転手は、皆知らんという。実際、やった本人も自分自身気がついていないらしいのですな。そこがこの種の事故の厄介《やつかい》なところでしてね」

津島はすでに話したことを繰返しながら、皺《しわ》の集った目尻《めじり》をしかめて、短くなった煙草《たばこ》をアルミの灰皿《はいざら》に潰《つぶ》した。事件から五日が過ぎている。

忠志は、救け出された時、すでに息絶えていた。工事事務所の男が埋立地の入口の病院へ運んだが、酸素吸入のかいもなく蘇生《そせい》しなかった。外傷はほとんどない。窒息死であった。

状況から推して、忠志が、砂場に置き忘れてきたピストルを夢中で捜しているところへ、ダンプカーが停《と》まり、後方を確認しないままいきなり土砂を落としたため、忠志が下敷きになったという可能性が強い。高さ一・五メートル、裾が五メートルにも及ぶ十一トンの土砂であった。頭から浴びせられれば、大人でも声をあげる暇もなく生き埋めにされてしまっただろう。そしてダンプは何も気づかずに走り去ったものと思われる。

その判断のもとに、所轄N署は翌日から捜査を始めた。といっても捜査本部は設けていない。一係長指揮の調べである。

間もなく、問題の土砂は松川運送のダンプが福岡市西部の室見川《むろみがわ》上流にある砕石場から運んできたものと判明し、三人の運転手が業務上過失致死の疑いで取調べを受けたが、捜査はそこから一歩も進展しないようであった。

松川運送の三台のダンプは、このところ毎日午前九時から午後七時の日没前まで、砕石場と工事現場をピストン運転していた。七時までにそれぞれが最後の運搬を終って、二キロほど離れた会社の車庫へ車を納め、日報を出して帰るのである。従って、忠志を埋めこんだダンプは、普段より少し遅れて、七時以後に土砂を運んできたことになる。忠志が一たん家へ帰り、もう一度駆け出していった時、テレビが七時のニュースを放送していたのを由花子は記憶している。

だが、三人の運転手たちは、まるで口裏を合わせたように、いつも通り七時前に仕事を切り上げ、遅くも七時少し過ぎくらいには会社へ帰ったと申し立てた。日報にもそう記してある。タコメーターからも細かい時間の差まで読みとることはできなかったし、松川運送のほかの従業員たちも、一様に三人の証言を支持したという。一方、土砂を渡す砕石場の側にも、証拠となるような記録は残されていなかった。それが津島のいう「不幸な偶然」の一つであったようだ。

「あの日松川運送のダンプが運んでいたのは、いわゆる廃土という奴《やつ》なんですな」

デスクの前にジッと腰を下ろしている由花子から努めて視線を逸らしながら、津島は前日と同じ説明を続けた。

「一般の建築用の砂利の場合には、砕石場でも受渡しの都度納品伝票を切るんだが、廃土というのはつまり売りものにならない土砂ですな。ところが埋立地の奥へ詰めこむのは、この廃土でも十分間に合うらしい。そこで砕石場では持っていってくれるだけでも助かるので、チェックもせずにいくらでも運ばせている。そんな風だから、土砂を積みこむショベルカーの運ちゃんなんかも、誰《だれ》が何時ごろ持っていったか、まるで憶《おぼ》えていないというわけなんですよ」

「…………」

「全く今度の場合、悪い条件が揃《そろ》ってしまったという感じでね。二か月ほど前にも尼崎市でよく似た事件があって、この時は小さな子供の目撃者があったにも拘《かかわ》らず、犯人は判らず終《じま》いだった。今度はその目撃者もいないんですからねえ」

「…………」

「この種の事故で、どうして犯人が挙《あ》がり難いかというと、犯人自身も自分のやったことに気づいていないからなのですよ。われわれがホシを追い詰める場合、最後に有力な決め手となるのは相手の反応です。ところが今度の場合、本人自身も知らずにやっちまってるもんだから、問い詰めてみても、こっちも摑《つか》みどころがないんですなあ」

「…………」

「しかし勿論《もちろん》今後も調べは続けますから、もう暫《しばら》く待って頂けませんか。奥さんのお気持はよく判っているんですから」

津島は、穏かな口調の底に、釘《くぎ》を刺すような響きをこめていった。

「はあ……」と仕方なく由花子は答えたが、腰を上げる気力がなかった。このまま帰ればもう津島にも会わせてもらえないような気がする。

「それにねえ、奥さん」

俯《うつむ》いたまま動こうとしない由花子の頭を眺めながら、津島は語調を変えた。

「今度のことは、一概にダンプばかりを責めるわけにもいかないんですよ。工事側にも責任はある。十台ものダンプが出入りしている現場なら、監視員の一人は置くべきだった。それにあそこには柵《さく》もない。子供が勝手に出入りしていた。親の——」

親の方にも、といいかけて津島は口をつぐんだ。また少し語調を柔らげて、

「まあ、様々な不運が重った結果でしょうが、実はそんなわけで、たとえこの先犯人が捕まったとしても、起訴できるかどうか、それも五分五分なんですよ」

だから考えようによっては捕まっても捕まらなくても同じではないかと、津島は慰めのつもりでいったのかもしれないが、そのことばは由花子の胸にこの上もなく

冷酷に響いた。

その日の夕方、豊浦建設から十万円の香典が届けられた。それは、この事件にピリオドが打たれたしるしのように、由花子には感じられた。

3

「親の不注意といったって、あそこしか遊び場がなかったじゃありませんか」

津島に向っていいえなかったことばが、夫の顔を見るなり、由花子の唇《くちびる》からほとばしり出た。

「道路はあの通り一日中車がとばしてくるし、それとも海の中で遊べとでもいえばよかったの」

「そんないい方はやめなさい。誰もお前を責めてなんかいないよ」

夫の池上隆志《いけがみたかし》は、脱いだ上着を自分でロッカーの中へ掛けながら、暗くこもった声で答えた。

忠志の死後、葬式の慌しさが過ぎてからは、毎日こんな夕方が続いていた。市の中心部にある本社から、以前より努めて早く帰宅する池上を待っているのは、決して忠志の声の聞こえる筈《はず》のないうす暗い家と、その中で虚《うつ》ろな眼差しを宙に向けて坐っている妻の姿である。親子三人には部屋数も多く、広々と造られた家だけに、家中駆け廻っていた子供のいなくなったあとの寂しさは、逃れようもなかった。

以前には、夫の帰宅時間に合わせて化粧を直し、彼の持ち出す社内の話題などにも、自分なりに思考を凝《こ》らして夫の相手になるよう努めていた由花子である。お嬢さん育ちとはいえ、結婚前には国立病院の看護婦を勤めた経験もあるだけに、一応の社会常識も身につけ、知性と可愛さを兼ね備えた妻と、池上は満足していた。それが事件以来、今更取返しのつかない悔みごとをいつのっては狂ったように泣くか、さもなければ痴呆《ちほう》のように放心した表情を浮かべている。そんな妻の変容が、池上を一層やりきれない絶望に落としこむのだ。

由花子にしても、夫の心が判らぬではない。いや、この人を責めたてては可哀相《かわいそう》だと痛いほど判っていながら、持っていき場のない悲憤が、夫の優しい顔を見ると抑えようもなく噴き出してくるのである。

「あの刑事ったら、終いにはダンプばかりが悪者じゃない。工事側にも責任があるなんていうんですよ」

由花子は、涙に濡《ぬ》れた髪が頰《ほお》にこびりついたままの顔を振上げて池上を見た。

「うむ……」

その指摘はとうに池上の耳にも届いている。それだけに、総務課長の彼は、事件の究明を強く求めれば、一方では自分自身はもとより、上司の立場をも苦しくするという、微妙なジレンマに立たされていたのである。

「結局、不幸な偶然が重ったのだ……」

夫の口から刑事と同じようなことばを聞いて、由花子は一瞬血が逆流するような苛立《いらだ》ちを覚えた。

「それでは、あなたも諦《あきら》めるしかないと考えていらっしゃるんですか。忠志を殺した人間が罰も受けずにノウノウと生きていても平気なんですか」

池上は深い溜息《ためいき》と一緒に、由花子の前に腰をおろした。

「何もまだ犯人が捕まらないと決まったわけじゃないんだ。警察にしても捜査を打切ったとはいってないだろう」

太い声がかすかに震えた。

「それに、犯人だって、悪意があってやったわけじゃない。勿論不注意は許せないが、知らずにやって、知らずに走り去ってしまったのだ」

「それがたまらないんです。いっそ故意にやったことなら、たとえ警察に捕まらなくとも、犯人は一生怯《おび》えて暮らすかもしれない。ところが忠志を殺した男は、自分のやったことも知らないで、だからまるで罪の意識もなしに、平然と生きているんですよ」

「しかしね、由花子。こんなに世の中が複雑になって、人間関係も入り組んでくると、自分自身全く気づかずに、何の恨みもない人間を傷つけたり殺したりすることが案外あるんじゃないだろうか。あるいはぼくだってやっているかもしれない。現に君だって……」

そこで池上はことばを途切らせた。だが、次には深く由花子の目を覗きこみながら、冷静な声で続けた。

「君が看護婦をしていた時にも、その種の事故があったね。誰の過失か判らぬままに、哺育器《ほいくき》の中の赤ん坊が死んだ……」

由花子はぼんやりと夫を見返した。いつの間にか記憶の襞《ひだ》の奥に埋もれ勝ちになっていた七年前の事件が、ふいにありありと、しかし不思議なほど白々とした遠い感覚で甦《よみがえ》ってきた。

池上と見合結婚するまえの二年間、由花子は福岡市内の国立病院の小児科で働いていた。由花子が配属されていたのは「未熟児室」と呼ばれるところで、特別の看護を要する未熟児と病気の赤ん坊を常時十五人前後預かっていた。看護婦は九人いたが、二十四時間を三交代で勤めるのだから、勤務中の八時間は主任を入れて四人が十五人の赤ん坊の世話をすることになる。

健康児でさえ手がかかるものを、病児となれば一人一人に要する世話は大変なもので、看護婦たちはいつも競歩競走のような足どりで歩き廻り、互に口をきくのさえ億劫《おつくう》なほど疲れきっていた。

事故はそんな状況の中で発生した。

五台ある哺育器の中の一台に入っていた肺硝子膜症《はいがらすまくしよう》の新生児が、酸素の補給不足で死亡したのである。夕方、主任が、常時毎分三リットルに保たれていなければならないその子の哺育器の酸素流量計の目盛が、一リットルに下がっているのを発見して慌《あわ》てて元へ戻したが、その時は手遅れであった。

一列に並んだ他の哺育器には、肺炎回復期の赤ん坊などが入っていて、朝の回診で、主治医から、そのうちの二台の酸素補給量を前日までの三リットルから一リットルに下げるよう、カルテに指示が出されていた。そうしたことから、看護婦の誰かが思いちがいして、動かしてはならない哺育器の流量計を一リットルに下げてしまったとしか考えられなかった。

その日哺育器室に出入りしたのは、由花子を含めて三人の看護婦だった。だが三人とも自分はその哺育器をいじった憶《おぼ》えはないと主張した。患者によって担当看護婦が決っているわけではない。三人が、回診後詰所の机の上に並べられたカルテの指示を見て、なんとはなしに十五人を分担していたのである。

由花子も、その日流量計の目盛を動かしたことは事実である。しかしあれは事故のあった哺育器ではなかった。そう信じたい。いや、今でも絶対にそう信じている……

「勿論ぼくも信じているよ」

由花子の思い詰めた表情を見ると、池上はとりなす口調になった。

「君がやったとは思っていない。しかし、ともかく誰かの過失だったことは確かだ。誰かが、何の悪意もなく、自分自身全く気づかぬうちに、一人の赤ん坊の生命を絶ってしまったのだ」

息を凝らしていた由花子は、ふいに挑《いど》むように夫を見返した。

「でもあの事故は、病院側がうまく揉《も》み消したんです。病状が急変して手の施しようがなかったということにして、ご両親もそれで納得されたわ。——それならいっそう救われる。でも、私ははっきり知ってるんです。忠志は誰かに生き埋めにされて、土砂の底で踠《もが》き苦しんで……」

由花子はまた狂ったような声をあげて泣き伏した。

池上は妻の背中をさすり続けていたが、嗚咽《おえつ》の声が僅かばかり低くなったのを感じると、そっと肩を抱いた。

「ねえ、由花子。また子供をつくろうよ。案外忠志が生まれ変ってくるかもしれないじゃないか」

池上は自分のことばに涙ぐんでいた。由花子はそんな夫がたまらなく愛しくもあり、それでいて無性に歯痒《はがゆ》くて、一層激しく胸の中で叫び続けていた。

（私は絶対に許さない！）

4

目撃者さえあればよかったのだ。

由花子の思考はいつもそこで止った。今日も工事場の作業が終って、人影の絶えた埋立地の上に、海からの冷んやりとした風が渡っている。

事件から十日が過ぎている。だがその後N署からは何の連絡もなかった。事件直後は警察でも、工事事務所に居残っていた職員や近所の主婦、子供たちにまで聞き込みを掛けたようだが、それらしいダンプを見かけたという人すら出てこなかったという。不運といえば全く不運である。一人でも目撃者がいてくれたら……！

犯人を捕えたいと、由花子は全身の血が煮えたぎるような思いに駆られる。忠志を殺した人間が、何も知らずにこの町のどこかでノウノウと生きている。そんなことが許されていいものか。そいつを捕えて、お前がやったのだと、骨の髄まで思い知らせてやりたい！

窓際に坐りこんでいた由花子は、いつの間にか濃い闇に包まれ始めた敷地の先で、ピカッと何か光ったような気がして視線を動かした。

花火だった。敷地の向う側に並んでいる市営住宅の間の路地で、花火を始めたらしい。橙《だいだいいろ》色や青白い火花がはじけるたびに、着物姿の小さなシルエットが浮かび上がった。

久しぶりだ……由花子はぼんやりと思った。

実際、ひと頃は毎夕のようにそこで花火をするのが見えた。その家の子供がよほど花火が好きなのか。時には近隣の子供たちや、こちら側の社宅の子供までが、と り囲んで眺めていた。だからあの日、忠志の帰りが遅いのに気がついた時、また花火に見とれているのではないかと、最初に考えたものだった……。

あの日は花火をしていなかったのだろうか？　――ふと由花子は思った。あの家で花火を始めるのはいつも辺りが暗くなり始める七時頃で、それはちょうど忠志が砂場へ出て行った時刻と一致している。

もし花火をしていたら、あるいはその子供が何かを見てはいないだろうか。警察は一斉《いっせい》に聞き込みを掛けたといっていたが、聞き洩らしもあるだろう。万一ということもある。

由花子はすっと立上がった。

遠目に眺めてはいたものの、由花子がその市営住宅の側に立つのはこれが初めてであった。遠くから漠然《ばくぜん》と想像していた以上に家は粗末で、老朽が目立った。中は精々二間ほどと思われるマッチ箱のような家が同じ間隔でいくつも並んでいて、どの家も板壁の茶色いペンキは粗方《あらかた》はげ落ち、屋根のスレートが乱れていた。

花火をしていたのは、朝顔の模様の浴衣《ゆかた》を着た小学一、二年くらいの少女だった。側に大人の姿はなく、もう飽きてしまったのか、子供の見物人もいなかった。少女の立っている後の勝手口が開け放されて、中から明かりが洩れている。

「きれいね」と由花子は、足許のボール箱の中の沢山《たくさん》の花火から一本ずつ抜き取っては、蠟燭《ろうそく》の火をつけている少女に笑いかけた。少女はチラッと由花子を見、口元にはにかんだ微笑を浮かべた。オカッパ髪の、利発そうな眼差しの少女である。

「ねえ、一週間前のことだけど」といいかけてから、由花子は相手の年齢を考え、

「この間の七夕さまの日、憶えている？」

「はい」と少女は花火から由花子の顔へ視線を移した。

「学校で夕方七夕さまの映画があったのよ」

少し自慢そうにつけ加えた。

「それで、映画から帰って、花火をしなかった？」

「しました」と少女はすぐに答えた。由花子は俄《にわ》かに鼓動が早まるのを覚えた。思わず少女の身近に歩み寄って、顔を覗きこみながら、

「ねえ、その時のことをよーく思い出してちょうだい」

花火をしている間に、あの工事現場にダンプカーが入ってくるのを見なかっただろうか。その車が、あの辺りで砂利を捨てて……たとえその時何も気づかなかったにせよ、車が走り去る時、運転手の横顔でも見なかっただろうか？　……

由花子の必死の語調に気押されたように、少女は目を凝らして指差された事故現場のうす闇を凝視《みつ》めていた。手の先の花火が燃えつきると、周囲が一際暗さを増し

たように感じられた。

一呼吸あってから、

「見たわ」

少女は明確な声で答えた。

「見たって……あの、どんな風に？」

「あそこで砂を捨ててから、運転手の人が降りてきて、そこんとこでオシッコしてた……」

少女は、工事中の敷地と市営住宅の土地との境になっている、低い土手を指差した。花火を始めて間もなく、一台のダンプカーが入ってきて、事故現場の辺りで土砂を落とし、そのあと運転手が降りてきて土手に向かって用を足し、すぐまた車に戻るとそのまま走り去ったというのである。ダンプは少女の方に正面を向けて駐《とま》った恰好《かっこう》なので、土砂を落とす後部は少女には見えなかったらしい。また用を足したという場所も、十メートル余りの距離がある上、うす暗かったから、少女は運転手の顔をはっきりと見ることはできなかったようである。しかし、時刻といい、場所といい……！

由花子はますます苦しいほど胸が高鳴るのを覚えながら、

「その人は跛《びっこ》をひいてなかった?」

まずそれを尋ねたのは、N署の津島が、松川運送の三人の運転手のうち一人は軽い跛であるといっていたのを思い出したからである。

少女はすぐに首を横に振った。

「そんなことなかったわ。でも、こっち側の手に、なんか包帯してたみたいだった」

その包帯の白さが、少女の目に印象的だったようである。話の様子では、包帯が巻かれていたのは、男の左手首と思われた。

この時、少女の背後の勝手口から、三十五、六の痩《や》せた女がサンダルばきで路地へ出てきた。浴衣地で作ったあまり身に合わないワンピースを着て、血色のない細い顔に黒縁眼鏡をかけている。

女は、少女に寄り添うようにして話しかけている由花子を、一瞬咎《とが》めるような眼差しで見据《みす》え、それから少女の方に、

「幸江《さちえ》、もう八時過ぎましたよ」とこれも少し尖《とが》った声をかけた。

由花子は慌てて自分の名を告げて、事情を説明した。女は最初の非難めいた眼差しから、次第に真剣に耳を傾けるという表情に変って、ジッと由花子を見守ってい

た。痩せているためにやや険のある感じだが、上品な顔立ちをしていた。能面を連想させるような一重の切れ長な目に、由花子はどこかで見憶えがあるような気もしたが、確信はなかった。

話を聞き終ると、女は、事故のことは聞いているといって、簡単に悔みをのべた。それから「幸江」と呼んだ少女を見下ろしながら、

「この子ったら、そんなことちっともいわないものですから」

それに対して、幸江は何か不服そうに口を尖らせていっとき母親を見返していたが、結局何もいわずに、手の先の黒い棒になった花火に目を落とした。

「つまり運転手は、あそこに車を駐《と》めて、その辺でオシッコをしたわけね」

由花子は復習した。

「あのちょっと先」

幸江は土手の一点を示しながら、その方へ歩き出した。母親に叱《しか》られた反発からか、一層熱心に説明する気になっているといった感じだった。

幸江について、由花子と母親も歩き出した。

「この辺だったわ」

幸江が指差した場所は、埋立地特有の火山灰土のような白っぽい砂土が盛り上が

った低い土手で、一部分溝《みぞ》のように掘り取られているところであった。運転手は、たった今自分が捨てた土砂の下で小さな子供が跪いていることなど露知らず、ここで用を足していたのであろうか。

由花子はふいに吐き気に襲われ、唇をかみしめて俯いた。その時、何か金色に光るものがチラッと視野を掠《かす》めた。

屈《かが》んで目を近づけてみた。金色の角張ったものが土の間から顔を出している。拾いとってみると、

「宗像《むなかた》大社交通安全御守護」

かなり汚れてはいたが、金地に白い文字がそう読まれた。掌の中に入るほどのお守りであった。

由花子は、身体を硬張《こわば》らせてそれに見入った。それが問題の運転手が落としたものであるという証拠はない。だが可能性はあるのだ。それもかなり強く。というのは、福岡市の東にある宗像神社は、お守りにもある通り交通安全の神さまとして知られ、この地方で運転に携《たずさわ》る人間がそのお守りを身につけている例が非常に多かったからである。

5

　十一トンのダンプカー三台抱えるだけの会社と、およそ想像はしていたものの、松川運送は由花子がそれまで抱いていた「会社」というイメージとはおよそかけ離れていた。埋立地から県道を挟《はさ》んで二キロほど南の、中小の工場や住宅が雑然と混りあった一画を占める古びた車庫と、車庫に付属した小さな事務室が、松川運送の総《すべ》てのようであった。

　そろそろ七時を過ぎる。が、車庫がカラのところを見ると、運転手たちはまだ一人も戻っていないのだろう……由花子がそう思った時、鈍いクラクションが聞こえ、泥《どろ》だらけの紺色のダンプカーが、デコボコした土道の緩《ゆる》いカーブを曲りながら、車庫の前の空地に入ってくるのが見えた。

　由花子は急いで事務所の前を離れ、斜め向かいのこれも古ぼけた倉庫の陰に身を潜めた。

　荷台をカラにしたダンプは、バックで車庫に入って駐った。運転台から降りたのは、ランニングにジーパンの、背の高い男である。ＧＩ刈り、顔はあまり真黒に日焼けしているので年齢が計れない。が、大股《おおまた》な軽い足運びで事務所へ入っていく感じでは、まだ若そうに見えた。包帯は巻いていないが、跛でもない。

十五分近くも経っただろうか。その男が、ランニングの上に黒と白の縞《しま》の長袖《ながそで》シャツを羽織った恰好で出てきた。さっきダンプで入ってきた道の方へ歩き出した。ブラリとした足どりが、一日の仕事を終えたあとの解放感を漂わせている。

空地の外れの、点いたばかりの青白い外灯の下まで行った時、

「あの、ちょっと」と由花子は背後から声をかけた。何度も頭の中で繰返した行動でありながら、いざとなると膝《ひざ》が震えた。思ったより細い声しか出ない。

男はゆっくりと振返り、怪訝《けげん》そうに由花子を見た。眉《まゆ》の太い、脂ぎった顔をしていた。二十代前半というところか。

「あの、今、何時でしょうか」

思わず自分の左手首に手をやりながら由花子は訊《き》いた。が、隠す必要はない。男に声を掛ける前、自分の腕時計は素早く外してポケットに入れてある。

男はさほど面倒臭そうな様子もなく、無造作にシャツの左袖をまくり上げた。日焼けした太い手首を外灯の光にかざした。ステンレスのベルトの腕時計が巻きついている。その辺りに傷跡らしいものは見えなかった。

「七時二十……六分かな」と気さくな声で答えた。

「すみません」

そのまま行きかける男を、

「あの」と由花子はもう一度呼び止めた。口の中がカラカラになっている。バッグの中から、急いであの土手で拾った宗像神社のお守りを取り出した。

「これ、もしかしたら、あなたが落としたんじゃありませんか。十日ほど前、室見川の上流の方へピクニックに行った時、おたくの会社のダンプが砂利を積んでいったあとに落ちていたんです。大事なものだろうと思って、もっと早くお届けするつもりだったんですけど、つい遅くなって……」

由花子は懸命に喋《しやべ》り続けながら、ジッと男の表情を見守っていた。が、再び怪訝そうな眼差しでお守りを凝視めている目の中には、これという反応は浮かんでこなかった。

「俺《おれ》じゃないよ」と男はあっさりと答えた。

「大体俺はお守りなんか信用しない方でね。こんなものが効くんなら、交通事故なんかとっくになくなってらあな」

男は由花子を見てやや投遣《なげや》りな口調でいい添えたが、もう一度お守りの上へ目を落とすと、ふとその視線を固定させた。

「もしかしたら、来島《くるしま》のかもしれないな」

「来島——来島さんて、やっぱりお宅の運転手さんですか」

「ああ。あいつは俺とちがってカアちゃんと子供が三人もいるからな。事故にはビクビクしているんだ。そういえばこれのもう少し大きいような奴を、車の窓にも吊るしていたよ」

渡してやろうかと男が手を出すのを、由花子は慌てて断った。

来島と思われる運転手が戻ってきたのは、それからまた十五分ほど後であった。もうほとんど夜の闇に包まれた空地で、さっきと同じようにダンプカーが方角転換して、バックで車庫に納まった。由花子もさっきと同じ倉庫の陰に身を隠していた。

運転手が降り、事務所へ入っていく。暗いために身体の特徴などはほとんど見分けられないが、先刻の男よりやや小柄らしく見えた。足どりは重いが跛ではなかった。

男が事務所から出て、外灯の下までくると、由花子はいきなり小走りに近づいた。

「来島さんじゃありませんか」

ふいにすぐ後から声をかけられたためか、男は一瞬ビクリとしたように肩を動かした。それから妙にギクシャクした動作で振返った。猫背《ねこぜ》だが、肩幅の広い屈強な体軀《たいく》をしていた。真上から降り注ぐ光が、骨張った男の顔に、一層深い陰影をつくり出している。頰骨《ほおぼね》が突き出し、その奥に濁った目が沈んでいた。もう三十はとうに越している。汚れきった半袖の開襟《かいきん》シャツと皺《しわ》だらけのズボンを着た身体全体から、生活の疲れが滲《にじ》み出ているように見えた。

男は無言のまま、窺《うかが》うように由花子を見た。

「来島さんですね」

由花子はもう一度、努めて気軽な口調で訊《き》いた。さっきより、少しは度胸がついている。

「ああ」と男は漸く、喉元《のどもと》に絡《から》んだ声で答えた。由花子は相手の手首へ視線を走らせたが、ダラリと下げた両手のどちらにも、腕時計ははめられていない。時間を尋ねるわけにはいかなかった。

由花子は、お守りを来島の目の前に差し出した。

「これ、あなたが落としたんでしょう？　この間、室見川の砕石場の近くで拾ったんです。さっきもう一人の運転手さんに尋ねたら、来島さんが持ってらしたって教えてくれたもんですから」

つき出されたお守りを凝視する男の、奥まった目の中に、疑惑とも逡巡《しゅんじゅん》ともつかぬ強い動揺の色が漂うのを由花子は認めた。次には彼はまじまじと由花子を眺め、再びお守りの上に視線を落とした。左手がのろのろと動いて、それを受取ろうとした。——が、次の瞬間、来島はサッとその手をひっこめた。

「俺のじゃない」

かすれた声でいうと、彼はいきなり踵《きびす》を返して歩き出した。見る間に、猫背の後姿が路地の暗がりの中へ消えていった。

由花子はその場に立ち尽くしていた。胸が早鐘のように打ち、身体中が細かく震えていた。由花子はハッキリと見たのだ。お守りを受取りかけた来島の左手首には、ちょうど包帯を巻いていたほどの幅《はば》に、そこだけ日焼けしていない白い皮膚がくっきりと色分けされていたのである。

6

(殺す。きっとやり遂げる)

胸の底の呟《つぶや》きが、由花子の脚をどうにか前へ押し出す力になっていた。来島のダンプを尾《つ》けてきたタクシーを帰してから、目的の砕石場の見えるところまで登ってきたのは、ほんの五分ほどの道のりと思われるのに、もう由花子の脚は重く痺《しび》れ、全身冷たい汗にまみれている。普段山道など歩いたこともない上、シャツブラウスにジーパンというまるで馴染《なじ》みのない服装が、それだけで異常な緊張になって身体を縛りつけてくるのだ。しかもジーパンの左ポケットにはコルト四十口径、右には鞘《さや》に納めた登山ナイフを潜ませているから、歩くたびに二つの固い重みが両股に痛いほど喰《く》いこんでくる。

それに加えて、真昼の山道はすさまじい暑さだった。福岡市の西端を縁取る室見川の上流に沿って、標高千メートルの背振山《せぶりやま》へと入りこんでいく道は、昨日の台風が去ったあと、今日はまた灼《や》きつくような南国の陽光に照りつけられていた。山の中というのに不思議なほど風がなく、雑木林の向うの川の音さえ、静止した空気の壁に遮《さえぎ》られ、山道はシンと無気味な静寂に包まれているように、由花子には感じられた。

だが、一歩一歩、登るにつれて、ザザーッという底力のある音が耳に近づいてきた。漸く砕石場の入口に辿《たど》り着くと、由花子は前屈みになっていた身体を起こした。左手の山の斜面が大きく切り崩されて、灰色の山肌《やまはだ》が露出している。そこにオレンジ色の巨大な機械が設置されていて、ザザーッという音はその方から聞こえてくるのである。

山裾から山道までの緩《ゆる》やかな斜面には、小山ほどもある大きさの砂利のピラミッドがいくつも並んでいる。その比較的道路に近い肌色がかった山のそばに、あの紺色の大型ダンプカーが駐っていた。ダンプの横では、黄色いショベルカーが小まめに動いて、ピラミッドの横腹から肌色の土砂を掬《すく》い取ってはダンプの荷台へ落としている。

砕石場にもまるで人影がなかった。勿論《もちろん》ショベルカーの運転台には運転手の姿が見えるし、砕石機械が動いているのだから作業は行われているわけだが、午後三時という一番暑い時間だけに、作業員たちはなるべく工場や事務所の中にひっこんでいるのにちがいない。

だが、その時、ダンプの背後から人影が現われた。青灰色の作業着を羽織った猫背だががっしりした体軀……来島だった。彼は無気力な足どりで斜面を下り、由花子の立っている十メートルほど先で道路を横切ると、雑木林の中を河原の方へ歩いていく。ダンプに砂利が積みこまれるまで、涼しい場所で一休みするつもりだろうか。

由花子は、喉元を締めつけられるような緊張を覚えながら、来島の後を追った。雑木林の影に入ると、ふいに砕石場の騒音が消えた。代りに、疎《まばら》な木立と白く光る河原の向うを流れる水音が轟音《ごうおん》のように耳を被《おお》った。川は、昨日の台風で増水した土色のうねりになってすさまじい勢いで流れ下っている。

河原の中ほどに、来島の後姿が見えた。左手を腰にあてがい、右手は時折り煙草を口に運んでいる。疲れたように肩を落としてはいるが、その後姿は由花子より遥《はる》かに高く、いかにも屈強そうに見えた。

（とうとう追い詰めたのだ）

由花子は、気遅れを振払うように、また胸の底で呟いた。

（殺す。必ずやり遂げる！）

あのお守りはやはり来島が落としたものだと、今では由花子は確信している。恐らく彼は、忠志を殺したのは自分ではないかという危惧《きぐ》を抱いていたのであろう。土砂を落とした時は確かに気づかなかったのかもしれないが、後で事故を知り、あるいはという恐れを感じ始めていたのにちがいない。だからこそ、一たん受取りかけたお守りを、ふいに自分のものではないなどといったのだ。事故を連想させないために、由花子は室見川近くで拾ったと嘘《うそ》をついたが、本能的な警戒が咄嗟《とっさ》に彼の手をひっこめさせたのではないか。

その確信を抱いた時、由花子は心を決めた。もう警察を頼る気はない。

来島に会ってから二日間は雨が続いた。台風の影響で集中豪雨を伴う荒天では、待つしかなかった。雨ではダンプの仕事は休みなのだ。そして三日目の今日は台風一過の晴天で、作業は再開され、来島のダンプがまたいつも通り室見川沿いの山道を登っていくのを、由花子はタクシーで尾けてきたのだった。

一歩、一歩、由花子は来島の背後へ近づいた。遮蔽物《しゃへいぶつ》のない河原一面に、灼きつくような陽光が照りつけている。その下で、来島は暫《しばら》く川を眺めていたが、やがて短くなった煙草を捨てると、戻りかけて振返った。由花子を認め、ハッとしたように身体の動きを止めた。眩《まぶ》しそうに目を細めて由花子を凝視めた。

三メートルほどの間隔を置いて、由花子は来島と向かいあった。左手をジーパンのポケットへ入れた。そこにあるコルト四十口径を握りしめた。

「何か、用かね」

沈黙に耐えかねたように、来島の方から口を切った。頬骨の奥で光った目の底に、三日前お守りを見せられた時と同じ、強い不安が湧《わ》き上がっていた。

「あなたが、やったのね」

声を出した途端、思いがけず由花子は身体中が激しく震え出すのを感じた。全身から汗が噴き出してきた。

「あなたが忠志を殺したのよ。よく後も見ずに荷台を倒したために、忠志は土砂の下に生き埋めにされて死んだのよ」

来島はカッと目を剝《む》いて由花子を睨《にら》んだ。が、その目は不安から恐怖に変っていた。次には、痙攣《けいれん》するように首を左右に振った。

「いいえ、あなたがやったのです。ちゃんと証人がいるのよ。警察は聞き洩らしたけれど、私はその人からハッキリ聞いたんだ」

由花子の声はひどくうわずり、身体の震えは一層激しくなっていた。怒りと憎しみと、それに何か得体の知れない異様な昂《たかぶ》りに、由花子は自分の知覚が身体を離れていくような錯覚を覚えた。

由花子は左手をポケットから出した。感覚のない指先に、しかしコルト四十口径がしっかりと握られている。それは忠志の形見だった。どう見ても本物と区別がつかないほどよく出来た玩具で、その上忠志と一緒に土砂に埋まって汚れているために、一層本物らしく見えた。

由花子は銃口を相手の胸に向け、同時に右手をポケットに滑りこませた。そこには登山ナイフがある。ピストルで威嚇《いかく》して来島の身近に迫り、いきなりナイフを出して胸を一突きするつもりだった。

「お前が、忠志を殺したんだ。だから、私がお前を殺す」

来島はひきつったような顔を、また激しく左右に動かした。

「殺してやる。思い知らせてやる」

由花子はピストルを構えて前へ進もうとした。が——どうしたことか、由花子は突然自分の脚が麻痺《まひ》したように動かないのを感じた。またどっと汗が噴き出し、ピストルを持つ手が目に見えるほど震えた。

(殺す。絶対にやるのだ!)

頭の中で声を聞きながら、由花子は目の前がグルグル廻り出したような感覚に襲われ、自分の身体を支えているのがやっとなのだ。——それは、思いもかけぬすさまじい恐怖だった。人を殺すことの、本能的な恐怖! 怒りと憎悪は胸の中で燃えたぎっているのに、恐怖はそれとはまるで別のところから湧き出して、由花子の全身を縛りつけている!

激しい眩暈《めまい》の中で、次に由花子を襲ったものは、魂が吸いとられるような孤独であった。由花子は夫を思った。すると急に大声をあげて夫の胸の中へ駆け戻りたい衝動にかられた。忠志の笑顔が眼前に浮かんだ。忠志が愛しかった。死んでしまった忠志が、今生きているもののような気持で愛しかった。涙が溢《あふ》れ、視界がぼやけた。

「謝れ！」

全く意識しないことばが、突然由花子の唇をついて出た。

「謝れ。土下座して謝れ。私が殺しましたと、頭をすりつけて謝れ。そうしたら……そうしたら殺さない……」

来島はやはり大きく目を見張り、凍りついた表情のまま、唖《おし》のように由花子を見返していた。

「謝れ……お願い、謝って下さい……」

由花子の声は、いつか嗚咽《おえつ》に変っていた。

「謝って……謝ってくれさえしたら……」

「ち、ちがう」

はじめて、掠れた声が来島の喉元から洩れた。

「俺は知らない」

「謝らないのですか」

「俺じゃない！」

謝らないのか。罪もない忠志を無残に殺しておきながら、謝る気もないのか？

——熱い憎悪の塊が、再び肚《はら》の底から突き上げてくるのを由花子は感じた。遮二無二《しゃにむに》首を振り続ける来島の頑《かたくな》な表情を見守るうち、その塊は今度こそ強い力で膨《ふく》れ上がり、由花子の恐怖を圧倒した。

「殺してやる」

由花子は自分の呟きを聞いた。その瞬間、殺せる、と実感した。ピストルを構えた。一歩……二歩……由花子の足は確実に前へ進んだ。

来島は後退《あとずさ》りし始めた。頂点に達した恐怖が、土色の顔をほとんど弛緩《しかん》させていた。

来島が後退し出したのを見ると、いよいよ猛々《たけだけ》しい怒りが由花子を支配した。由花子はジリジリと詰めていった。来島はますます退き、ズック靴《ぐつ》の踵《かかと》が水際から盛り上がるような流れに触れた。由花子はポケットの中でナイフを握りしめた。銃口を相手の下腹へ近づけ、同時に拇指《おやゆび》の先で鞘を外したナイフをさっと抜出した瞬間、「あっ！」という叫びが来島の口をついた。彼の足許の石がグラリと揺らぎ、平衡を失った身体は仰向けに流れの中へ落ちた。

一度だけ水を掻《か》く腕が見えたと思う間に、彼の身体は轟々《ごうごう》と流れ下る赤茶けた濁流の中に呑《の》まれていった。

7

どうやって帰ってきたのか、由花子には定かな記憶はない。多分、雑木林から山道を走り下り、折りよく通りかかったタクシーを拾って、その車に運ばれて埋立地の近くまで戻ってきたのだ。夕食の買物の主婦たちで混雑し始めたマーケットの前で車をすて、人波に紛れながら家まで帰りついた。

途中誰にも会わなかった。砕石場でも、県道の上でも。タクシーの運転手にもまともに顔を見せていないし、あの人混みの中で降りたのだから、たとえ後から訊かれても、運転手には由花子がどの辺に住んでいるのか、見当もつかないだろう。

いや、警察もそこまで調べないのではないか。来島は一人で川辺をブラブラしているうち、誤って足を滑らせ、濁流に呑《の》まれたと考えるだろう……。

一人きりのうす暗い家の、冷たい畳の上にペタリと坐りこみ、虚《うつ》ろな意識の中で、しかし由花子は頭の隅《すみ》でそんな考えを追っている。

来島は、やはり自分が殺したのだろうか。自分の手で殺したと同じなのか。とすれば、これが復讐《ふくしゅう》を遂げたということになるのか？——だが、何の充足感もなかった。ただ、恐ろしい疲れと、得体の知れない吐気のようなものが、身体中に詰っている……。

カタリと玄関のドアが開く音がした。ハッと由花子は身体を硬張《こわば》らせた。夫が帰ってきたのだろうか？——その時、

「ごめん下さい」

遠慮勝ちな女の声が聞こえた。聞いたことのあるような声だ。由花子はのろのろと立っていった。

浴衣地で作った張りのないワンピースを着た痩せた女が立っていた。顔を見た瞬間、由花子は戸惑ったのだが、すぐにそれがあの花火をしていた女の子の母親であることに気づいたのは、洋服の柄《がら》に憶えがあったからである。

「光安《みつやす》でございます。先日は失礼致しました」

女は丁寧に頭を下げたが、顔を上げると、窺《うかが》うような眼差しで由花子を見た。どこかで見た顔だ、と由花子は思った。が、四日前に会ったのとはちがう。あの時は黒縁眼鏡をかけていた。だが今は外している。それで玄関で顔を見た時、咄嗟に

思い出せなかったのだ。

「実は、あの晩うちの幸江が申し上げたことなんですけど」

「は……？」

「今日になって、あのダンプの運転手を見たのは、七月七日ではなかったといい出すんですよ。その三日ほど前にも学校で夕方映画会があって、その日と勘ちがいしたと申しますの」

「………」

「それに、あの土手に落ちていた宗像神社のお守りですけど……うちの二軒隣のご主人がタクシーの運転手さんで、いつかあの辺を散歩した時に落としたらしいって、今日偶然その奥さんから伺いましたの。それで、一応そのことを申し上げた方がいいと思って、さっきからお帰りを待っていたんですけれど」

「でも……そんな……」

由花子はいきなり足許が揺れ出したような気がした。

「いいえ、今でなくてもよろしいんですよ。今度おついでの折りに、あのお守りをうちまで届けて下されば結構ですわ。――では」

女は能面を思わせる冷たい目をジッと由花子に据えたまま、口許だけで微笑し、それからクルリと背を向けて玄関を出ていった。

女の姿が扉《とびら》の向うに消えた瞬間、突然一つの記憶の顔が今去った女の残像に重なった。同時に、氷のような恐怖が、由花子の背筋を貫いた。

由花子は玄関脇《げんかんわき》の電話器に駆け寄り、早見表を繰《く》った。七年前勤めていた病院の、小児科の直通番号がメモしてある。当時一番親しくしていた同僚の風見礼子という看護婦が、今では未熟児室の主任になっていて、時折り電話で雑談を楽しむからだ。

折りよく礼子は詰所にいた。

「ねえ、憶えているでしょう？　七年前インキュベーターの事故で赤ちゃんが死んだ事件……」

挨拶《あいさつ》もそこそこに由花子は訊いた。

「ええ」と怪訝《けげん》そうな声で、だが即座に礼子は答えた。

「その死んだ赤ちゃんの名前はなんといったかしら。それから判ればお母さんの名前も――」

暫く待たされた後で、礼子の低音な声が答えた。

「あの子は産科からすぐ廻されてきたんだったわ。光安和江。産婦――つまりお母さんの方は、光安優子……」

そう……そうだった。

電話を切ると、由花子は、玄関を出た。いきなり、西の空に残っている血のような色の黄昏《たそがれ》が目にとびこんできた。あの日も、そしてあの日以来、まるで自分を脅やかすためのように、時折りあんな色の黄昏が海の上に現われる……。

由花子は縺《もつ》れる足取りで敷地を横切り、光安優子の家の玄関先に立った。ペンキのはげた薄手のドアは、開けたままで、狭い台所と六畳ほどのうす暗い部屋が覗《のぞ》かれた。

家の奥から、ふいに優子のどこか金属的な声が聞こえた。

「あら、早速お守りを届けに来て下さったんですか。どうもすみません。むさ苦しいところですが、お上がりになりませんか」

由花子は黙って部屋へ上がった。

古い簞笥《たんす》や食卓の置かれた部屋の壁際に、沢山の花火が積み上げられている。優子はわざとのように由花子と視線を合わさず、白々しい微笑を浮かべながら、

「主人が亡くなってから、私が花火工場に勤めているものですから……でもお蔭で幸江に花火だけは好きなだけさせてやれますのよ」

一人言のようにいって、花火の束を隅の方へ押しやった。幸江の姿は家の中には

見えない。まだ外で遊んでいるのだろうか。代りに、由花子は、ほの暗い部屋の奥からジッと自分を見据えている子供の目を感じて、思わずその方へ視線を凝らした。

それは写真であった。部屋の奥に粗末な仏壇が据えられ、その上に、まだ生まれたばかりの赤ん坊の写真が大きな額縁に納まって掲げられている。その赤ん坊の目が、ジッと由花子を凝視《みつ》めているように感じられたのだ。

「あなたは……亡くなった和江ちゃんのお母さんでしたのね」

「亡くなったなんて……」

優子ははじめて真直ぐに顔を上げた。能面のような目が鋭く由花子を見据え、唇だけで冷やかに笑った。

「あの子は殺されたんですわ」

「何をおっしゃるの。和江ちゃんは病状が急変して……」

「まだそんなことをいうつもりですか。——確かにあの時は騙《だま》された。天命と諦めて、感謝して病院を出たものですわ。でも三年ほど経ってから、私は偶然聞いたのです。当時の未熟児室の主任といざこざがあって辞めた小児外科の看護婦から、和江はあなた方三人のうちの誰かに殺されたのだと」

「それで……それで復讐したのね。忠志を砂利の中へ突き倒したのね。そうしておいて、自分の娘に出鱈目《でたらめ》をいわせて……そのために……そのために私は……」

由花子はよろめいて、箪笥の角に肩をぶつけた。悪寒《おかん》がひろがった。膝がワナワナと震え奥歯が音をたてた。

優子は少しの間そんな由花子を黙って眺めていたが、相変らず感情を抜き去った金属的な声でいった。

「それは思い過しですわ。私は何もしていません」

「だって……あなたは知っていたのでしょう？　私が三人の看護婦のうちの一人だってことを」

「勿論ですわ。私はすぐに三人の名前と消息を調べ出したのですから。今更警察に訴えたところで、どうにもならないだろう……でもせめて、和江を殺した人間の名前だけでも知りたかった。そいつの顔に、お前がやったんだと、思いきり恨みを叩きつけられたら、それだけで本望だと思った……でも結局、調べようもなかったのです」

「それならどうして幸江ちゃんにあんな出鱈目をいわせたの」

「出鱈目ではありませんわ。幸江はあの晩は本当にそう思って、そして今日になって勘ちがいに気がついたのですから」

「嘘！　あなたがやったに決っている。あなたがダンプの後に廻って、忠志を突きとばしたんだわ！」

フフ、と優子はうすい唇の隙間《すきま》から笑い声を洩した。目だけは相変らず暗い光をたたえて、射るように由花子を見据えていた。

「それこそ出鱈目というものですわ。誰が見ているか判らないのに……復讐するにしたって、私ならあんな拙いやり方はしません」

「それなら誰が忠志を殺したの？」

「そんなこと、私が知るわけないじゃありませんか」

「いいえ、あなたは知っているに決ってる！」

頭の中が渦《うず》を巻き始めたような感覚の中で、由花子は自分が狂っていくのではないかと思った。

「お願い、教えて頂だい。誰がやったのか……私は知らなければならない……」

由花子が取り乱すにつれて、優子の細い顔には、いよいよ冷やかな表情が浮かび出ていた。

「知りたければ、自分で調べればいいでしょう」

「あなたは知っているの」

「いいえ」

「あなたなのね」

「いいえ」

「嘘！　――お願い、正直に答えて。あなたが忠志を殺したの？」

フフ、とまた優子は笑った。

「私だとしたら、どうなさる？」

殺す！　……いや、殺せるだろうか？　――多分、もうその力はない……。

次の瞬間、

「ああ……！」

由花子は嗚咽《おえつ》とも呻《うめ》き声ともつかぬ叫びをあげながら、崩れるように畳の上にうずくまっていた。

8

夕闇が次第に夜の色に塗りこめられていく埋立地の上を、ひきずるような足取りで帰っていく由花子の後姿を、光安優子は明かりを点けない家の奥からジッと見守っていた。その細い目の中には、しかし茫漠《ぼうばく》とした哀《かな》しみが湧き上がっていて、眸《ひとみ》はうるんだように焦点を失っていた。

優子が事の真相を知ったのは、和江の死から三年も経った後であった。看護婦三人のうち誰かの過失とはわかったものの、しかしその一人を見つけ出すのは、今更不可能なことに思われた。といって、三人全員に復讐するだけの気力も、もう優子にはなかった。二年前に幸江が生まれ、その直後に夫を病気で失って以来、生活との闘いが、優子から熱い憎悪の炎を燃え立たせる力まで奪い去っていたのかもしれない。

しかし、三人の看護婦の一人が、ほんの目と鼻の先に新築された瀟洒《しょうしゃ》な住宅に引越してきたのを知った時は、俄かに胸が煮え立った。由花子の裕福で幸福そうな生活ぶりを垣間見《かいまみ》るたびに、和江を殺したのはあの女にちがいないと、信念に似たものが固まっていった。復讐の二字が脳裡《のうり》を去来し、灼きつくような目で忠志を凝視めていることもあった。

だが優子にはやれなかったのだ。復讐にはわが身を捨てるだけの覚悟が要る。後に残される幸江はどうなるのか？

忠志の事故が発生したのはそんな矢先であった。そしてその晩幸江がいい出した。

ダンプを見た、運転手の横顔も……。

優子は幸江に、そのことを決してお巡りさんに話してはならないと口止めしたのだ。翌日から暫く花火もやめさせた。——しかし、十日後、由花子は難なく幸江の口を割ってしまった。子供は厳しく口止めされればされるほど、事の重大さを嗅《か》ぎとり、それをどこかに吐き出さずにはいられぬものらしい。確かに、幸江が目撃したのは正しく七月七日、そして恐らく問題のダンプにちがいなかったのだ。後から勘ちがいといったのは、優子の企みである。

優子は、由花子がすでに来島を殺したことは知らなかった。ただ、自分なりの復讐に満足していた。自分のことばによって、今夜から由花子も味わうことになるのだ。誰がやったか判らない、誰にぶつけていいのか判らない憎悪を、一生胸の底に埋めこんで生きる苦しみを。ちょうどあの砂山のように、掘っても掘っても崩れていくあてどもない殺意をくすぶらせて生きていく痛苦を——。

しかし……優子は、そんな自分の復讐が、少しも自分自身の哀しみを柔らげていないことに、今気がついたのであった。

ガラスの絆《きずな》

1

　その家は、あまり人通りのない住宅街の石敷道に面して、蔓薔薇《つるばら》を這《は》わせた白い金網をはりめぐらしていた。疎《まば》らに咲いたピンクの花の向うに、高麗芝《こうらいしば》が敷かれ、家は明るい灰色の壁に一見スウェードのようなグリーンの屋根材をはりつけた、瀟洒《しょうしゃ》な洋館である。高い植込みがないので、九月の午後の澄んだ陽光が、家全体をふっくらと包みこんでいた。

　彼は、門柱の前で自分の古いフォードを駐《と》め、砂利敷《じゃりじき》の私道に降りると、しばらくその家を眺《なが》めていた。

　健康で安定した、しかも十分に教養のある家庭を想像させるような家……。

　予想通りでありながら、安堵《あんど》と気遅れと、かすかな寂しさも含めたさまざまな感情が、彼の中に湧《わ》きおこった。

ネームプレートには、緑色の文字で「彩場弘之《さいばひろゆき》」と横書きされている。これも無論彼には承知のところである。

この時、庭の内部にかん高い男の子の声が聞こえた。最初「ママァ」と呼び、次に何かいいながら芝生の奥から走ってくるらしい。黄色いシャツを着た小さな姿が、蔓薔薇の間でチラチラした。すると家の中で母親らしい女の声が応《こた》えた。まだ若々しい、澄んだ声――。それで子供の姿はすぐに家の内部へ消えてしまった。

そのあまりのあっけなさが、かえって彼の決心を促《うなが》した。彼の予測通り、午後三時という今の時刻では、五歳の信之《のぶゆき》は幼稚園から帰っていた。治子《はるこ》も家にいるらしい。また、家主の彩場弘之が不在なのは、時間帯からも、私道の奥にある車庫がカラであることからも、ほぼまちがいない。そして彩場家の家族は、その三人だけなのだ。

彼はわざと、道路をふさぐような感じで車を駐めたまま、砂利を踏んで玄関のベルを押した。

さっき聞いたと同じ澄んだ女の声が応え、やがて、ドアの向うで、

「どなたさまでしょうか」と訊《き》いた。

「あの、ちょっと道をお尋ねいたしますが――」

少しの後、ドアが内側から開かれた。

クリーム色に黒のストライプが走った洒落《しやれ》たブラウスを着た治子と、治子のスカートを軽く握るようにして立っている信之が、いきなり彼の目にとびこんできた。

色白で彫《ほり》の深い、知的な顔立ちの母親と、浅黒い丸顔に一重瞼《ひとえまぶた》の、素朴《そぼく》な感じの少年——彼は眩《まぶ》しいものでも見るように、思わず目をそらした。

ようやく軽く会釈《えしやく》してから、

「あの、この近くに山中さんというお宅はないでしょうか」

「ああ、山中さんでしたら……」

治子は門の先を指さしかけたが、思い直してサンダルをつっかけて出てきた。信之も続いて外に出た。

「その先を三百メートルほど行った右側ですけれど」

治子が示した方向は、彼の車の後方に当った。

「ははあ、行きすぎちゃったんですね」

「そうですわね。少しひっこんだお家《うち》ですから」

と治子は微笑した。茶を帯びた艶《つや》やかな髪が、形のよい耳の下で微風に揺られている。

「それでは……すみませんが、ここでターンさせていただけませんか。道が狭いので」

「どうぞ」

彼は運転席に入り、バックで彩場家の前庭に乗入れてから、再び車外へ出た。信之が、あまり見かけない古ぼけた灰色のフォードを、物珍しそうに眺めている。その無邪気な表情を見て、彼ははじめて信之の肩に手をかけた。だが信之に触れた途端、彼は腕が硬張《こわば》るような気がした。

「坊や、いくつ？」

「五歳です」と信之は「です」に力を入れて答えた。

「そう……」

彼はようやく少年の顔をジッと眺めた。それから、熱い満足感が胸の中にひろがっていくのを覚えた。もっと何か話してみたいが、咄嗟《とっさ》にことばが出てこない。代りに彼は、えんじ色のポーラの上衣《うわぎ》の内ポケットから名刺を取出した。

「こういうものです。……今後ともよろしく」

「まあ、それはごていねいに」

治子はちょっと目を見張って名刺を受取り、改めて彼を眺めた。治子の深い眸《ひとみ》には、好意的な微笑が浮かんでいる。鼻筋の通った細面《ほそおもて》のすっきりした印象は、約五年前と少しも変っていない！

彼はまためまいのような動揺に襲われながら、あわてて視線を外《はず》した。信之の肩にもう一度手をかけてから、

「どうも失礼しました」

声がかすれていた。

車が道路へ出る時、バックミラーの中に、手をつないで見送っている治子と信之の姿が映った。

だがそれが消えた途端、突然生々《なまなま》しく彼の脳裡《のうり》に蘇《よみがえ》るものがあった。

カーテンで仕切られたうす暗い空間。白いシーツを貼《は》りつけたベッドと、一脚の椅子《いす》。正面の壁に、とってつけたように、安手なヌード写真が二枚貼られていた。

医師に促されてその中へ入った彼は、おずおずとベッドに腰をおろした。彼の左手には試験管が握られ、右手はこれからしなければならない作業のために、ゆっくりとズボンのベルトをゆるめていった……。

あの試験管のガラスの感触が、今もありありと彼の掌《てのひら》に残っている。

彩場治子の名を、それとは知らず偶然彼に教えてくれたのは、当時あの医院に勤

めていた彼の親戚《しんせき》の看護婦だった。それで彼は、五年前一度だけ、信之を抱いて退院する治子をひそかに見た。そして今日も──歳月と長い地理的な隔《へだた》りを経て、少しの間治子に会い、そして信之を確認するだけのつもりできたのだ。道を尋ね、車をターンさせる間のさりげない接触……。

それなのに、なぜ名刺など渡したのか。あれは彼自身にも予定外の、咄嗟の行動であった。その上「今後ともよろしく」とまでいった。

そのことばの底にひそむ自分の心理に、彼はふと空恐ろしいものを感じた。

2

「また手がちがう。右手！」

ベーコンエッグとブロッコリーのソテーを、交互に黙々と口に運んでいた彩場弘之は、つと信之に視線を移すなり、きびしい声でいった。

「右手だよ。スプーンを持ちかえなさい」

それで信之はチラと上目使いに父親を見、それから渋々のように彼のことばに従った。

「でも、進一君は、左手でお箸《はし》持って食べるよ」

ことさらやりにくそうに右手でスープをすくいながら、信之は幼稚園の友だちの名をあげて口を尖《とが》らせた。

「それは親が無頓着《むとんじやく》だからだ。今直しておかなければ、大人《おとな》になって苦労する」

「だけど、先生だって、両方使えるようになればいいっていっていたよ」

弘之は苛立《いらだ》たしげに舌打ちした。

「近ごろの若い先生は無責任なことをいう」

治子に向かって呟《つぶや》き、もう一度信之に何かいいかけたが、不機嫌《ふきげん》な目をカフスの下の腕時計に移した。

「ああ、もうこんな時間だ」

ナプキンで口を拭《ぬぐ》うと、もう信之は見ずに食堂を出ていった。治子の亡父の後を継いで、住宅建材のメーカーであるミズキ合板株式会社の社長をしている弘之は、毎朝八時に自分の車で家を出、八時半には市の東部にある会社の社長室に入っている習慣であった。

信之も幼稚園に送り出したあと、治子は居間のソファにしばらくぼんやりと腰をおろしていた。かすかに黄ばんだ芝生の庭に、うす曇の空から十一月末近い弱い陽《ひ》射《ざ》しが落ちている。

治子の心は、暗い予測に沈んでいた。

信之はやはり夫の子ではなかったようだ……。

五分五分という医師のことばに、実は五分以上の望みを託して信之を見守ってきたこの五年間だったが――筋肉質のがっちりした体格、一重瞼の目が少しはれぼったい、素朴《そぼく》だが意志的な感じの顔立ち……子供ながらに信之が備えている特徴は、全体に華奢《きゃしゃ》で都会的なタイプの弘之とは、対照的なものばかりであった。だからちょっと見ても、まるで似ていない。それに加えて、最近の信之の、左利きや近眼の徴候……。

だがそのこと以上に、治子の心に将来への底知れぬ不安を投げかけるのは、信之が自分の胤《たね》ではないらしいとわかってからの、弘之の微妙な変化であった。信之の左利きを直そうとする彼の態度は、ほとんどヒステリックな時さえあるし、そんなあと、彼はいいようもなく索莫《さくばく》とした眼差《まなざし》で信之を眺めている。

一年ほど前までは、あれほど子煩悩《こぼんのう》であったのに……。

そして最後に、治子は絶望的な疑惑に行き着くのだ。自分たち夫婦は、まちがったことをしたのではなかっただろうか――？

彩場弘之と治子は、九年前、治子の父水城謙介《みずきけんすけ》の勧めで結婚した。ミズキ合板は謙介が創立した会社で、彼は社員の中から、弘之を一人娘の婿、ひいては自分の後継ぎとして選んだわけであった。確かに謙介の眼鏡《めがね》に狂いはなく、治子の結婚後四年目に彼が病死して弘之が社長に納まって以後、プレハブ産業の伸びもあって、ミズキ合板は飛躍的に発展し、中小企業とはいえ、地元では業界随一といわれるまでに成長した。

だが、問題は家庭内にあった。

結婚後まる三年、治子に妊娠《にんしん》のきざしがないと、謙介は娘夫婦に専門医の検査を受けるように勧めた。中国地方にある人口五十万のこの市には、特に信頼される大学病院もなかったため、謙介は二人の承諾も得ないうちに、自分の友人の開業医に検査を依頼してしまった。城之内《じょうのうち》産婦人科は、確かに市内では評判の名医だったが。

検査の結果は、意外なほど明白に出た。まず弘之は精子減少症（正常人では一㎖当り六千万個以上ある精子が、彼には二千五百万個しかなかった）および、治子の側にも、粘液栓《ねんえきせん》通過不全という障害があった。これは、平常子宮の入口には細菌の侵入を防ぐための粘液栓ができているのだが、排卵期にはそれが水様透明になって精子を迎え入れるのが正常である。治子の場合、その通過がやや不全というわけであった。

これではいくら待っても、二人の間に子供は期待できない。

城之内医院で人工授精を受けることを最初に提案したのも謙介であった。後から思えば、当時彼はすでに癌《がん》に犯されており、無意識のうちにも孫を望む気持は人一倍強まり、それがともかく自分の血を引くものなら満足と考えていたようである。

弘之は義父の勧めをほとんど抵抗なく承諾した。謙介の在世中は、社内でも家庭内でも彼のことばは絶対であったし、弘之にしても、どうせ自分の子がつくれないのなら、せめて妻の血のつながりのある子供の方が、よそからもらう養子よりいいと、単純に割切った。人工授精児には「半養子」という呼び名がある。養子より半養子を望むほど、弘之は妻の治子に満足していたともいえる。

だが実際は、弘之にとって、「半養子」以上の可能性を蔵することになった。

最初城之内院長は、数は少なくても弘之に精子があるので、それをもっとも活性の良好な状態で治子に授精する、いわゆるＡＩＨ（配偶者間人工授精）を行なった。が、これは成功しなかった。やはり弘之の精子の状態が悪い上、治子の身体《からだ》がもともとあまり妊娠に適さなかったからと考えられた。

そこで次に、ドーナー（外部の精子提供者――これは院長の判断で、弘之夫婦には秘密裡に選ばれ、精子が採取された）の精液と、弘之の精液を混ぜて治子に授精させるという方法がとられた。

この結果、治子は妊娠した。だがこの場合ドーナーの精子による妊娠なのか、弘之の胤《たね》を身籠《みご》もったのかは、おのずから不明であった。子供の成長を待って、肉体的な特徴から推《お》し測《はか》るしかないわけで、弘之にとって「半養子以上の可能性」という意味がそこにある。

皮肉なことに、謙介は孫の顔を見ずにこの世を去ってしまったが、弘之は信之を溺愛《できあい》した。その様子からは、たとえ信之がドーナーの胤とわかっても、父子関係にヒビが入る心配はないのではないかと思われたほどであった。

だが、人間の心は、状況の変化に対して、本人自身さえ予測できない反応をしめすもののようである。

信之の容姿に、どこの誰《だれ》ともつかぬ男の面影《おもかげ》を見出すようになってから、弘之の態度が次第に硬化しはじめた。豹変《ひょうへん》したのではなく、これまでと同じ姿勢の中に「努力」が感じられるようになった。

やがてその努力すら、徐々に崩れはじめた。家庭内で、弘之は段々無口になり、たまに口を開けば苛立《いらだ》ちをむき出しにした喋《しゃべ》り方になっている。彼自身やり場のない何かを持てあましているのかもしれない。

血のつながった親子でも、似ていないことはある。父が右利きで、子供が左ギッチョという場合もあるだろう。だがそんな時、実の親なら、あれほど苛立たしげに、まるで何かけがらわしい性癖でも発見したかのように、まだ幼い子供を咎《とが》めたりはしないであろうに。

弘之が実の父親であれば、と考える時、反射的に治子の心を掠《かす》めるべつの想像があった。

信之の本当の父は、どんな人なのであろう——？

それを知るすべは、恐らくもう永久にないと思われる。昨年城之内院長は病没し、五年以上経過したカルテは焼却されると聞いている。

だが、信之の父は、必ずこの世間のどこかに存在しているのである。しかし彼自身も、その事実は知らないはずだ。授精を受ける女がドーナーを知らされないと同様に、ドーナーにも提供する相手の女性は秘匿《ひとく》されることになっているのだ。治子が人工授精で出産した事実すら、直接の関係者以外には秘密にされている。いうまでもなく、信之の将来を考えての配慮である。

捜し出すすべはなく、たとえめぐりあっても互にそれとわからないという現実が、かえって治子の想像を羽ばたかせたのかもしれなかった。

信之を中に置いて、夫との間が気拙《きまず》くなるにつれ、治子は時折、信之の姿からドーナーの面影を還元してみるようになった。幻は自由に描かれ、際限なく美化された。

そんな時、ともすれば治子は、子供についての心配事を、同じ実の親たる夫に相談する若妻のような心理に陥っている。（信之は段々あなたに似てきて困ってしまうの。主人の気持を昔のように戻《もど》すには、どうすればいいのかしら……？）

この時、電話のベルが鳴り響いた。治子は我に返ってソファから立ち上り、マントルピースの方へ走り寄った。

「もしもし」

「もしもし、彩場さんでいらっしゃいますか」

低いが艶《つや》のある男の声が、遠慮勝ちな口調で訊《き》いた。

「はい、さようでございます」

「奥さまですか」

「はい」

相手はちょっと黙っていたが、

「実は、私は武藤と申しまして……信之君はお元気ですか」

「はあ」

男はまた沈黙した。治子は夫の友人かと考えながら、

「あの、何か……？」

「いえ、それだけうかがえばよろしいのです」

「は？」

「奥さん、あなたと信之君のお幸せを祈っていますよ」

「あの……失礼ですが、あなたはどなたでしょうか」

「いえ、気になさらないでください」

「でも……」

再び沈黙。かすかに息使いが聞こえる。突然大きく息を吸いこんだかと思うと、

「奥さん」

相手の口調が改まったように感じられた。

「実は、私は、約六年前、城之内医院で――」

この時チーンと電話が切れた。公衆電話の通話時間が終ったのか、何か別の原因

で切れてしまったのかは判然としなかった。

治子は呆然《ぼうぜん》と立ちつくしていた。最後のことばは途中で切れたが、治子には相手のいわんとしたことが直感的に推察された。

目の前がくらむような衝撃《しょうげき》の中で、それでも彼女の手がすぐに受話器を戻したのは、無意識に、再びかかってくる電話を期待していたからかもしれなかった。

3

「何かおありになったの？　今夜のあなたは少しおかしいわ」

性急に果てたあと、盛り上りの谷間で顔を休め、荒い呼吸を繰り返している弘之の後頭部をふっくらとした指先で撫《な》でながら、加根子が耳元で囁《ささや》いた。弘之より七つか八つも年下の、だからまだ二十七、八なのに、加根子は小柄だが豊満な肉体の中に、男を包みこむような優しさを蔵しているようだ。実際弘之は、理屈抜きで、ほとんど生理的に加根子に甘えている自分を感じる。彼女にマンションを買い与えたのが、信之の問題で家庭に違和感を覚えはじめた時期と一致しているのも、偶然ではなかっただろう。それまでの質素なアパートから、マンションに移り住んでからも、加根子はクラブ勤めを続け、自分から弘之に金銭的な要求を出すことなど一度もなかった。

「なまじ期待があったから、かえって悪かったのかなあ……」

弘之は一人言《ひとりごと》のように呟《つぶや》いて深い溜息《ためいき》を洩《もら》した。無論信之の問題である。あるいは自分の子が生まれるかもしれないと考えていたことが、そうでないとわかった時、反動的に自分の気持を信之に抵抗させてしまった。

「でも信之ちゃんに罪はないわ」

加根子が一層優しく、弘之の髪を撫でた。

「それに信之ちゃんは、あなたを本当のお父様と信じきっているのでしょう？」

加根子は、信之の事情を知っている。三か月ほど前、珍しく泥酔《でいすい》してマンションへ寄った夜、弘之が胸のつかえを吐き出すような思いで喋ったからだ。口に出したキッカケは確かに酒の酔いであったが、もともと弘之の心が加根子に傾斜した原因には、信之をめぐる鬱屈《うっくつ》が作用していたのである。

「そうだ。信之に罪はない。だからぼくも、これまでと同様あの子を愛しているはずなんだが……しかしねえ、加根子、家の中で自分だけが他人だという意識は、やりきれないものなんだよ」

「他人……？」

「そうじゃないか。治子と信之とは血がつながっている。しかしぼくは他人なのだ。そしてあの子の本当の父親は、どこかで生きている……」

ドーナーの存在を思い浮かべる時、弘之はいいようもない疎外感《そがいかん》に襲われる。それはやり場のない嫉妬《しっと》や屈辱《くつじょく》や憎しみすら混りあった冷え冷えとした孤独で、やや神経質な面もあるが一体に物事を合理的に割りきれると信じていた弘之には、生れてはじめて出会う陰湿な感情であった。妻と血がつながっているなら、まるきり他人の養子よりいいと単純に考えた自分が軽率だった。いっそ養子なら、親子三人互に他人と割りきって、そこから新たな愛や労《いたわ》りが生れたかもしれない。少くとも、自分だけが疎外感に悩まされることはなかっただろうに……。

「そんなふうにお考えになってはいけないわ。ドーナーはどこの誰だかわからないんでしょう？　それなら、いないのと同じことじゃありませんか。それに、例えばもしほかにあなたの本当の……」

いいかけて加根子はハッとしたように口をつぐんだ。

「いいえ、そんなこともないわけですから、やっぱり信之ちゃんは、たった一人のあなたの大事なお子さんですわ」

「うむ……」

いわれればその通りなのだ。仮りにもせよドーナーを発見する方法もなく、つまりもはや後戻りするどんなすべも残されていない限り、結局はこれまでの努力を続ける以外に道はないだろう……。

いつも同じ地点に戻りつくくせに、弘之の心は堂々巡りを繰返す。それだけ不安定に揺れ動いていた。

「あーあ」と弘之は終《しま》いに冗談《じょうだん》混《まじ》りの大溜息を吐き出すと、再び加根子の中に耽《たん》溺《でき》する姿勢をとった……。

深夜すぎて家に帰り、翌朝はいつも通り八時半に社長室へ入った弘之に、秘書課の女子社員が近づいてきた。

「お早うございます。——昨日、社長がお帰りになりましてから、玄関の郵便受に入っていたものなのですが」

拭《ふ》きあげられたデスクの上に、一通の封筒《ふうとう》を置いた。どこにでもあるハトロン紙の封筒で、表に「彩場弘之殿」と角張ったペン字で記されているが、住所はなく、切手も消印もついていない。つまりその封書は、直接差出人の手で会社のポストに入れられたと想像されるのだ。

裏を返してみたが、白紙であった。

秘書課員が出ていくのを待って、弘之は封を切った。中は便箋《びんせん》一枚、封筒と同じ男文字らしいペン書きで、内容は、

〈拝啓、突然で失礼ですが、あなたの奥様は、目下ある男性と非常に親密な間柄にあります。実は私は、その男性の家族からの依頼で彼の行動を調査した結果、奥様との関係をつきとめました。そしていらぬお節介《せっかい》のようですが、あなたに一言注意しなければいられない気持になったのです。というのは、二人の話の様子では、その男性は、約六年前奥様に精子を提供したドーナーらしいのです……〉

ここまで読んで、一瞬弘之は息をのんだ。同じ箇所を、視線がいく度も往復した。

〈……単なる浮気ならまだしも、相手がそういう立場の人物では、平和なご家庭に破滅をもたらす原因ともなりかねないと考え、思い切ってお知らせする次第です。どうか慎重に処理されますよう、お祈りいたします。敬白〉

4

彩場治子と向かいあって、ソファに浅く腰かけた武藤行男は、左手でスプーンを

つまみ、静かにティーカップの中を混ぜていた。このところ連日の重苦しい空模様で、レースのカーテンをおろした彩場家の応接室はややうす暗く、治子の化粧品の香料が染《し》みた生温い空気が満ちている。

「信之君の幼稚園は、ここから遠いのですか」

遠慮がちに目を伏せた武藤は、紅茶を混ぜただけで口はつけず、庭先へ視線を移しながら低い声で訊いた。上背があり、肌《はだ》が褐色《かつしよく》に近く日灼《ひや》けしているために、一見屈強な感じだが、細い鼻筋やひきしまったうすい唇《くちびる》などを見れば、むしろ優雅な顔立ちといえる。すぐに信之との類似点を見出すことはできないが、肩幅のある逞《たくま》しい体軀《たいく》は同じタイプだろうか。それと、一週間前はじめて会った時から気がついたことだが、武藤は確かに左利きであった。思いのほか若い。まだ二十六、七に見えるが……。

「信之の足で歩けば大分ありますが、通園バスが近くまで来てくれますから」

「では、二時すぎには帰っていらっしゃるわけですね」

武藤はやはり低い、抑えた感じの声で話した。そのせいか、年齢や外見より老《ふ》けて地味な印象を与える。

「そうですわね。いつも二時十五分くらいでしょうか」

「それでは、そろそろ失礼しなければ」

彼は右手首に巻いた腕時計をのぞき、ソファにかけた腰を一層浅くした。

「やはり信之君にはお会いしない方がいいような気がしますから。——大体、今日はお寄りすべきではなかったのです……」

自分から治子の前に姿を現わしながら、始終その行為を恥じているように大きな肩をすぼめている武藤を見ると、治子は奇妙な痛々しさに胸を揺すられた。一週間前に知ったばかりというのに、六年前の経緯《いきさつ》を思うせいか、不思議な親近感さえ湧《わ》いてくる。

武藤が突然電話をかけてきたのは、ちょうど一週間前の朝で、公衆電話からかけたのか、途中で通話が切れてしまうと、五分ほどしてまたベルが鳴った。

「私は武藤行男と申しまして、東京に住んでいるのですが、仕事の関係で少しの間こちらへ参っているのです」

二度目の電話は落着いた話しぶりだった。

「さっき、六年前城之内医院で、とおっしゃいましたわね」

治子の方がうわずっていた。

「そこで切れてしまったのですが、もしかしたらそれは……」

「そうなのです。率直にいえば、私があの時のドーナーでした」

「まあ……」

「どうしてお相手があなただとわかったかは、折があればお話しますが……ただ私は、この町へ来た機会に、奥さんや信之君がお幸せでいらっしゃるかどうか、それだけ知りたいという気持を抑えきれなくなりまして……」

「………」

それから彼は、絶句している治子に、もし迷惑でなければ、治子にだけわずかの時間会えないだろうかと申し出たのだ。

治子に逡巡《しゅんじゅん》がなかったわけではない。だが、武藤の電話の印象が礼儀正しかったことや、会おうという場所が、明るい商店街の中の「ロザンヌ」という家庭的なムードの喫茶店であったことも、治子の警戒をうすめた。いや本当は、たとえどんな状況であったにせよ、治子の心は「ドーナー」のひと言に抗《あらが》いきれなかったかもしれない。治子が、レンガ色のコートを羽織っていくからというと、武藤は、いや、奥さんの顔はこの五年間片時も忘れたことはなかったと答えた。「ロザンヌ」で向かいあった武藤行男は、年齢こそ治子の想像以上に若く、タフガイといったタイプに見えたが、遠慮勝ちで礼儀正しい印象は電話と変らなかった。黒っぽい背広も、おとなしい感じを与えた。

「私はもともと鳥取の方の出身で、大学まではこの町にいました。城之内先生とは、姉の主人が遠縁に当る関係で……あれは昭和四十×年五月ごろでしたかねえ」

武藤は治子が人工授精を受けていた時期の年月を口に出した。それは四十×年三月から開始され、月経周期三回目に成功して、七月に妊娠が認められたのであった。

「信之君は、ずっとお元気でしょうか」

「はい、お蔭様《かげさま》で……」

「ご家庭も、ご円満なのですね？……いや、これは不躾《ぶしつけ》な質問になりましたが」

「いえ」と治子はかすかに首をふって口をつぐんだ。真摯《しんし》な眼差で見つめられた時、治子は思わず何かを訴えたいような心弱さを覚えたが「不躾な質問」という相手のことばに、かえって自制を取戻した。

が、武藤は治子の沈黙に満足したふうで、「いや、これで思い切ってお会いした甲斐《かい》がありました。——実は私も学生時代は城之内先生にいろいろお世話になったのですが、卒業後は、東京の大手の建設会社に就職できましてね。家庭を持ち、子供ができますと、その子を見るたびに六年前のことが思い出されまして……失礼な想像ですが、もしあなたや信之君が何かで苦労しておられて、私でお役に立つことでもあればと考えて、お電話したわけなのです。しかしあなたのご様子を見てすっかり安心しました」

「………」

「私はまだしばらくこちらにおりますが、もうお目にかかることはないと思います。もちろん信之君にも、決してお会いしないつもりです。どうか私のことはお忘れください」

一気にそれだけいうと、武藤は伝票を持って立ち上った。

「あの、でも……」

思わず引きとめたい衝動に駆られている治子の目を、武藤ははじめて強くのぞきこんで、

「奥さん、お幸せを祈ります」

そのまま大股《おおまた》に喫茶店を出ていった……。

それだけに、今日の昼下り、ひっそりとした庭先に、ひょっこり武藤が姿を現わした時には、治子はドキリとするような胸の高鳴りを覚えた。偶然通りかかったので、つい、という武藤を、応接間に招じ入れた。

勧められて上ったものの、彼は立ち去ることばかり考えているように見えた。そ

れがかえって治子の気持をひらかせる結果になった。

「信之が帰ってくるまでには、まだ三十分以上もありますわ」

治子は微笑した。

「お茶でも淹《い》れ直しますから。それに、どうしてあなたが私と信之をお知りになったのか、それをまだうかがっていませんわ」

「ああ、それは……」

武藤は照れたように苦笑して目を落とした。

「城之内先生から依頼を受けた時、相手の女性の名を教えてくださるならという条件を出したのです。責任といってはおこがましいのですが、とにかく知るだけは知っておきたいという気持で……最初は先生も躊躇《ためら》っておられましたが、ほかに適当な男性がいなかったらしく、渋々あなたのお名前だけ教えてくれたのです。——そのまま気にしないつもりだったのですが、やはり心にかかって、出産予定日を調べ出し……その日は眠れませんでしたね。それから一度あなたの入院中に、医院の廊下ですれちがったのですよ。もちろんあなたは何もお気づきにならなかったでしょうが……」

「まあ……」

治子は頬《ほお》がほてるのを覚えた。なぜか奇妙に若やいだ恥じらいが、身体の奥を走った。

「しかし、あの時だけで、二度とお目にかからない決心だったのですが……」

ふいに武藤は顔をあげた。

「私はやっぱり失礼します」

先日の喫茶店と同じに、立ち上るなり足早やに部屋を出た。治子も追うように玄関へ出た。

靴に足を入れながらドアまで行き、彼はいったんノブに手をかけたが、急にふり返った。

「ああ、ちょっと——」

軽く片手をあげてまた靴を脱いだのは、何か忘れものをしてきたという感じであった。

応接間に戻った武藤は、マントルピースに手をかけていた。が、それは何かをとりあげたのではなく、ポケットから出したものを置いたのである。黒い革張りの箱形で、トランジスタラジオかカメラのように見えた。

その様子を、治子はなんとなく眺めていた。

彼女がはじめてハッとしたのは、武藤がレースの上からオレンジ色の厚いカーテンを閉め、向き直った瞬間である。オレンジ色に染ったうす暗い空間を隔てて、治子と武藤の視線が絡《から》みあった。男の目には、これまで見せたことのない、異様な昂《たか》ぶりが燃えていた。それでいて、唇の端に酷薄《こくはく》な笑いが浮かび出ている。

武藤は少し手をひらく恰好《かっこう》で、ゆっくりと歩み寄ってきた。

治子の全身から血が退いた。声も出ない突然の恐怖の中で、治子は、さっき武藤が玄関に出たのは、オートロック式のノブに施錠《せじょう》するためであったと、ぼんやりと気づいていた。

5

彩場弘之が、差出人不明の手紙を二度目に受取ったのは、十一月二十九日、第一便からほぼ一週間が経過した時であった。

最初の手紙は、治子の不貞をほのめかし、相手の男が六年前のドーナーであると伝えてきた。「ドーナー」の文字は彼を驚愕《きょうがく》させ、あるいは狼狽《ろうばい》させもしたが、結局彼はこれという行動をとらずに一週間を過した。

手紙を受取った当初は確かに激しく動揺したものの、さすがに弘之も男で、いざ現実に「ドーナー」の出現にあうと、かえって冷静な気構えが生れた。半信半疑だという印象もあった。

ともかく、まずそれとなく治子の様子を観察してみよう。その上で、不審があれば興信所にでも調べさせることだ。確たる証拠を摑《つか》む前にこちらの手の内をさらすのは得策でないと計算した。

だが、治子にこれという変化を見出すことはできなかった。全体に物思わしげで、自分を避けるような素振りも時折感じられるが、それはとりたてて最近はじまったことではない。信之が弘之の子ではないらしいと判明しはじめて以来、弘之の微妙な揺れ動きに、治子が敏感に反応したのであることは、彼自身にもわかっている。その上二日前から、治子は風邪《かぜ》気味だといって休みがちなので、一層観察がむずかしくなった。

あやしみ、苛立ち、迷いながらも、弘之は仕事の多忙にとりまぎれた。ちょうど、東京に本社のある大手商社のハウジング部門と、大口の契約が成立しかけている時期であった。ほかにも一つ問題を抱えていた。

二度目の手紙は、そうした一週間の後に投げこまれた。

第一便と同種の封筒、同じ筆跡、そして裏はやはり白紙──。

〈拝啓、あなたが手をこまねいておられる間に、事態はますます悪化しました。明日十一月三十日午後一時に、ヒルサイドホテル三〇九号室をお訪ねになれば、あなたは疑いの余地ない事実を、目《ま》のあたりにごらんになるでしょう。そこで、奥様と例の男性が密会するからです。

しかしながら、先日も申しあげた通り、私は決してご家庭の不幸を願うものではありません。くれぐれも冷静に行動なさることを、重ねてお勧めいたします。敬白〉

6

「──決して他意があったのではありません。ただ……奥さんがあまりきれいだったので、思わず自分を抑えきれなくなってしまったのです……」

あの翌日、つまり昨日の夕方、電話をかけてきた武藤の声が、治子の耳朶《じだ》にからみついている。年齢より老けて聞こえる低い声、素朴で誠実そうな話しぶり……。

「許してください、などとおこがましいことはいいません。しかし……お願いです。

もう一度だけ会ってください。明日の十二時半に、ヒルサイドホテルの三〇九号室へ来てください。その時刻なら、あなたは外出できるはずです。——おわびした上で、今度こそ本当に永久にお別れする決心なんです。そうでないと、私は気が狂いそうになって、いっそ何もかもぶちまけてしまいたくなる。奥さん、私にそんなことをさせないでください。どうか私を信じてください……」

信じるものか。もう、決して。

治子は、カーテンの隙間《すきま》から乳色の光がさしこんでくる寝室の空間をジッと見据《みす》えていた。サイドテーブルを挟《はさ》んだ隣のベッドでは、夫の弘之がまだ静かな寝息をたてている。

思えば何と迂闊《うかつ》な自分だったのか。ドーナーというひと言に、呪縛《じゅばく》にかかったように誘い出され、巧妙な心理の罠《わな》にひきこまれ、ついには……ムザムザとこの家の応接間で恥ずかしめられた記憶が甦《よみがえ》るたびに、治子は怒りと屈辱に全身が火のようになり、大声で叫び出したい衝動に駆られる。

計画的ではない。ただ自分が抑えきれなくなったのだと、あの男は電話口で繰返していたが、そんな弁解すら最初から計算された台詞《せりふ》なのだと、今さらのように治子には見透かされる。あの老けた声も、実直そうな話しぶりも擬装にちがいない！

暴行が計画的であったことは、彼がしきりに信之の帰宅時間を気にしていたことや、いったん玄関へ出てドアをロックしてから戻ったことなどから、すでに明白である。それにマントルピースの上に置いたあの黒い箱形のものは――？　それを思うと、治子はまた底知れぬ恐怖に襲われる。武藤は、抵抗力を使い果たし、最後にはなかば気を失ったように床に横たわった治子の身体から離れると、素早く自分は身繕《みづくろ》いするなり、いきなり電灯を点《とも》した。それからあの黒いカメラのようなものをとりあげて……武藤はあの時の自分を写したのだろうか？――その想像は怒りに燃えている治子の身内に、氷のような絶望を走らせる。

あの男は、本性をあらわしたのだ！

とはいえ、彼が自分の身分素性《すじょう》について、治子にそれを調べる余裕も手がかりも与えなかったことに、治子は今さら唇をかむ思いである。治子が聞かされたことといえば、彼の姓名、東京の建設会社から一時出張していること、城之内院長と遠縁に当ること……これらもどこまで本当なのか、何一つ証拠はないのだ。

それに対し、武藤は治子に関して、相当に調べ抜いているようだ。そして電話の最後に、彼はさりげなく匂《にお》わすことを忘れなかった。

「……私はいっそ何もかもぶちまけたくなる。私にそんなことをさせないでください……」

治子はまんじりともせずに一夜を明かした。

暁の光がさしこむころ、治子の心はようやく定まっていた。

敵の狙《ねら》いがどこにあるのか、まずそれを見きわめなくてはならぬ。金か、治子との関係か、それとももっとほかに何か——？

いずれにせよ、相手の要求がわかったら、こちらの限界まで受けて立つ以外に道はないだろう。治子は、何か冷たく固い塊を目をつむってのみくだすような思いで、そう決心したのだ。

もし要求を拒絶すれば、あの男はきっと「何もかもぶちまける」にちがいない。それではこの五年間の努力が水の泡《あわ》になるではないか。

何よりも治子が恐れたのは、もう来春は小学校入学の年齢に達した信之が、自分が人工授精児であり（もちろんすぐにはその意味を理解できないにせよ）、しかも武藤のような男が自分の本当の父親だと知ってしまうことであった。それだけは、なんとしても防がねばならない。

ではもし、相手の要求がどうにも応じきれないような種類のものであったら

——？

一瞬治子は身慄《みぶる》いした。咄嗟《とっさ》に思考に蓋《ふた》をした。その先を考えるのが怖かったからだ。

とにかく、今日の十二時半、ヒルサイドホテル三〇九号室に行かなければならない。武藤は治子が家をあけやすい時間を選んだつもりのようだが、今日は土曜日なので信之は昼まえに幼稚園から帰ってくる。隣家にたのむしかないだろう。

今はあの男と対決するしかないのだと、治子は固く目を閉じて自分にいい聞かせた。


市の北部の小高い山の斜面にあるヒルサイドホテルへ治子が着いた時は、一時十分前になっていた。二十分も遅刻したのは、信之の帰宅が幼稚園の都合でいつもより遅れたことと、昼まえから霧雨《きりさめ》が降り出し、タクシーで街《まち》なかを抜けるのに手間どったためである。

ホテルは三百メートルほどの山の中腹にある古いものだが、町の中心部から車で三、四十分の道のりでいて澄んだ山の空気に浸《ひた》れるし、市街地を一望できるという好条件が揃《そろ》って、週末にはいつもかなり賑《にぎ》わう。もっとも泊り客はその中《うち》どれほどあるかわからないが。

街からホテルへ行く自動車道路は東西二本あって、ホテルの少し手前で合流しているが、その道はさらに山頂の方へ延び、先では山陰まで通じる横断道路工事がはじまっている。そのためか市街を抜けてからも車は時折渋滞した。

治子はホテルへ曲りこむ私道の入口でタクシーをおりた。雨は大粒に変り、真冬のように冷たい風が足許《あしもと》を流れている。

合オーバーの上から白いストールで顔を包んだ治子は、ヒマラヤ杉に囲まれた道を、足早やに歩いていった。一年前の秋、弘之と信之と三人で、同じこのホテルへ夕食に来たおだやかな夕暮れが思い出された。その記憶は皮肉なほど鮮かで、現在の方が夢の中の出来事のような気がした。

昼まえまではうす日がさす天気だったためか、ロビーも、その奥の斜面に張り出した食堂も、思った以上の賑わいであった。昼飯時でもあり、フロアには絶えず人の流れがある。

治子は顔を伏せてロビーを横切り、エレベーターの前に行った。三〇九号室は三階のはずである。幸いケージはあいていたので、すぐに滑りこんだ。

三階の廊下はひっそりとして、少し古びたベージュ色の絨毯《じゅうたん》の上にやわらかな照明がふり注いでいた。エレベーター前のサービスステーションも無人であった。

廊下の両側に並んでいるドアのナンバーを読みながら、治子は奥へ入っていった。絨毯が靴音を吸いとった。

一度鉤《かぎ》の手に曲った先に、三〇九号室は見つかった。ノブに「おこさないでください」と書かれた札がさがっている。

おや、と治子は一瞬思ったが、それは多分、邪魔を入れず治子と二人だけで話そうという武藤の意思表示であろう。

相変らず廊下に人気《ひとけ》のないのを確かめてから、治子は思いきってノックした。心臓が早鐘のように打っているが、迷いはなかった。こうすることだけが、信之を守る道につながるのだ。

二度ずつ、数回ノックしたが、応答はなかった。

治子は安堵《あんど》と当惑を同時に感じた。腕時計はあと少しで一時を指そうとしている。武藤はもう治子が来ないものと思って、帰ってしまったのではないだろうか。まさか本当に眠っているわけではあるまい。

だが、治子はすぐまた別の想像をした。ドアに札をかけ、ノックしても答えないのは、外部への警戒で、治子だけはいきなり入ってこいという意味ではあるまいか。するとそうにちがいないと思われた。それは武藤の開き直ったような狎《な》れ狎《な》れしさを連想させもする。

治子はノブに手をかけてみた。

ドアは開いた。

カーテンをおろしたうす暗い室内。明りはなく、人が起きているには暗すぎる感じだ。人の気配もない。ではやっぱり帰ってしまったのか。

白いカバーをかけたダブルベッドが見える。電話機と水差しを置いたナイトテーブル……時代ものの肱掛《ひじか》け椅子《いす》……誰もいないことを確認するために視線を移しながら、治子の目は咄嗟に「異常」を読みとっていた。家具がどれも歪《ゆが》んでいる。少しずつ、だが確かに不自然な角度に……無意識に一歩踏みこんだ治子は、大きく息を吸いこんで棒立ちになった。

椅子の向う側に、一人の男がうずくまるようにして倒れていた。椅子と壁の間の狭い場所で、背中を丸め、腰をねじった苦しそうな姿勢のままじっと動かない。

顔は見えないが、治子には一目でそれが武藤だとわかった。黒っぽい背広と後の生え際の感じに憶《おぼ》えがあったからである。

次に治子の目をとらえたのは、男の胸の下あたりにあふれ出ている、どろりとした液体の溜《たま》りであった。

どれほどか、治子はその場に立ちつくしていたが、やがて宙を踏むような足どりで廊下に出ると、後手にドアを閉めた。エレベーターの方向に走り出すことができたのは、まだどれほどかの後であった。

全速力で駆け出したいのを懸命にこらえて、治子は小走りにロビーを抜けた。まだ一時すぎというのに、外は夕暮れのような昏《くら》さになっている。風が吹きつけるたびに、白い雨の幕が斜めによぎった。

治子は一瞬迷ったが、すぐに雨の中へ歩き出した。一秒も早く、一メートルも遠く、このホテルから離れたい。が、車を頼んだりすれば、従業員が治子の顔を見憶えるだろう。

私道から外の道路に出ても、歩いている人などは一人もなかった。ライトを点した車が飛沫《しぶき》をあげて走りすぎる。

必死で歩き続けながら、治子は自分の身体が慄えているのを感じた。膝《ひざ》がガクガクし、奥歯が音をたてている。それでいて衣服の下はジットリと冷たい汗に濡《ぬ》れ、それが一層寒さを煽《あお》った。

治子の脚《あし》は次第にもつれはじめた。雨のせいだけでなく、視界がせばまり、かすんでいくような気がした。下り坂なのに、呼吸が迫った。気を失うのではないかと、すでにぼんやりとした意識で感じていた。

この時——後からきた灰色の大型車が、道路の左端を歩いていた治子に密着して停った。ハッとして振向いた治子の前に、運転していた男が腕をのばして助手席のドアを開けた。

「よろしければ、お乗りになりませんか」

治子に躊躇《ためら》いの余裕はなかった。

シートに凭《もた》れると、ヒーターの温《ぬく》みに全身が溶けていくような気がした。

「すみません、本当に……」

かすれた声で礼をいうのがやっとだった。

だから治子は、運転席の男を、いつか見たことがあったとは、少しも気づいていなかった。

7

ヒルサイドホテル三〇九号室から、若い男の変死体が発見されたのは、十一月三十日午後八時半であった。

発見のキッカケは、「二、三時間休憩したい」といって正午すぎチェックインした客が、ドアに「おこさないでください」の札をさげたまま八時をすぎても出てこない。フロントからの電話にも応答がないため、ホテル側が不審に思い、ノックの上ドアを開けてみたからである。（ドアは施錠されておらず、キイは室内のロッカーの中の釘《くぎ》につるしてあった。ヒルサイドホテルは古い建物で、客室のドアはオートロック式ではなかった）

男は黒っぽい背広姿で、左胸にワイシャツの上から登山ナイフが突き刺さっていた。室内は、テーブルや椅子の位置がずれた、やや乱れた感じで、男は椅子と壁との狭い隙間に、うずくまるようにして倒れていた。

創傷の部位や程度、着衣の上から刺してあること、室内の状況等々から、自殺とは考えにくく、殺人事件と見て捜査が開始された。

男はチェックインのさい、「武藤行男」と記入していたが、これは偽名で、身許《みもと》はすぐに知れた。背広の内ポケットに運転免許証が入っており、写真から本人のものと判明したからである。

内藤敏男、二十八歳。住所は市内昭和通り三。

勤務先も間もなくわかった。財布やチリ紙などといっしょに、カラの封筒が一枚出てきて、その裏に「富永建設」の印刷があった。刑事が問い合せた結果、確かにうちの社員だという回答を得たのである。

富永建設は、市内の中規模の土建業者で、主に関谷組の下請けをやっている。関谷組は、この地域ではAクラスにランクされる総合建設会社である。内藤は高校を中退して、三、四年は大阪の方へ行っていたようだが、帰ってきてからはずっと富永建設で働いていたらしい。

さて、現場ホテルでの事情聴取で最初に浮かんだ手懸《てがか》りは、内藤が三〇九号室で誰か女性を待っていたらしいという点であった。これは、内藤が「武藤」の名でチェックインしたさい、ルームに案内したボーイに、後から女が訪ねてくるかもしれないといったことを、チラリと洩らしたことから推測された。昼すぎという時間から、逢引《あいび》きの匂いが強い。

とすれば、その女性が、まず有力な容疑者と考えられた。犯行は相手の隙《すき》を狙えば女性でも可能であると判断された。

市立病院での解剖の結果は、事件の翌日、所轄《しよかつ》K署に設けられた捜査本部へ報告された。死因は、やはり左胸部の刺創による出血多量と考えられる。情交の形跡はない。死亡推定時刻は、三十日正午から午後一時くらいまで。内藤は十二時十五分ごろボーイの案内で三〇九号室に入っているから、それから間もなく殺害されたわけである。

Ｋ署の警部補高村了介は、主に被害者の人間関係を洗う〝識鑑捜査〟のグループに加わっていた。彼が後輩の赤司刑事をつれて、関谷組の現場事務所を訪れたのは、十二月一日昼下りである。

工事現場は、ヒルサイドホテルより数キロ上の山腹で、この四月から着工された横断道路のインターチェンジ地点である。この工区は、全国的な大手会社である松平組と関谷組の共同企業体が請負い、関谷組は富永建設を下請に入れているのだ。

ここへ来る前に、高村たちは、富永建設を訪ねている。だが会社の労務係からの聴取では、大した収穫は得られなかった。内藤が独身で、盛り場に近いアパートで一人暮らしをしていること、社内では、好き嫌いが激しくて付合いにくいという評判もあったが、入社してもう七年になるので、小さな現場では班長をさせていたなどのことを、事務屋タイプの主任が重い口調で答えた。この種の土建会社は、最近でこそ株式会社の形態を整え、内容も近代化されてきているが、ひと昔まえまではいわゆる人入れ稼業《かぎよう》で、ヤクザ組織の色彩が濃かった。その名残《なご》りを留《とど》めてか、社内には警察に非協力的なムードがあるようだ。

横断道路工事がはじまってからは、内藤はずっとその現場に出ていたから、最近のことはよくわからないと、主任は素気《そっけ》なくつけ足した。

「内藤と親しかった人間に一人一人当ってみるしかないでしょうね。ちょうど私の家の近所に、長年富永建設の下請けの大工をやっている爺さんがいるんで、ちょっと尋ねてみたら、内藤は富永建設の菅野という幹部に可愛がられていたという話を聞きましたが」

富永建設を出たところで、小柄な赤司が、長身で猫背《ねこぜ》の高村を見上げながらいった。赤司はまだ三十まえで、高村より十歳近くも若いが、普段は暴力団関係の捜査に当っている気鋭である。

横断道路工事の現場は、赤土をならした上に、橋脚ができはじめている段階であった。ビルほどの高さの橋脚もあれば、低いコンクリートの台の上に鉄枠《てつわく》が組まれているのもある。少し離れた斜面では巨大なブルドーザーや杭《くい》打ち機も活動しているが、全体に人間の姿が少い。それだけ機械化が進んでいるのであろう。昨日の荒天とは打って変り、澄んだ空に陽光があふれていたが、土地が高いだけに風は荒々しい。ブルドーザーの向うで、ハゼもみじが鮮かに紅葉していた。

事務所で尋ねたところ、この現場へは富永建設から大工班とコンクリート班を合わせて三十人あまり来ており、内藤が属していたコンクリート班の班長は、玉井という人物であった。ちょうど事務所にいた玉井は、四十がらみのずんぐりした男で、そばかすの散った人の好さそうな顔の上に、若草色のヘルメットをかぶっていた。

「内藤とは私は個人的にはそう親しくなかったんですが、仕事はよくやっていたようです。まさかあんなことになるとはねぇ……」

事務所の隅で高村と赤司に挟まれた恰好の玉井は、カーキ色の社服のポケットから煙草《たばこ》を取出しながら痛々しそうに眉《まゆ》をひそめたが、内心はさほど深刻に受取ってもいないことが、細い目の動きから察しられた。刑事の事情聴取に対して、警戒的に心を閉ざすものと、逆にむしろ興奮して自分から喋《しゃべ》りたがるタイプとあるが、玉井は後者のように見えた。

「昨日は、彼は休んでいたんですか」

赤司が訊いた。杭打ち機の音に遮《さえぎ》られ、時々話を中断しなければならない。

「朝は来てましたが、この辺では十時すぎから雨が本降りになってきたんで、十一時で仕事を終りにしたんです」

内藤が自分のアパートの前からヒルサイドホテルまで乗ったタクシーは発見されているから、多分彼はここからいったんアパートへ帰り、着替えしてすぐホテルへ向かったと考えられる。

「独身だったそうですが、決った女はいたのだろうか」

高村はやはりまず女に焦点を当てた。玉井は刑事たちを見較《みくら》べてうすく笑った。

「詳しくは知りませんが、その方ではなかなかのやり手だったようですよ」

「ほお……」

「なにしろ、ちょっといい男でしたからね。その上こういう荒っぽい商売してても、一歩外に出ると態度が紳士然としてたっていうのか、おとなしそうに見えたらしくて、大抵の女がひっかかったようですね。一度なんか、大会社の重役の令嬢と婚約寸前までいったって話を誰かから聞いたことがありましたよ」

「なるほど。じゃあ相手は素人《しろうと》が多かったわけかな」

「でも、どこかのクラブのホステスともいい仲だって噂《うわさ》を小耳に挟んだこともありましたね」

「ほお。では最近も女がいたわけだろうね」

「そうでしょうね」

「誰か聞いたことはありませんか」

「さあ……」

具体的な話になると、玉井は少し残念そうに首をかしげた。しばらく考えこんでいたが、結局名前は出てこなかった。

高村はあきらめて、次に内藤がとくに親しくしていた同僚について尋ねた。

「谷口、浅井……」と、今度はすぐに名があがった。みなこの現場で働いているという。赤司が手帖にメモした。

「ここへは関谷組の人も来ているわけでしょう？」

高村は、数人の男が出入りしている事務所の内部を見廻した。白とグリーンと若草色と、ヘルメットの色がさまざまである。外の作業場でも、若草色が一番多いが、グリーンも少し混じっていた。

「ええ、主任と係長と……全部で五、六人ですが……あとは公団の人です」

玉井は白いヘルメットを目で示しながらいった。

「なるほど……」

富永建設以外の人間からも話をきく必要があると、高村は考えている。富永建設内部にも当然様々な人間関係があるだろうから、例えばこの玉井が内藤について語っていることがどれくらい信用できるか、それは第三者に当ってからでなければ判断できないわけだ。

事務所の戸を開けて、グリーンのヘルメットをかぶった三十五、六歳の男が入ってきた。上背はさほどないが、がっしりした体軀で、眉の濃い男らしい容貌《ようぼう》をしている。

「あの人が工務主任ですよ。一応この現場の責任者ってわけです」

白いヘルメットと立ち話しているその男の横顔を見ながら、玉井が説明した。

「関谷組の人なんですね」

「ええ。──野本さんも昔は富永建設にいたんですが、関谷組に引き抜かれ、東南アジアヘダム建設に行ってきたというベテランですよ」

「ほお……」

高村はそこで、玉井の次に、野本と呼ばれたその工務主任に話を聞いてみることにした。赤司は、内藤の同僚から事情聴取するために外に出ていった。

一人一人徹底的に洗ってみるのだ。この現場から、何かが見つかりそうな気がする。というより、高村は、内藤がホテルに訪ねてきた女に殺されたという大勢の見方に、なんとなく反撥《はんぱつ》するものを感じていた。いやそれもさしたる根拠があるわけではなく、ただ彼はどんな事件でも決って、大方の意見とは別の可能性を考えてみる習慣を身につけていた。刑事課にはいつも一人くらいそんな男がいてもいいのではないかと、彼は考えていたのだ。

だが、高村の内心とは逆に、「内藤がホテルで待っていた女」に関する手懸りは、次々に浮かんだ。

まずホテルの従業員三人が、それらしい女を目撃していた。

女は、十二時半から一時の間くらいに一人で入ってきて、エレベーターに乗りこんだようだった。再び女がロビーに姿を見せたのは、一時を少しすぎたころだが、タクシーをたのんだ形跡はないから、ほかの客が乗ってきた車を拾ったか、あるいは歩いて帰ったのかもしれない。来た時も帰る時も、うつむき勝ちで人に顔を見られるのを避けていたような感じ、気忙《きぜわ》しげな足運びなど、フロントマネージャーとボーイ二人の印象は一致している。

容貌、服装についても、目撃者の一人一人がつぶさに憶えていたわけではなかったが、三人の記憶を総合すると、ブルーのコートに白いストールをかぶり、三十歳前後の良家の奥様風、というところまで絞られた。

一方、内藤の一人暮しのアパートからも、有力な手懸りと思われるものが発見された。それは手札大の二枚の女の写真であったが、被写体は同一人で、床にあおむけになり、顔だけ横にそむけている。よく見ればすぐに気づくことだが、髪が乱れ、放心した表情を浮かべ、スカートの裾《すそ》がはだけて、情交直後のような状況が生々しく画面にあらわれている。室内写真で全体にうす暗く、ピントもややぼけているが、三十歳前後のノーブルな顔立ちの女とわかる。

その写真を、ホテルの目撃者たちに見せたところ、三人のうち二人までが、事件の日にホテルに出入りした女に似ていると答えた。そればかりか、フロントマネージャーが、この女性なら以前にも何度か、家族づれで食事に来たことがあるように思うといい出した。

そのことばがキッカケになって、改めてホテル内部に確かめた結果、女の身元が浮かんできた。ミズキ合板社長の妻、彩場治子の名を躊躇《ためら》いがちに口に出したのは、副支配人であった。

8

「——確かに、私はあの男と関係がございました。武藤という名を使って接近してきて、私がちょっと気を許した隙《すき》に、暴力で関係を結ばせられたのでございます。

事件の日も、前日から電話で呼び出されて、三〇九号室へ参りました。でも、私はあの男を殺しておりません。私が行った時は、すでに死んでいたのです……」

ほとんどの葉が黄ばんで落葉しかけたプラタナスを、署の汚れた窓ガラス越しに眺めながら、高村了介は彩場治子の供述を反芻《はんすう》していた。

彩場治子は昨日の夕方K署に召喚された。彫りの深い知的な顔を蒼白《そうはく》に硬張《こわば》らせた治子は、最初内藤敏男などという男は知らないと主張していたが、捜査一課長に、内藤のアパートにあった二枚の写真を見せられると、一瞬大きく息を吸いこみ、次には顔をそむけて大粒の涙を頰にあふれさせた。

が、やがて観念したのか、意外に静かな声で、彼との関係を告白したのだ。

約半月前、街なかの喫茶店「ロザンヌ」で偶然知りあった。一週間後、突然家に訪ねてきて、この時ふとした隙に暴力で組み伏せられ、関係を結ばせられた。事件の日はその前日電話で誘われ、応じなければ夫にバラすと脅されたので、嫌々《いやいや》ながら出向いた……。

治子は内藤との関係は認めたが、犯行については強く否定した。三〇九号室で死体を発見しながら、そのまま逃げたのは、内藤との関係を世間に知られたくなかったからである……。

治子の容疑は濃厚であったが、夜半すぎに一応帰宅が許された。逮捕状請求には今一歩ウラを取る必要があるし、一方治子に逃走の恐れが認められなかったからである。

本部の空気はほぼ七・三で、治子の犯行に傾いている。が、少数意見にも無視できないところがあった。その最大の理由は、内藤の胸に突き刺さったままであった登山ナイフが、内藤の持物であると判明したことである。

男の心臓部を正面から襲うことは、女にも必ずしも不可能ではないかもしれないが、それは女があらかじめ凶器を隠し持ち、相手が無防備の状態や、隙をついた場合にのみ成立するのではないか。ところが、治子が三〇九号室にいた時間は、長く見ても十五分程度と考えられる。そんな短時間で、しかも情交の形跡もないのに、治子が内藤の持物を奪って凶行することができたかどうか。

高村は最初から「女の犯行」に疑惑を抱いていたが、治子を見て一層その考えを強くした。その理由は、もう一つ別のところにあった。

あの理知的で貞淑《ていしゅく》そうにも見えた治子が、なぜやすやすと内藤のような男の術中に陥ちたのか。暴力で関係を結ばせられたとのべているが、当然治子の方にも隙があったからであろう。

それほど内藤は巧みな女たらしだったということか。それとも上品で貞淑な外観の下に、女は想像もつかぬ娼婦性《しょうふせい》を隠しもっているのか。

高村は煙草をくわえたが、まだ火をつけなかった。釈然としないのだ。

治子は何かを隠しているのではないか？

中堅の早川刑事が、入ってくるなり大股《おおまた》に高村のデスクに近づいてきたのはこの時だった。

「主任。例の、内藤が以前同棲《どうせい》していたホステスのことなんですが――」

早川は眼鏡の奥の象のような目に、独特のキラリとした光を漲《みなぎ》らせている。それを見ただけで、高村には期待が湧《わ》いた。朝の捜査会議のあと、課長は県警へ出向いて、刑事課の部屋はガランとしていた。

「その女が、今は彩場弘之に囲われているのです」

「なに？」

有力容疑者として彩場治子の名が挙ってからも、内藤の身辺には綿密な調査が続けられている。

が、富永建設、関谷組の内部からは、高村の当初の期待に反して、これという線は浮かばなかった。横断道路工事の現場で内藤の班長であった玉井辰造《たつぞう》と内藤とは、あまりしっくりいってなかったらしいが、殺人に発展するほどの深刻な対立は見出せなかった。ほかの仲間との関係も、大同小異であった。関谷組の工務主任野本慎司についても、彼が以前富永建設にいたことや、東南アジアへ行っていたという経歴に興味を感じて、高村は多少突っこんだ調査を行ったが、結局収穫は得られなかった。

野本は五年前関谷組に引き抜かれ、その後関谷組が松平組と共同企業体を組んでマラヤの奥地でダム建設をしたさい、二年間現地でその工事に従事したという。富永建設の時代には、内藤の兄貴分で現在同建設の常務になっている菅野とソリが合わなかったようだが、これもそれ以上後を引くような線は浮かばなかった。

治子と内藤との関係が明るみに出ると同時に、治子の夫彩場弘之にも疑いの目が向けられたことはいうまでもない。アリバイも不明瞭《ふめいりよう》であった。がまた、積極的に弘之を指向するような要素は何一つない。

一方、内藤と関係があったと思われる女は、治子をのぞいて三人あがった。スナックとパチンコ店に勤める二十歳まえの娘二人と、あと一人は内藤より少し年上のクラブホステスで、この女とは二年ほど前、半年近く同棲していた。

「あの女は、何といったかな」

「鈴田加根子です」と早川が答えた。

「ああ。……すると加根子は、内藤と切れてから彩場の女になったのか」

「いや、内藤とも本当に切れていたかどうか。勿論《もちろん》彩場には内緒だったでしょうが」

「では、加根子は彩場に囲われていながら、内藤とも続いていたと仮定する。彩場との関係は、逆に内藤には隠していたのかもしれない。ところが内藤に知られ、話がこじれた揚句《あげく》、自分のことを彩場にバラすとでも脅されたら……」

「しかし、残念ながら、加根子のアリバイは成立しているのですよ。正午から一時といえば、水商売の女には朝飯時になるらしいのですが、加根子もマンションの地下のスナックで飯を食っていた。いつも通り昼すぎに来て、一時すぎまでテレビを見たり、バーテンと無駄話《むだばなし》をしていたと、店のもの三人が認めているんですから……」

「そうだったな」

高村は小さくいく度か頷《うなず》きながら、

「それはそれでいい。とにかくもう一度加根子に会ってみよう」

鈴田加根子の住むマンションは、問屋や倉庫などが続き、奇妙に人通りの少い町筋の外《はず》れにあった。四階建のまだ新しいビルで、一階は美容室と喫茶店になっているが、午前十一時という時刻が半端《はんぱ》のせいか、ひっそりとした感じである。

加根子のいる二〇四号室のドアには、ネームプレートがなかった。

高村がブザーを押すと、大分たってから、「はい」と頼りなげな女の声が聞こえた。


「K署のものですが、ちょっと」

沈黙が流れた。ドアの目の高さについている小さな鏡がカタリと音をたてた。外からは鏡に見えるが、内側には覗《のぞ》き窓の役目を果たすのだ。加根子は訪問者を確かめたようであった。


ようやくドアが開かれた。

藤色《ふじいろ》のガウンを羽織った加根子は、迷惑と警戒をむき出しにしたような表情で、高村を見つめて立っていた。パーマ気の少い真黒《まつくろ》な髪を肩までとき流している。肌に潤《うるお》いのあるふっくらとした丸顔、頰から顎《あご》にかけてのゆるやかな輪郭は、テレビのホームドラマに登場する若妻のような、優しい女らしさを含んでいるのだが、顔色が異様なほど青白いのは、どこか加減でも悪いのか。

「K署の高村というものですが、少しばかり話を聞かせてほしいのですがね」

　またか、というように加根子は古風な一文字の眉を寄せた。渋々「どうぞ」と頬に落ちかかる髪をかきあげながら、奥へ入った。そんな仕種《しぐさ》は、まだ床を離れて間もないふうに見える。

「内藤とは長い付合いだったようですね」

　散らかった感じのダイニングで向かいあうと、高村は少し暗い感じのする大きな目をピタリと加根子に据えた。

「ええ……でも……」

　加根子は落着かなげに首を動かしながら、

「二年も昔のことですから……」

「最近は関係なかったというわけか」

「ええ、全然」

「そうかな。つい先月、あんたと内藤が、街の喫茶店で話しているのを見たという人がいるんだが」

　これは高村のハッタリだったが、加根子はキュッと眉根を寄せた。それから急に何か苦しそうに唇を引きしめたが、うつむいたまま、

「それは……偶然会えばお茶くらいのみましたけど……」

やはりまだすっかり切れてはいなかったのだと高村は睨《にら》んだ。

「ところで、このマンションは彩場弘之氏が買ったものだそうですね」

下をむいているので、加根子の反応は読みとれなかったが、しばらくして「ええ」と答えた声は、不安そうにかすれていた。

「彩場さんとはいつごろからの付合いだった？」

「お客様としてお店にいらしたのは、一年以上前だと思いますけど……私とはまだ十か月くらい……」

「うむ」

半年前彩場がここを買ったことはすでに早川らが調べ出している。彩場の立場なら、気に入った女にマンションを買い与えるくらい、さほどの無理はなかったであろう。

「では彩場さんは、内藤のことは、知らなかったわけだね」

加根子は黙っている。それは高村のことばを肯定しているふうだが、唇をきつく合わせ、衿《えり》もとに手をあてがっている様子は、やはりどこか苦しそうに見えた。

「内藤にも彩場さんとのことは内緒だった？」

「さあ……とくにそんな話しませんでしたから」

「ところが内藤がそのへんの事情を嗅《か》ぎつける。相手がミズキ合板の社長なら、あんたも大分潤ってるはずだ。そこで、自分とあんたとの関係を彩場にバラすといってあんたを脅した。あんたにしてみれば、あることないこといわれても、彩場に対して反証を示す方法がない。思いあまって……」

「私にはアリバイがあります」

激しく抗弁するというより、必要最小限のことばをようやく口から出したという感じであった。

「それはわかってますよ。しかし、人を殺すには、自分で手をくだすだけが方法ではないのでね。あんたほどの女なら、殺し屋の一人くらい手なずけるのに造作なかっただろう。その上、内藤が彩場の細君を誘惑しているのを知って、彼女が罪をかぶるように仕組めば一石二鳥……」

ふいに加根子が掌で口を押えた。そのままカーテンの奥へ駆けこんだ。狭いマンションだけに、激しい嘔吐《おうと》の気配が、高村のすぐ背後に感じられた。

顔色は一段と蒼《あお》ざめているが、少しはスッキリした表情の加根子が戻ると、高村はやんわりと訊いた。

「妊娠しているね。誰の子だ？」

「………」

「内藤の子かね」

「とんでもありません」

加根子は言下に首を振った。

「勿論彩場さんの子ですわ」

キッパリといった。開き直ったようにも見えた。

9

「先日もお答えした通り、内藤という男は知りません。——加根子の妊娠は最近聞きましたが」

ミズキ合板の創立者、つまり治子の父に当る狷介《けんかい》そうな老人の写真が額縁におさまっている社長室で、彩場弘之はやや沈痛な面持《おももち》で高村の質問に答えた。高村と赤司の二人連れを、玄関脇《わき》にあった応接室ではなく、奥まった社長室にまで通したのは、廊下の耳を気にしたのかもしれない。

「奥さんと内藤との関係については、どの程度まで知っておられたのです？」

と高村が訊いた。

「いや……これも先日申し上げたように、家内の素振りが最近少しおかしいということくらいは感じておったのですが、本当に治子に男があり、それがああいう人物だったとは、思いもよらなかったのですよ」

弘之はそういってから、うすい唇の端をかすかに痙攣《けいれん》させた。白皙《はくせき》で端正な顔立ちだが、目がひっこんで眉《まゆ》が迫っているせいか、神経質そうな印象を与える。「内藤の女」として治子が浮かんだ時点で、弘之も相当に念の入った事情聴取を受けている。弘之が妻の不貞の相手をつきとめ、あるいは内藤の側から脅迫が及ぶかして、弘之が内藤を殺害するというケースも当然想像されたからである。

そのさい、捜査側の予測通り、彼は内藤の存在を全然知らなかったと答えた。だが事件当時の弘之のアリバイは、まことに不明瞭であった。当日彼は十二時十五分ごろ、市の中心部のレストランで開かれていたロータリークラブの昼食会を中座している。理由は会社に来客があるということであったが、彼が会社へ戻ってきたのは二時少し前だった。確かに二時には大手の商社の支店から人が来て、大口の契約が取交わされたのだが、では弘之は十二時十五分から二時までどこにいたのか。例のレストランから会社までは、車で十分あまりの距離である。普段彼は適度の運動と称して大抵自分で運転していたが、ちょうど車を車検に出していたため、昼食会の会場へは会社の車と運転手を使った。そこで彼は車を帰しており、彼はタクシーで会社へ戻っている。

十二時十五分から二時までの行動について、弘之は、二時からの契約に必要な書類が家に置いてあったことに気がついてタクシーで取りに帰り、少し時間があったので家で資料に目を通してから会社に戻ったとのべたが、証人はいないのだ。

従って彼に対する疑いは払拭《ふっしょく》されぬまま残っていたが、といって、弘之と内藤が接触した確かな証拠はないし、事件当日現場近くで弘之を見たという人も出てこない。

決め手がないまま、一方では治子の容疑が濃厚になり、弘之の存在はいわばその陰に隠れたかたちとなっていた。

「――しかし、内藤と加根子、加根子とあなたの線がつながってくると、失礼ですがあなたの立場も微妙なものになってきましたからね」

高村は例によって強い大きな眸《ひとみ》を相手に据え、持ち前の抑揚《よくよう》の少い声でいった。

弘之のようなタイプ――地位も面子《メンツ》もあり、頭は切れるが案外神経の細そうな男には、少し脅しをかけた方が何か出てくるかもしれないと考えていた。

「あなたと加根子との関係を内藤に知られて脅迫されたという見方も出ているし、加根子があなたの子を妊娠したとなれば、あなたも加根子に対する愛着が増し、内藤への憎悪《ぞうお》が募ったろうし……」

それからちょっと目尻《めじり》をやわらげて、

「勿論事件当時のアリバイがスッキリ証明されれば、問題ないわけなんですがね。例えば利用したタクシーがわかるとか……」

弘之は眉を曇らせ、奥まった目でジッとテーブルの縁を見つめていたが、顔をあげると、迷いのからんだ重い口調でふいに別のことをいい出した。

「実は、私は殺された内藤が加根子の情夫だったと知った瞬間、もしやと思ったことがあるのですが……」

「どういうことです？」

「それは……加根子は、ぼくと治子を離婚させる目的で、その口実をつくるために、内藤を使って治子を誘惑させたのではなかったかと……」

「すると内藤はなぜ殺されたとお考えになりますか」

「それはわかりませんが」

「加根子にはアリバイがありますからね」

弘之は唇をかむような表情で黙りこんだ。

しばらく沈黙が流れたあと、

「彩場さんが今おっしゃったような想像は――」

赤司刑事がチラリと高村を見てからことばを挟んだ。

「われわれも当然考えているのですよ。もう一歩うがった見方をするものもいましてね」

「というと？」

弘之はまた唇の端を痙攣させた。

「あなたが、奥さんを離婚する口実をつくるために、加根子を通じて内藤を働かせ、奥さんを誘惑させた。ところがどこかで計画が狂って、誰かが内藤を殺した……」

「そんな……」

さすがにムッとしたように弘之は若い赤司を睨《にら》み、次に高村を見たが、高村の目が自分を観察しているのを感じると、またテーブルの上に視線を落とした。一瞬紅潮した顔が、以前にも増して蒼白になったように見えた。

そのまま弘之はしばらく睫《まつげ》を寄せて考えこんでいた。やがて高村の方に目を当て、何か決意を感じさせるような、意外な静かな声でいった。

「そういうご想像は、加根子の腹の子が私の子だという前提に立ったものですね。——確かに、本当に私の子なら、加根子を妻に、と私も考えたかもしれません。しかし……加根子が妊娠しているのは、私の子ではありません」

「では内藤の子ですか」

「それは知りません。ただ、加根子が誰かの子を身籠もり、それを私の子だと偽って私に告げたことは事実なのです」

「どうしてそう断言できるのですか」

「それは——」

弘之はもう一度抵抗をのみ下すように唇をかんだ。

「それは、調べたからです。——加根子に妊娠を告げられ、まちがいなくあなたの子だといわれた時……私も、もしやと思ったが、しかし念のため検査を受けたのです。家内が以前お産をした城之内医院で調べてもらったのですが、その結果は、やはり私には生殖能力はないということでした。加根子も私の身体に欠陥があることは多少知っていたはずですが、決定的なことは話してなかったので、可能性はあると考えたのでしょう。——あの女も若いころから苦労のしづめで、安定した妻の座が得たかったのにちがいありません。私も加根子の一見控えめな女らしさについ心を許したのが軽率だったのです……」

「うむ……」

高村もさすがに腕を組んだ。城之内医院に確認しなければ断定はできないが、弘之が嘘《うそ》をついているとは思われない。また確かに今では彼は名実ともにミズキ合板の経営者で、弘之名義の資産も増えているだろうが、元々治子の亡父に見出されたからこそ、現在の地位があるのだ。その事情は社内にも知れ渡っている。めったに治子を離婚することなどできない。それだけに、加根子としても、弘之の正妻におさまるためには、大博奕《おおばくち》を打たなければならなかっただろう……。

「加根子が内藤を使って、治子に不貞の既成事実を作りあげようとしたと考える理由は、実はもう一つあるのです」

いったん口を切ると、弘之はむしろ次第に冷静な表情になって、デスクの抽出《ひきだ》しの鍵《かぎ》を外し、一通の封書を取出した。

「事件の前日、私はこんな手紙を受取ったのです」

高村は便箋を開いた。

〈拝啓、あなたが手をこまねいておられる間に……明日十一月三十日午後一時に、ヒルサイドホテル三〇九号室をお訪ねになれば……そこで、奥様と例の男性が

……〉

「なるほど……」

　この手紙が本物なら、恐らく加根子は内藤に治子を呼び出させる一方、二人の現場を弘之に確認させようとしたのにちがいない。

「では、現場へやはり行かれたのですね」

　高村の声が緊張した。

「いえ、行きませんでした。行きかけたのですが……偶発的な事故で行かれなかったのです」

「書類を取りに家に帰ったというのは、嘘だったのですね」

「申しわけありません。……実はホテルへ登る東側の方の道路をタクシーで途中まで行ったのですが、折からの雨でスリップして、反対から下ってきた乗用車と接触してしまったのです。それが一時少し前のことで、事故は大したものではなかったのですが、運転手が降りて話しあったりしているうちに、一時をすぎてしまいました。私は二時には会社に大事な来客があるので、どうしても戻らなければなりません。それで、一時十五分になったところでホテルへ行くのを断念して、街へ下るライトバンに頼んで乗せてもらい、途中からタクシーを拾って会社へ帰ったというわけなのです。事故を起こしたタクシーは、確かハッピーという会社のもので、私が帰るころには警官も来ていましたから、調べていただけばハッキリすると思います」

「しかしなぜ最初の聴取のさい、それをおっしゃらなかったのです？」

「それは……ご承知の通り、あの道路はヒルサイドホテルへ行くか、さもなければ道路工事現場へ通じるだけですから、あの日私がその途中まで行っていたとなれば、警察では当然私がヒルサイドホテルへ行こうとしていたと解釈するでしょう。では目的はなんだったかと追及された場合、治子の名を出さずにいい逃れる自信がなかったからです」

「うむ……」

高村はゆっくり頷《うなず》いて、再び手紙に視線を落とした。

「この文面では、二通目のようなニュアンスですが……最初の手紙も見せていただけませんか」

弘之は高村の目を真直《まっす》ぐ見返した。

「最初のやつは、うっかり燃やしてしまったのです」

「そうですか。それならやむを得ません。——筆蹟《ひっせき》鑑定などの必要がありますから、これは拝借させてください」

「どうぞ」

高村は手紙をポケットにしまってから、さりげない口調で訊いた。

「失礼ですが、そうすると坊《ぼっ》ちゃんはどういうご事情で――？」

「それは勘弁してください」

弘之は苦笑に紛《まぎ》らせながら、唇を歪《ゆが》めて横を向いた。

10

城之内産婦人科医院は、銀杏《いちょう》や木犀《もくせい》の大樹に囲われた古い役所のような感じの建物であった。が、その背後で鉄筋の新築がはじまっている。

午後三時、ガスストーブの燃えている診察室で、高村は院長城之内義浩《よしひろ》と向かいあっていた。もう外来受付は終了した時刻で、建物の内部はひっそりしているが、新築工事の音が時折響いてくる。

城之内義浩は三十歳は越しているはずだが、男にしては睫《まつげ》の長いバタくさい顔立ちで、見たところ二十歳代かと思われる坊ちゃんタイプであった。五年前彩場治子の出産に携《たずさ》わったのは彼の父で、その人は二年前に病没し、長男の義浩が後を継いだようである。

「さっき申しましたように、五日前にヒルサイドホテルで発生した殺人事件に関して、ちょっと捜査にご協力願いたいのですが――」

用件は、先刻面会を求める電話をかけたさい一応話してあるので、高村はすぐ核心に入った。

「彩場弘之氏に関することですね？」

城之内は翳《かげ》りのない眼差《まなざし》を向けた。

「そうなのです」

彩場弘之が内藤の事件の数日前、この医院で検査を受け、自分にはやはり生殖能力がないということがハッキリしたとのべたが、それは事実かと高村は尋ねた。

「ああ、それは、実はさっきお電話をいただいたあと、念のために彩場さんに問合せましたので、お答えして差支《さしつか》えないと思うのですが――」

城之内はゆっくりした慎重な口調で答えた。

「事実ですね。――正常な男性なら、一mℓ当り六千万以上の精子があるのですが、彩場さんには二千万あまりしかなかったのです。大体二千五百万以下は不妊症とされていますから、やはり彩場さんには不可能と判断したわけです」

城之内もごく自然に「やはり」ということばを使った。

「彩場さんは、以前にもこちらでその種の検査を受けたことがあったのですか」

「ええ。親爺《おやじ》のころですがね、当時私は市立病院に勤めていましたから、直接私が診《み》たわけではありませんが」

「実は、彩場さんの長男についてなのですが……」

高村の訪問にはもう一つ目的があった。それは彼の推察を確かめることである。弘之が謎《なぞ》の手紙の二便だけを見せ、第一便は燃やしてしまったと答えたのは、実はその中に記されている何事かを知られたくなかったからではないか。翻《ひるがえ》って、治子のような女性が、なぜやすやすと内藤の誘惑にのせられたのか。――この二つの疑問から、高村はあることを推察した。

「信之君はここで、先代の院長のお世話で誕生《たんじょう》したということですが……もしかしたら、信之君は人工授精児なのではありませんか」

城之内は二、三度瞬《またた》きし、黙って高村を見返していた。

「捜査の重要な参考なので、できたら教えていただきたいのですが。勿論《もちろん》秘密は絶対にまもります」

「そうですね」と城之内は指先で顎《あご》をこすりながら複雑な表情で考えこんでいたが、「実はそうなのですよ」と高村の方へ視線を戻した。

「直接は父が施行《しこう》したのですが、私も事情は聞いていました」

高村は思わず大きく頷《うなず》いた。やはりそうだった。治子も弘之も、信之が人工授精児である事実が明るみに出るのを防ごうとして、それぞれ微妙なところで口をつぐんでいたのであろう。

「しかし、彩場さんには少ないながらも精子があるわけでしょう？　それでも人工授精するのですか」

「ええ、ですからあの時は確か、彩場さんのと、ドーナー――つまり精子提供者ですが、その精子とを混ぜて授精したはずです」

「そのドーナーですが――」

高村は再び熱っぽい口調になって、

「五年以上経ったカルテは焼却すると聞いていますが、今、そのドーナーが誰であったか、知ることは不可能でしょうか」

城之内はまた顎に指をあてて困ったような笑いを浮かべた。

「不可能ということはありませんが……うちでは五年たってもカルテは保存してあ

りますし、焼いていた時期もありましたが、特に重要なカルテは残してありますからね」

「では当時のカルテを見れば、ドーナーが誰か書いてあるわけですね」

「ええ。ですがそれはお教えしないことになっているんですよ。もしドーナーの名が精子を受けた女性やその家族などに知れた場合、複雑な感情問題を惹《ひ》き起こす可能性がありますからね」

「はあ、なるほど」

高村は少しして、別のことを訊《き》いた。

「ドーナーはどんなふうにして決めるのですか」

「大学病院などでは、そこの医学部の学生が選ばれているようです。医学生は一般に頭脳が優秀とされていますからね。あと、精神病などの遺伝子を調べて、問題がなければ採用されるようです。しかし、われわれ開業医ではドーナーを見つけるのが容易ではありません。ですからめったにＡＩＤ――非配偶者間人工授精はやらないわけですが、近くに施行している大学病院もなく、患者さんの強い希望があった場合には、友人や知合い関係に声をかけますね。遺伝性の病気についてだけは慎重に調べますが、年齢職業などは特に限定しません」

「若いほうがいいのでしょう？」

「いや、別にそうとも限らないようです。死んだ父などは、ドーナーが年寄りなら早く死ぬわけだから、それだけ問題の起こる可能性が少くていいといっていたほどです」

「ははあ。――それで、彩場治子のドーナーは誰であったか、これは教えていただけないわけですね」

「そうですねえ。さっき申しあげたような理由で……まあ犯罪捜査上、よほどの事情でもあれば例外ですが……」

「いや、それでは別の訊き方をしますから、一つだけ答えていただけませんか」

「………？」

「そのドーナーは――」

内藤敏男という名ではなかったか。それはヒルサイドホテルの被害者だがと高村はつけ加えた。

城之内はカルテを調べることを承諾して、奥へ入った。

三十分あまりも待たされた。六年近く前のカルテを捜し出すのは厄介《やっかい》な仕事にちがいない。

　ようやく城之内は少し黄ばんだ二枚綴《つづ》りのカルテを携えて戻ってきた。デスクに置かず、手に持ったままで高村を見た。

「どうもお手数かけまして。――わかりましたか」

「ええ。お尋ねの件ですが、ドーナーは内藤敏男ではありませんね。あの人は確か二十七、八だったでしょう？」

「二十八歳でした」

「このドーナーは、施行当時、つまり六年近く前に二十九歳です。勿論名前もちがいます」

「そうですか。いや、ありがとうございました」

　やはり失望が湧いたが、五分五分で予想したことでもあったと高村は思った。

「もう一つだけうかがいますが、ドーナーの方でも、相手の女性が誰だかわからないわけですか」

「ええ。これも知らせないことになっています」

「はあ。では仮りに、ある男がある女に、自分はかつてあなたのドーナーだったというとする。その場合、精子を提供した事実の、何か証拠のようなものはあるわけでしょうか。例えば献血した場合の献血手帳のような……」

「そんなものはありませんね」と城之内は歯を見せて苦笑した。
「病院のカルテ以外、何の痕跡《こんせき》も残りません。ですからもし外部から判断しようとすれば、血液判定か、そのほか顔立ちが似ているとか、身体的な特徴、例えば近眼とか左利きとか、そういった類似点を考慮するしか、手懸《てが》かりはないでしょうね」

彩場弘之の許《もと》に届けられた手紙は、内藤敏男の筆蹟と判定された。内藤が会社に出していた履歴書や日誌などの文字と比較した結果である。

次に、彩場弘之が事件当時のアリバイとしてのべた話は、事実と判明した。ヒルサイドホテルへ通じる東側道路途中で、タクシーと乗用車の接触事故は確かに発生しており、一方のハッピータクシーの運転手は、そのさいの客が彩場であったことを認めた。時刻も十二時四十五分くらいの出来事で、彩場が現場を離れたのは一時十五分から二十分の間であったことも、関係者によって証明された。これで、内藤殺しに関する彩場のアリバイは、一応成立したわけであった。

ここまでのウラが取れてから、まず加根子を追及すると、内藤を偽ドーナーに仕立てて治子を誘惑させ、一方その現場を弘之に目撃させて治子を離婚させようと企んだことを自供した。勿論内藤には十分な報酬を約束していた。信之が人工授精児であることは、以前に弘之から聞いていた。信之が成長するにつれ、弘之の子ではなくドーナーの胤《たね》らしいことが判明して、弘之の内部の相克《そうこく》が手にとるようにわかった。これでもし加根子が「弘之の子」を妊娠し、その上妻に不貞の事実でもあれば、彼の天秤《てんびん》は加根子に傾くにちがいないと計算したのである。

一方、内藤が治子を騙《だま》すについては、人工授精の年月は信之の生年月日から推算し、左利きのことも加根子が弘之から聞いていた。大体治子が人工授精で出産したこと自体、外部のものは誰一人知らないと治子は確信していたから、それらの知識をほのめかして巧みに罠《わな》にはめた。

加根子が告白してしまえば、弘之も治子も諦《あきら》めたように事実を認めた。治子は弘之との微妙な確執《かくしつ》に悩んでいた矢先「ドーナー」のひと言に操られてつい気を許したようであった。治子も弘之も高村の推察通り、信之が人工授精児であることが公表されるのを恐れて、そこに関《かか》わる点は口を閉ざしていたのである。

捜査側も、信之の将来のため、それらの事実は報道関係者などにはいっさい洩《も》らさないという配慮をとった。

11

「信之、今朝《けさ》はどうせ遅くなったから、幼稚園までパパの車で送ってやろう」

「うん！」

「だから早く食べてしまいなさい」

信之は目を輝かせて頷《うなず》くなり、たちまちフォークを左手に持ちかえ、皿に残っていた目玉焼をすくいあげようとした。

弘之は一瞬鋭く眉《まゆ》を動かし何かいいかけたが、結局口をつぐみ、身仕度するために寝室の方へ歩いていった。

「――赤いお鼻の、トナカイさんは――」

と口ずさみながら、信之は玄関へとび出し、やがて父子二人の乗った車の音が遠ざかって消えると、治子は無意識に小さな溜息《ためいき》を洩らし、ゆっくり食堂へ戻った。

彼女はまだ朝食を摂《と》っていなかったが、食欲は湧《わ》かなかった。

信之の歌声が、治子の耳に残っている。大きくなれば自然に治るかと思っていたが、信之は相変らずまだ少し音痴のようだ。弘之の方はいたって音感が鋭く、大抵の楽器はカンでこなすほどなのに、信之は何度ピアノを習わせても、三か月と続かない。そんなことも弘之にはやっぱり内心不満にちがいない……。

それにしてももう師走《しわす》なのだ、治子は信之のクリスマスソングから改めて思い返した。

内藤敏男が殺された事件から、そろそろ一週間である。鈴田加根子の企みが露顕《ろけん》し、弘之のアリバイが認められて以後も、治子は何度か警察に呼ばれたり、刑事の訪問を受けたた。名目は「参考人の事情聴取」だが、取調べという印象の方が強かった。彼らの目に、治子は参考人というより、終始有力な容疑者だったからであろう。加根子の陰謀が明かにされたところで、それは少しも治子への容疑を軽くする効果はもたらしていない。

だが、警察は結局まだ治子を逮捕《たいほ》に踏み切れぬまま、日を過していた。事情聴取もさすがに出尽くした感じで、ここ二、三日治子の身辺は静かである。

弘之が依頼した弁護士の話では、警察が治子への容疑に確信を持てないのは、やはり、凶器が内藤自身の持物であり、つまり女の治子がわずか十五分前後の間に男の凶器を奪って犯行することが可能であったかという疑点。次いで、内藤の傷の位置、角度などが、治子の身長などから割出される条件とやや矛盾《むじゅん》するなどの点によるようであった。

召喚された当初は、さすがに我を失っていた治子だが、その後不思議に冤罪《えんざい》への恐怖はうすれていった。潔白なものの強さとでもいうのか。無実は自ずと顕《あらわ》れるにちがいないと、心の底に予感にも似た確信が湧いていた。真実ほど強いものはないはずだ。

ところが、別のところで、治子は思いがけずその「真実」に苦しむことになった。自分の心の展開が自分自身にも見透《みとお》せないという戸惑いを、治子は今度の事件を通じて切実に体験している。

真実のドーナーが知りたい！

理性を超えたほとんど本能的とさえ感じられる激しい欲望を治子が抱いたのは、K署の高村刑事から、内藤敏男は実はドーナーではなかったと教えられた瞬間だった。あんな男が信之の父ではなかったという大きな安堵《あんど》は、では本当のドーナーは誰なのか知りたいという強い欲求になってはね返ったのかもしれない。知っておかなければ安心できないといった気持も生まれていた。

しかも、城之内医院にはまだ当時のカルテが保管してあるらしい。もはや永久に知ることはできない、と諦めていたドーナーの名が、そこには記載されているのだ！

事件後、彩場家の内部は、表面的にせよ平穏を取戻していた。弘之は、加根子を信じ、重大な事実を彼女に洩らしたのがすべての禍《わざわい》のもとだったことを反省していた。加根子の妊娠がやはり自分の子でなかったのを確認し、無欲で献身的に見えた加根子の本性を知って、反動的に心は家庭に戻ったようであった。

何よりも、弘之も治子も、警察の追及に対して、信之を守ろうとする反応をほとんど無意識のうちに示し、結局ギリギリまでその姿勢を守ったことが、互の気持を近づけたのはまちがいない。信之に関して、二人は一つの試練をくぐったともいえるだろう。

そうした経過は十分に理解していながら、いやむしろ夫の努力や心理の屈折が読み取れれば取れるほど、治子の意識にドーナーの存在は強く浮かびあがった。信之の本当の父……それを知ろうと思えば知れるのだという事実に、心がひきずられている。

知っておくだけでいいのだ。この先またどんな事件が持ちあがるかわからない。可能なものなら、ドーナーの素性《すじょう》を確認しておくべきではないか。

到頭《とうとう》治子は自分にそう理由づけをした。

とはいえ、城之内医院を訪ねたところで、院長があっさりカルテを見せてくれるとは考えられない。警察に対してすら、ドーナーの名は明かさなかったようだから、ましてや当事者の治子がどう頼んでも、理路整然と拒絶されるのは目に見えている。現在の院長は、坊ちゃんじみた外観に似ずしっかりものだという評判である。

だが、カルテが存在する限り、方法はあるはずだ。

かねてからの予定で、弘之が取引先を招待して沖縄《おきなわ》へ二泊の旅行に出かけた日の昼すぎ、治子は意を決して城之内医院のダイヤルを廻した。昼休みを狙《ねら》ったのは、院長が別棟の母屋《おもや》で昼食を摂り、医院は看護婦だけになるはずだからである。

「あの、恐れ入りますが、稲垣さんをお願いしたいのですが――」

稲垣富美子は、もう五十を越す、城之内医院では、最古参の看護婦であった。先代の院長が公立病院から引き抜いた人だそうで、有能な代り扱い難い面もあり、ことに現在の若い院長が後を継いでから、何かと衝突が多いという噂《うわさ》を、治子は小耳に挟《はさ》んだことがあった。その上稲垣は老嬢で身寄りがないため、金銭への執着が強いらしい。これは出産で入院したさい、ささいなことから治子自身が気づいた点である。

ほどなく、稲垣のソプラノの声が出た。治子が名乗ると、

「まあ、お珍しい……皆さまお元気でいらっしゃいますかァ?」

事件との関わりは知らぬ様子で、上機嫌《じょうきげん》な応対であった。

「はい、お蔭様で」と治子は簡単に答え、

「実は、稲垣さんに、折入ってお願いがございますの。よろしかったら今夜家でお食事でも――」

12

〈有恒私立探偵社・主任・日吉努《ひよしつとむ》〉

取次ぎの警官から渡された名刺を一目見た時、高村警部補は、胸の底に強い期待が動くのを覚えた。その名刺の人物が、高村に面会したいといって署の玄関に来ているというのである。

ヒルサイドホテルの事件発生から、すでに二週目に入っている。捜査本部には焦燥感《しょうそうかん》が漂いはじめていた。事件の捜査は、発生後一週間が勝負とされている。一週間すぎても有力な容疑者が浮かばない時には、迷宮の可能性さえ考えられるといわれるほどである。

確かに一時は彩場治子犯人説が有力であったが、彼女を本ボシと断定するには、現場の状況や鑑識面からいくつかの疑点が残り、一方彼女の容疑を決定的にするような手懸りはその後何一つ浮かばない。結局まだ身柄は拘束《こうそく》せず、絶えず刑事が彼女の行動を監視しているという状態であった。

それだけに、今はどんな些細《ささい》な情報も見過ごしにできない。

そんな矢先、私立探偵の訪問を受けたのである。

「日吉努」の名には、高村は憶《おぼ》えがなかった。彼を刺激したのは「有恒私立探偵社」の方である。

それは市内にある、総勢五人ほどの小さな探偵社で、主に個人の行動調査——縁談相手の素行とか浮気調査などを依頼されて引受けている。所長の有恒啓三は、元警察官で、高村とは警察学校で同期の、気を許した友だちだった。だが、有恒は三年前依願退職して、その後私立探偵社を開いたのである。

有恒が警察を辞《や》めた理由は、当時市内N署の巡査長だった彼が、強盗殺人犯の張り込み中、急病で入院した子供の病院へ電話をかけにいったわずかの隙《すき》に不運にも犯人に逃げられ、その責任をとった形だった。結局犯人は逮捕されず、事件は未解決のまま現在に至っているが、その原因については、捜査側内部では、ほかにもいくつかの不手際《ふてぎわ》が指摘されていた。ところが出世主義者の刑事課長が、有恒一人に責任をかぶせるような態度を示し、周囲の仲間もそれに同調し、終いには感情的な対立に発展して、孤立した有恒は辞表を書かざるを得ない立場に追いこまれたのだ。

以後有恒は警察に強い反撥を抱いている。

一体に私立探偵には、警察官出身者が多いようだ。従って、常に自分の古巣に密着し、シンパ的存在になっているものもあるし、逆に、過去の経緯によっては、警察に反感を持ち、徹底的に非協力的な姿勢を保っているところとがある。有恒はその後者の方だった。

それだけに有恒探偵社の人間が向うから訪ねてきたことに、高村は興味をそそられたのである。

衝立《ついたて》で囲われた簡素な応接セットで向かいあった日吉努は、まだ二十七、八歳。キューピーを連想させる童顔に黒縁眼鏡《くろぶちめがね》をかけていた。茶色いコールテンの上着を羽織った小柄な体軀は、太り気味だが敏捷《びんしょう》そうに見える。

「今日うかがったのは、例のヒルサイドホテルの事件についてなのですが……」

簡単な挨拶《あいさつ》を交したあと、案《あん》の定《じょう》日吉は、高村の胸のあたりに視線を据えて、やや重い口調で切り出した。

「はあ」

「実はうちでは、事件の九日前の十月二十一日に、内藤敏男に関する調査依頼を受けていたのです」

「どういった内容の調査ですか」

「内藤敏男の最近の行動、ことに女性関係について、なるべく詳しく調べてほしい。目立った事実があれば、その都度知らせてもらいたいということで……その件は私が担当して、実はずっと内藤敏男を尾行していたのです。それでもし何か捜査のお役に立てばと思って、お知らせしに来たわけなんですが……」

「そうでしたか。で、調査の結果は？」

高村は興奮を抑えた声で訊いた。日吉は内ポケットから、三、四枚の紙をホッチキスで綴《と》じた書類を取出した。

「まだ正式の報告書を作る前に被調査人が死亡してしまったわけなんですが、しかしこちらとしては幸運も手伝って、かなり肉薄できたと思うんですが……」

日吉は、コピーされた書類をテーブルの上にひろげた。

「調査を開始してすぐ、内藤と彩場治子、及び鈴田加根子という女性との接触がつかめました。彩場治子とは昼間内藤が彩場家を訪れ、玄関口に治子が出てきたあと、彼が上って、約一時間ほどして帰って行きました……」

話の様子で、日吉は内藤が殺される直前まで、実に丹念に内藤を尾行していたことが察しられた。それが有恒探偵社のやり方なのか、それともよほど多額の報酬を約束されたのか。多分その両方ではないかと高村は思った。

内藤は加根子とも、彼女のマンションへ行ったり、目立たない喫茶店で会ったりしている。恐らく、治子に罠《わな》をかけ、のっぴきならない状況まで追いこんでいく手《て》筈《はず》の打合せをしていたのであろう。一度加根子は内藤に金らしいものを渡していたという。私立探偵の密着した調査は、警察が後から調べ出した事実とよく符合していた。

「事件の直前はどうでした？」

高村が訊いた。

「事件の前日……十一月二十九日の夕方、内藤は治子に電話をかけて、翌日ヒルサイドホテルへ呼び出しています。この電話は、話が長くなることを予想してか、内藤が行きつけのスナックバーの電話を借りてかけたのですが……」

電話はカウンターの端にあり、内藤はコードを延ばして、仕切り壁に寄りかかるようにして喋《しゃべ》っていた。店内はたてこんでいて騒々しく、それで彼はかえって安心していたようだが、日吉は壁の反対側のボックス席にいて、内藤が繰返し治子に告げているルームナンバーや時刻を聞きとることができた。

日吉はそれらをすぐに依頼人に連絡したという。最初内藤が治子の家に出入りした事実を報告した時、治子との接触は、事実が摑《つか》め次第、逐次知らせてほしいと、強く依頼されていたからである。

「すると、依頼人は、事件当日内藤がヒルサイドホテル三〇九号室に行くことを知っていたわけですね」

「そうなりますね」

焦点が事件に絞られてくるにつれ、日吉は童顔のひろい額に重苦しい皺《しわ》を刻んだ。

高村は、最後に残った重大な質問を口に出した。

「で、その依頼人の名を、教えていただけませんか」

「はあ」と日吉はゆっくり頷いてから、書類の一番下になっていた、依頼人の氏名と住所が記入されている頁《ページ》を、高村の方に向けて示した。

「――まあ、私共としては依頼人のプライバシーを守ることを第一義としていますので、届け出をさし控えていたわけなんですが、もう事件後一週間にもなりますし、所長がやはりご参考までにお耳に入れた方がいいんじゃないかといい出したものですから……」

日吉が口の中でボソボソと呟《つぶや》いた。本来これほど重大な情報なら、特に警察のシンパでなくても、事件発生直後に通報するのが常識である。それを依頼人のプライバシーを盾《たて》にして一週間も伏せていたところに、有恒の心情が出ている。あるいは闇《やみ》に葬るつもりだったかもしれないが、さすがに事件の大きさを考慮して、渋々部下に通報させたのであろう。

依頼人の欄には〈野本慎司〉としるされ、市内の住所と電話番号が記入されていた。

高村は、すぐその名に思い当った。関谷組の道路工事現場の工務主任で、三十五、六歳。眉の太い男らしい顔立ちの男だった。それ以外、内藤の身辺に野本という人物は見当らない。

しかしそれではなぜあの男が、それほど熱心に、恐らく多額の費用を投じて、探偵社に内藤の調査を依頼したのか。治子と内藤の接触を見張らせたのか――？

野本は五年前まで富永建設に勤め、内藤に目をかけていた菅野という幹部とソリが合わなかったという。――だが、それ以上の筋は何も出てこなかった。関谷組に引き抜かれたあと、野本は二年間マラヤへ出張して、約二年前に帰国している。最初からどこか匂《にお》うところがあって、野本には必要以上と思われたほど念入りな探りを入れたが、内藤との間に直接間接を問わず、殺人にまで発展しうるような動機関係を見出すことはできなかったのだ。

だが少くとも、五年前まで、野本はずっとこの町に住んでいたらしい……。

高村に思いがけぬ発想が閃《ひらめ》いたのは、日吉の足音が、警察署の板張りの廊下の先に消えてからである。

もしかしたら——？

それから彼は「捜査上よほどの事情があれば質問に答える」とのべた城之内院長の顔を思い出した。

13

もしかしたら、という思いは、その男の現在の勤務先を知った時、突然激しい衝撃となって治子を襲った。

〈野本慎司〉——これが、城之内医院の稲垣看護婦の報告による六年前のドーナーの氏名であった。治子は稲垣を自宅の夕食に招《よ》び、まとまった金の入った封筒をさりげなくテーブルの上にすべらせながら、約六年前人工授精が行われた当時のカルテを秘《ひそ》かに調べてほしいと頼んだのだ。

報告は二日後に、電話でなされた。

ドーナーは、もとより、治子のはじめて聞く名であった。年齢は当時二十九歳であったという。カルテにしるされていた市内の住所と、勤務先富永建設の名も、稲垣は教えてくれたが、これも治子にはなじみのない会社であった。

翌日治子は教えられた住所を捜してみたが、現在そこに「野本慎司」は居住していなかった。次に治子は、富永建設の番号を調べて電話をかけてみた。すると、野本慎司は五年前辞め、今は関谷組に勤めていると教えてくれたのである。「関谷組」の名を耳にした途端、ふと治子の記憶に甦《よみがえ》ったものがあった。

治子は急いで、書簡類や名刺などがしまってある文箱《ふばこ》を探った。彼女は家庭の主婦だから、めったに名刺を受取る機会などないが、それでも長い間に何枚かたまっていた中に、その名刺は見つかった。

〈関谷組土木部工務課・野本慎司〉

それは三か月近くも前、多分九月の中ばごろ、家に寄って道を尋ね、玄関先で車をターンさせていった男が、やや唐突な感じで治子に渡していったものである。

逞《たくま》しく日灼《ひや》けした顔と、皓《しろ》い歯をのぞかせた清潔な微笑は、さわやかな印象となっていっとき治子の心の隅《すみ》に留《とどま》ってはいたが、名前はすぐにうすれた。最初から憶《おぼ》える必要のない名前と考えていたからかもしれない。むしろ地元では耳慣れた会社名の方が、かすかに記憶に残っていたのだ。

そういえば、野本と会ったのは、あの時だけではなかった……。

ふいに治子は、目の前の霧が晴れ、その中から一人の男の姿がクッキリと浮かびあがってくるのを見るような気がした。

ヒルサイドホテルで血の凍るような現場に遭遇し、蹌踉《そうろう》として雨中を歩いていた治子を、後から来て車に拾いあげてくれたのは、同じあの男だった。彼は只《ただ》ならぬ治子の様子を見ても、穿鑿《せんさく》めいたことはまったく口にせず、治子の家へ曲る角で彼女がもうここまでといった場所まで送り届けてくれた。「気をつけてお帰りなさい」と、別れぎわひと言だけ、まるで噛《か》んで含めるようにあの男はいった。

治子は夢中で男の車に転がりこんだものの、なるべく顔を見られまいとしていた。従って運転者の顔もよく見なかった。降りる時ほんの一瞬正面から視線を合わせ、その時どこかで会ったような、と感じたが、その思いもすぐ消え去った。あの日の治子は、異常な状況の中に投げこまれていたのだ。

今、治子ははじめて、淡いピンクの蔓薔薇《つるばら》の前で信之の肩に手をかけていた男と、冷雨の坂道で自分を助けあげてくれた男と、そして「野本慎司」という名が、ピタリと一つに重なるのを感じた。

あの人は、きっと知っていたのだ……。

治子は今、ブルドーザーが動いていた赤土の急斜面とは反対側のすすきの茂るゆるやかな傾斜地の中に立っていた。そこは関谷組の現場の裏手に当る山腹で、初冬の昼の穏かな陽光を浴びている。対面の山には暗緑色と真紅《しんく》の紅葉とが混りあい、その方から吹いてくる風は、さすがに肌《はだ》を刺すように冷たかった。

だが、治子の身体の奥には、自分でも得体《えたい》の知れない昂《たか》ぶりが燃えていた。

背後に草のざわめきを感じて、治子はハッとして振返った。

三メートルほど後に、灰色の作業着を着た野本慎司が——まちがいなくあの男が立っていた。治子は今朝関谷組からここの現場を教えてもらうと、野本に電話をかけ、すぐに会いたいと申し入れた。それでは昼休みにでもといわれ、正午に事務所を訪れた治子に、野本はこの辺で待つようにいったのだ。治子がそれほど野本との再会を急いだのは、午後三時ごろには、弘之が沖縄旅行から帰ってくるからであった。そのまま会社へ出るとはいっていたが、なぜか、夫がこの町にいないうちに、野本と会いたいと思った。

「お待たせいたしました」

野本はチラッと眩《まぶ》しそうに治子を見てから、少し離れたところに並んで立ち、煙草をくわえた。上背はさほどないが、胸の厚い逞しい体軀で、そばに立たれると、治子は男の気配のようなものを強く感じた。

「先日は、ありがとうございました」

治子は、ヒルサイドホテルからの帰途のことをいった。

「いえ」と野本は呟くように答えただけで、煙草の煙を吐いた。煙が冷たい風に乱れた。

少しの沈黙のあと、治子は呼吸を整えてから思いきって口に出した。互の顔を見ているのではなく、山に向かっているせいか、思ったより自然な気持で話ができそうな気がする。

「私のこと、ご存知だったのでしょう?」

「ええ……」

「いつごろから……」

「ずっと以前から……実は、ご出産のあとすぐに知って、あなたが退院なさる時、一度遠くからあなたを見てました」

「まあ……でも、どうして……？」

「看護婦が偶然喋《しゃべ》ったのです。ぼくの従妹《いとこ》で、今は結婚して東京へ行っていますが。ぼくはその看護婦の紹介で城之内先生とお近づきになったのですが、あのことは、先生から直接お頼まれしたのです。それで彼女は、ぼくがドーナーとは知らずに、最近城之内医院で人工授精の赤ちゃんが無事に産まれたと話したものですから……」

ああ、と治子は重く頷いた。人工授精は当事者にも外部にも、固く秘密が守られることが建前となっている。しかしみな人間同士である以上、悪意の有無にかかわらず、思いもよらぬ形で秘密は洩《も》れていく。

現に治子も、遂にドーナーを知った。

だがそれは知るべくして知ったのだと、治子はふと開き直るような気持になった。信之は弘之の子ではない。野本と治子との間の子供なのだ。それは紛れもない真実なのだから。

意識の中の真実ということばにつき動かされるように、治子は野本の横顔に視線を当てた。太い眉、一重《ひとえ》瞼《まぶた》の優しさを含んだ目、意志的に結ばれた唇……似ている。まちがいなく、信之の面《おも》ざしがそこにある！

「信之と私のことを、ではずっとご存知の上で……」

「いや、あのあと私は二年間仕事で外国へ行っていましたから、正直のところ、その間は別に気にもしていなかったのです。しかし、帰国して間もなく結婚して、その妻と別れて……そのころからなぜかしきりに意識にのぼるようになりましてね。そういう年齢になったのかもしれません」

ことばの上ではそういったが、野本にはその変化のわけが明確にわかっている。マラヤの奥地で二年間ダム工事に従事していた間に、野本は結核に感染した。身体の不調には気づいていたのだが、任期一杯まで無理をして頑張《がんば》った。その代り帰国したあとは、まる一年休職して、阿蘇《あそ》の療養所ですごさなければならなかった。

健康を取戻してこの町へ帰ってくると、上司の勧めで結婚した。

結婚後一年、妻に妊娠の兆《きざし》はなかった。子供を待ちのぞんでいた妻は、夫婦揃《そろ》って検査を受けることを希望した。その結果は、なんと野本に生殖能力がないという。彼の中に一箇の精子も発見されないというのであった。

その理由は、やがて判明した。彼が結核に罹《かか》ったまま一年以上も放置していた間に、菌が生殖器官を犯してしまったらしい。

妻とは間もなく別れた。「性格の不一致」が一応の理由になっている。

生殖能力がないという事実、この先決してこの世に自分の分身を残すことはありえないのだという意識は、一人になった彼の心に、ふとそれまで思い出すこともなかった六年前の記憶を蘇《よみがえ》らせた。

「彩場信之」は無事に成長しているだろうか？　今では、そして今後も死ぬまで、信之だけが野本の分身、いやその可能性を蔵していることになる。（信之が弘之の子か野本の胤かは、信之の顔を見るまで野本にもわからなかった）

「では、いつか道を尋ねて家へお寄りになったのは、やはり偶然ではなくて……？」

治子が訊いた。

「ええ、正直いうと、信之君を確かめたいという気持に押されたのです」

あの時、野本は信之の面ざしの中に、はっきりと自己の投影を認めた。息苦しいほどの満足感に襲われた。と同時に、治子の面影が彼の胸に焼きついた。

約二か月後、野本は偶然街なかで治子を見かけた。治子は「ロザンヌ」という喫茶店の扉《とびら》を押した。思わず追って入った彼は、治子が内藤敏男と対座しているのを発見して、咄嗟《とっさ》に不穏な予感を抱いた。二人に気づかれないようにして、近くの席に腰をおろした。内藤は富永建設からきて野本の現場で働いている。二人の間に今とりたてて問題があるわけではないが、内藤に目をかけている富永建設の幹部と、野本がかつてソリが合わなかった事情を内藤は知っているらしく、いつも多少反撥的な眼差《まなざし》で野本を見ていた。

だが何よりも野本を不安にしたのは、内藤の乱脈な女性関係を小耳に挟《はさ》んでいたことである。ことに彼は巧みな話術で良家の娘や人妻を籠絡《ろうらく》するのに独特の才能があると聞いたことがあった。

内藤は何か熱心に治子に問いかけている。切れ切れに伝わってくることばの中に、野本は「ドーナー」というひと言を聞いたように感じた。あるいは気のせいだったかもしれない。野本自身がそんなことを考えているから、そう聞こえたのかもしれない。だがそれにしても、あの内藤がなぜ治子に接近するのか？　野本は私立探偵に内藤を監視させる決心をした。

有恒探偵社の日吉がよく内藤に密着したため、内藤の企みは、やがておよそ推察されてきた。やはり彼は「ドーナー」と称して治子に絡んでいるらしい。その先の目的は何なのか？

前日日吉から報告を受け、野本は、十一月三十日正午すぎごろ、ヒルサイドホテル三〇九号室を訪れた。

野本の詰問にあうと、内藤はたちまち敵意をむき出しにした。元々反感を抱いていた相手である。「これ以上偽のドーナーを装って治子を脅迫したら警察に訴えるぞ」とカマをかけた野本に対して、内藤はあくまで、「自分は本当のドーナーだ。ただカルテが焼却されているので証明する方法がないだけだ」と開き直った。一瞬野本が逆上したのと、その気配を予知した内藤が、戦いの身構えを示したのとは、ほとんど同時だった。一度組みあって離れたあと、内藤の右手にはナイフが握られていた。

その後のことは、野本もよく憶えていない。ただ……必死で奪いあったナイフが、どのような経過でか、内藤の胸に突き刺さり、うずくまるようにして倒れた相手を、野本はしばらく呆然《ぼうぜん》と見下ろしていた。我に返ると、ともかく乱れた家具を元通りにして、出入口からすぐに死体が見えないようにした。来る時手に持っていたレインコートを羽織り、廊下にとび出してからまた思い直し、ドアに「おこさないでください」の札を吊《つる》した。なるべく死体の発見を遅らせた方がいいと考えたからである。この時、ノブをハンカチで拭って指紋を消した。できるなら施錠《せじよう》したかったが、ドアはオートロック式でなかった上、ルームキイがすぐに見当らなかったので諦めた。

「それでは、ヒルサイドホテルの下の道で、私を車に乗せてくださったのは……？」

治子は治子なりに、野本との接触のあとをたぐっていた。

「あれも私とわかった上で助けてくださったのですね？」

「いや、あの時は……」

ホテル前に駐車しておいた車で、東側の道路を下った野本は、その道がいつにない交通渋滞なのを知った。後で聞いたところでは、悪天候に加えて、先でタクシーと乗用車の接触事故が起きていたためであった。

野本としては一刻も早く街なかへ紛れこみたい。彼はいったんホテルの方向へ戻り、西へ下る道路をとった。その先で、よろめくような足どりで歩いている治子を発見したのだ。

「あの時は、偶然といえば偶然だったのですが……しかし、何か見えない糸に手繰《たぐ》られていたような気もしますね」

野本は実感として呟いた。

治子は黙って頷いた。

そのまま二人はしばらく風に吹かれていた。

もし、この人と信之と三人で暮らすのだったら——？

ふいに湧きあがった想像に、治子はうろたえた。

この人が、今自分が考えていることを知ったら、何と思うだろうか？

だが、その想像は突然訪れたもののようでいて、治子には実は必ずしも突飛な発想ではなかった。弘之と信之の間を「他人」と悟り、夫との間に深刻なわだかまりを感じはじめて以来、その想像はさまざまに形を変えて、治子の中に生まれていたのである。

本当のドーナー。

信之の真実の父……。

自分の想像を唐突で不躾《ぶしつけ》な、と頬を染めるような気持の反面、治子の思考はどんどんその想像にひきずられていく。

「私……人工授精を受ける決心をした時、心に誓ったことがあったのです」

「ええ」と野本はわずかに治子の方へ顔を動かした。

「勿論これは主人も合意し、城之内先生の立ちあいで誓約書に署名した上で施行されたわけですが、でも、もし主人の胤でない子が生まれたら、主人はやはり平静ではいられないだろうと思ったのです。どんな誓約書をつくったところで、人の心まで保証することはできませんでしょう」

「ええ……」

「ですから私は、たとえ主人の気持が将来どんなふうに屈折してもあわてないように、信之の幸せは私一人の手でも守り抜く……そんな覚悟で信之を産んだつもりですの」

治子のことばに、偽りはなかった。だがそれが唇をついて出たことには、やはり先程からの「想像」が作用していた。信之の幸福のために、どうしても真実の父が必要なら、もしそれが望めるのなら……！——治子はやや異常な昂《たか》ぶりに捉《とら》えられていた。自分はどうかしていると、意識の隅でもう一人の治子が感じとってもいた。

美しい……と、野本は冷たい風の中でほのかに頬を紅潮させている治子の横顔を見ながら、また思った。長くこの女のそばにいたら、恐らく自分は、確実に彼女を愛するようになるだろう……。

だがもうそんな時間はなさそうだ。

「あなたの決心は、まちがっていないような気はしますが……」

野本は熟考しながら答えた。

「しかし信之君は、ご主人を本当のお父さんだと信じていらっしゃるでしょう？」

「ええ、それは」

「ご主人も信之君を可愛がっていらっしゃるのですか」

「そうですわね。ともかく、努力はしているようですが……」

「それなら、やはりそれが一番幸せなのではないでしょうか」

多分今は信じることの方が——真実そのものよりも。

たとえ自分が殺人犯ではなく、この先どんな人生でも選べる立場にあったとしても、やはりそう考えただろうと野本は思った。すると不思議な安堵が、彼の心を包んだ。

だから、逃げきれるだろうか、という恐れがまた彼の胸に戻ってきたのは、しばらくの後であった。

解説

山前《やままえ》　譲《ゆずる》
（推理小説研究家）

日本のミステリー界に大きな足跡を残した夏樹静子氏の創作活動の原点は、まだ大学生だった一九六〇年、第六回江戸川乱歩賞に投じた『すれ違った死』である。その回は受賞作なしだったが、それを切っ掛けとして、NHKの『私だけが知っている』などのテレビ番組のシナリオを執筆し、さらには夏樹しのぶ名義で短編も発表した。だが、一九六三年の結婚でいったん創作活動から遠ざかっている。

再びペンを手にしたのは一九六九年で、『天使が消えていく』を第十五回江戸川乱歩賞に応募した。惜しくも受賞には至らなかったが、翌年に刊行され、夏樹静子のペンネームで旺盛な創作活動を見せるのだった。

その再スタートの切っ掛けが子育てにあったことはよく知られている。一九六七年に長女が誕生、そして『天使が消えていく』は第二子となる長男を妊娠中に執筆している。

はじめての子をわが手で育てながら、自分の内部に突発的に発生した母性という不思議な感情を作品にしてみたいと、これも突然噴きあげるような衝動を覚えた。赤ん坊が眠っている切れ切れの時間を拾って書くしかない。乱歩賞なら以前に応募しているので、ひとまずあれを目標にしよう。どんなに苦しくても、小説とは、書き始めて止めなければいずれは終るものらしいから。

一歳の長女の育児に追われながら続けるうち、二人目の悪阻《つわり》が訪れた。学生時代、ともかくも書き上げたという体験がなかったら、途中で投げていただろう。そして今度も、書き果《おお》せれば満足と、心から思っていた。

――「はじめての応募」（エッセイ集『幸福な罠』に収録）

『天使が消えていく』は当時住んでいた福岡を舞台に、婦人会機関誌の編集者である若き女性の視点と、殺人事件の捜査陣の視点から物語が展開されていくなか、重症心臓疾患の幼子とその母の微妙な関係が浮き彫りにされていた。その後の創作活動で育児や母性が作品のモチーフになったことは、一九七一年に刊行された最初の短編集『見知らぬわが子』でも明らかだ。

そして、光文社文庫の独自編集で六作を収録したこの短編集『雨に消えて』にも、そうした夏樹作品ならではのテイストが顕著である。

表題作の「雨に消えて」（読売新聞社『夜の演出』〈一九八〇・七〉に書下ろし）は文庫短編集には初めて収録される作品だ。堺家の朝の日常が、妻の保江の「ルリ子がいないの！」という叫びで乱される。ベビーベッドはもぬけの殻だった。窓に鍵は掛かっていない。もしかしたら誰かが窓から……。まずはいかにもミステリーらしいテクニックに驚かされることだろう。そして、女子高生が城趾の石垣から墜落した事件の謎解きから、母性がクローズアップされていくのだ。

もともと陰膳は、旅などで不在の家人が飢えないように、無事を祈って留守宅で供える膳とのことだったというが、生死が不明な家族のために用意する風習もある。「陰膳」（「週刊小説」一九七九・一・五）で聡子が気になったのは、隣の末森家の食卓に用意されていた子供用の食器だった。約一年前、四歳の時に行方不明になった男の子のために、陰膳を用意しているという。幼稚園に通っていた息子を落雷で亡くしたばかりの聡子は、それを知ってまた新たな悲しみに……。

ところが、ともに再婚同士だという末森家にまつわる事件を知ったことで、聡子はある疑問をいだき、推理行がはじまるのだ。幼子を亡くした母親だからこその行動だが、その結末は夏樹作品には珍しくゾッとする恐怖感が漂っている。

　流産や死産、人工妊娠中絶した胎児を供養する水子地蔵、あるいは水子観音の風習は意外に新しく、一九七〇年代後半から普及しはじめたという。人工妊娠中絶した胎児にたいする供養の思いが高まったことが背景にあるようだが、その複雑な心境はやはり母親にしか理解できないものだろう。

　「水子地蔵の樹影」（「小説現代」一九七六・九）の高梨義一郎は、たまたま宴会で水子地蔵尊として知られるお寺の住職と知り合ったことから、回向法要に招待された。ところがそこでの出会いが彼に衝撃の波をもたらす。二十数年前付き合っていた女性とそっくり……。願ってもない縁談があって別れたのだが、その時、彼女は妊娠していた。もしかして自分の娘か？　直後に起こった殺人事件の謎解きのなかで、男性の身勝手さと母性の強さの対峙が際立っていく。

　幼い兄妹が焼死体で見付かった火事が発端の「火の供養」（「小説現代」一九八二・二）も、激しい母性が物語を貫いている。火事の原因は失火、すなわち留守番をしていた子供がつけたストーブの火が洗濯物やカーテンに燃え移ったためとされたが、夫を事故で亡くし、女手ひとつで子供を育ててきた母親の竹子には納得できるものではなかった。一本の電話を切っ掛けに、彼女は火事の原因を探りはじめるのだ。
もし誰かがストーブに火をつけたとしても、放火でない限りは罰金程度だと知らされたけれど、たとえ法律は許してもわたしは許さない。そんな執念が思いもよらぬ方向に向かい、新たな謎を育んでいく展開が、ミステリーらしい結末を演出している。

現実の事件がモチーフとなったという「砂の殺意」（「小説現代」一九七一・十一）は悲惨な事故が母性を駆り立てていく。新興住宅地に隣接する埋立工事の現場で、五歳の男の子の死体が発見される。ダンプカーが土砂を運んできては次々と作る砂山に埋もれていたのだ。警察は不幸な偶然が重なったとする。

砂場に置き忘れていたオモチャを夢中で探していたところに、ダンプカーが後方を確認しないまま土砂を落とし、下敷きになったのだと。業務上過失致死の疑いはあるが、ダンプカーを特定することはできない――。けれど母親はそんな曖昧なことでは納得できないのだ。絶対に許さない！　たまたま出会った少女の目撃証言から、ダンプカーの運転手を追及していく母親の執念が鮮烈だ。その背後に隠れている別の母性が意外な結末に導いていく。

一九七六年一月、五つ子が誕生して大きな話題となった。当時は、第二次ベビーブームとも言われていたが、じつはその頃から日本の出生率は低下の傾向に入っていたようだ。そして昨今、労働者人口減少などの視点から少子化対策が声高に叫ばれている。しかし、出産では母性という人間の根源的な感情がベースにあるべきだろう。

子を授かりたいという切実な思いのひとつの現れが不妊治療である。なんらかの事情で妊娠がなかなか叶わないとき、どういった方法があるのか。排卵誘発法、人工授精、体外受精といった生殖補助医療、あるいは代理母出産と、医学の進歩はその可能性を広げてきた。その一方で、倫理的な論争も避けられない。

「ガラスの絆」(「週刊小説」一九七二・十二・二十二&二十九)はまだ人工授精が第一の手段だった頃の物語である。彩場弘之と治子は結婚して三年後に、不妊治療に入った。弘之は精子減少症であり、そして治子も妊娠しにくい体質だったので、人工授精を受けることにした。

ドーナー(外部の提供者)と弘之の精子を混ぜて治子に授精させたところ、幸いにも妊娠し、信之が誕生した。そして、すくすくと成長したが、しだいに弘之とは違ったキャラクターが目立ってくる。この子の本当の父親は弘之ではない？　そんな思いに囚われた治子の前に、ドーナーだったという男性が現れ、そして殺人事件が……。

殺人事件の謎解きはもちろん興味をそそるが、治子にとっての真実は「ドーナーが誰か」だった。自分が母親であることは間違いないけれど、父親が誰なのかも知りたいのだ。治子の心情は乱れるが、やはり何があっても護らなければならないのが子供であるのは明らかだろう。

わが子の成長とともに夏樹静子氏はテーマを広げ、さまざまな社会的事象をその作品のなかで描いた。だが、親子という関係は人間社会の基本である。そして、残念ながら、その根幹的な関係をないがしろにする痛ましい事件は、いまもって絶えることはない。この『雨に消えて』に収録されている作品のモチーフは永遠のものと言えるだろう。

出典一覧

雨に消えて　『夜の演出』読売新聞社（一九八〇年七月）
陰膳　『あしたの貌』徳間文庫（二〇〇二年九月）
水子地蔵の樹影　『重婚』徳間文庫（二〇〇〇年七月）
火の供養　『女の銃』講談社文庫（一九八八年十月）
砂の殺意　『砂の殺意』講談社文庫（一九八三年二月）
ガラスの絆　『ガラスの絆』角川文庫（一九八〇年一月）

※本文中に「跛」という、今日の観点からすると不快・不適切とされる呼称が使用されています。また、比喩として「気ちがいのように」「気が狂いそうに」「盲ではなかったようだ」「痴呆のように」「唖のように」など、使用するべきでない差別的な表現も含まれています。しかしながら、本作が成立した一九七〇～一九八〇年代（昭和四十～五十年代）の時代背景と、物語の根幹に関わる設定、および作者がすでに故人であることを考慮した上で、編集部ではこれらの呼称・表現についても発表時のままとしました。それが今日ある人権侵害や差別問題を考える手がかりになり、ひいては作品の歴史的・文学的価値を尊重することにつながると判断したものです。差別の助長を意図するものではないことを、ご理解ください。

（編集部）

光文社文庫

雨《あめ》に消《き》えて　夏《なつ》樹《き》静《しず》子《こ》ミステリー短《たん》編《ぺん》傑《けっ》作《さく》集《しゅう》

著者　夏《なつ》樹《き》静《しず》子《こ》

2018年2月20日　初版1刷発行

発行者　鈴木広和
印刷　豊国印刷
製本　フォーネット社

発行所　株式会社 光文社
〒112-8011　東京都文京区音羽1-16-6
電話（03）5395-8149　編集部
8116　書籍販売部
8125　業務部

ISBN978-4-334-77606-0　Printed in Japan

組版　萩原印刷